Literatura brasileira em foco IX

representação e autorrepresentação

Literatura brasileira em foco IX

representação e autorrepresentação

Ana Cristina de Rezende Chiara
Fátima Cristina Dias Rocha
Leonardo Davino de Oliveira
(organização)

alameda

Grafia atualizada segundo o Acordo Ortográfico da Língua Portuguesa de 1990, que entrou em vigor no Brasil em 2009.

Edição: Haroldo Ceravolo Sereza e Joana Monteleone
Assistente acadêmica: Tamara Santos
Projeto gráfico, diagramação e capa: Maria Beatriz de Paula Machado
Revisão: Alexandra Colontini
Imagem da capa: Leonardo Davino

CIP-BRASIL. CATALOGAÇÃO-NA-FONTE
SINDICATO NACIONAL DOS EDITORES DE LIVROS, RJ

L755

Literatura brasileira em foco IX : representação e autorrepresentação / organização Ana Cristina de Rezende Chiara, Fátima Cristina Dias Rocha, Leonardo Davino de Oliveira. - 1. ed. - São Paulo : Alameda, 2022.
328 p. ; 21 cm.

Inclui bibliografia e índice
ISBN 978-65-5966-098-8

1. Literatura e sociedade. 2. Literatura brasileira - História e crítica. I. Chiara, Ana Cristina de Rezende. II. Rocha, Fátima Cristina Dias. III. Oliveira, Leonardo Davino de.

22-76594 CDD: 869.09
CDU: 821.134.3(81).09

Alameda Casa Editorial
Rua 13 de Maio, 353 – Bela Vista
CEP 01327-000 – São Paulo, SP
Tel. (11) 3012-2403
www.alamedaeditorial.com.br

Sumário

Apresentação

Ana Cristina de Rezende Chiara
Fátima Cristina Dias Rocha
Leonardo Davino de Oliveira
(organização)

Os anos de 2020 e 2021 ficarão como marcos históricos em nossa vida uerjiana, subitamente afastados do prédio, por causa da pandemia, tivemos de inventar uma nova UERJ e um novo curso de Especialização em Literatura Brasileira *on line*. A princípio temerosos, aos poucos os professores, sob a coordenação de Leonardo Davino, descobriram junto aos alunos um modo de dar continuidade ao curso histórico de Especialização em Literatura Brasileira na UERJ. Nosso compromisso com a Literatura Brasileira foi sempre um motivador da manutenção desta Especialização, quando tantos outros, seduzidos pelos cursos de pós-graduação no mestrado e doutorado, cancelaram suas especializações. Agregar, em suas turmas, docentes que buscam atualização, ao mesmo tempo, oferecer aos alunos que concluem a graduação a oportunidade de aprofundamento e maturação de conteúdos são os pilares do curso. Tanto a ação pedagógica dos que buscam atualização quanto abertura de caminhos para o Mestrado em Literatura Brasileira são comprovados pelo sucesso ao longo da história do curso.

O tema deste livro proposto por assuntos tratados em 2020: *Literatura brasileira em foco IX – representação e autorrepresentação,* dizem respeito aos muitos modos de se pensar a representação e a autorrepresentação em tempos tão sombrios. Será sempre a Literatura o meio de se refletir, projetar, transfigurar a consciência de si ou da realidade possibilitando novas formas de se enxergar a vida. A formação continuada desdobra-se, deste modo, em novos compromissos éticos como o de continuar junto com os alunos mesmo em condições precárias e ameaçadoras. Defender a Literatura Brasileira como um patrimônio comum que abre "mundos no mundo" como dizem os versos da canção.

Dispostos em ordem alfabética de suas autorias, os textos reunidos no livro *Literatura brasileira em foco IX – representação e autorrepresentação* são uma amostra da diversidade de miradas e enfoques dados à literatura na Especialização em Literatura Brasileira do Instituto de Letras da UERJ. Em "Os velhos em seus casulos", Ana Chiara percorre alguns estudos de caso na literatura com visões da velhice como um envultamento na prosa autobiográfica/memorialista de Pedro Nava ou autoficionalizada em Adélia Prado ou Hilda Hilst. Em "Para a tropa do trapo vazo a tripa": a persona satírica e a representação dos vícios na poesia atribuída a Gregório de Matos", Ana Lúcia Oliveira aponta para um dos problemas centrais que vêm mobilizando a crítica ao longo do tempo: a confirmação da autoria da obra atribuída a Gregório de Matos. No texto "Um diário sem assunto, um romance do silêncio: *Memorial de Aires*", Andréa Sirihal Werkema trata de pensar a questão do gênero literário em *Memorial de Aires*, nono e último romance de Machado de Assis, ao contrastar sua Advertência inicial com a do romance anterior, *Esaú e Jacó*, e situá-lo na busca pela "forma livre" que caracterizaria os romances da chamada segunda fase de Machado.

Em "A crítica à noção de sujeito em Machado de Assis", Bruno Lima adiciona à filiação confessa a Xavier de Maistre, Sterne e Almeida Garrett de *Memórias póstumas de Brás Cubas*, uma outra, igualmente importante, posto que formal: o marco zero autobiográfico, *As confissões*, de Rousseau.

No texto "A poética decadente em *O Homem sem Máscara* (1921), de Vinício da Veiga", Daniel Augusto Silva analisa o romance em suas relações com a poética decadente. Em um primeiro momento, investigam-se a recepção ao livro, o seu contexto de publicação e os seus argumentos básicos. Em seguida, examina-se de quais maneiras o autor emprega os procedimentos típicos da ficção decadente.

Em "Notas sobre a ascensão social do negro em dois poemas de Carol Dall Farra e Carolina Maria de Jesus", a partir do poema de "A fé que cês botam" de Carol Dall Farra e "Quarto de despejo" de Carolina Maria de Jesus, Fabiana Bazílio Farias discute a ascensão social do negro e os conflitos provocados a partir desse deslocamento. O corpus selecionado evidencia uma escrita atravessada pelo biográfico em um procedimento assumidamente reflexivo acerca das suas vivências e experiências. O texto "Figurações de si e do outro nos contos de Lygia Fagundes Telles" de Fátima Rocha se debruça sobre a produção contística da escritora paulista, destacando a composição de "perfis" biográficos dos personagens, por meio dos quais a escritora dramatiza conflitos existenciais e sociais caracterizados pela crueldade e pela indiferença ao outro. Em "Do Leme ao subúrbio de Todos-os-Santos: a grande reforma da capital da República pelo olhar do jovem Lima Barreto", Fátima Maria de Oliveira acompanha as autorrepresentações que vão sendo construídas e reconstruídas pelo jovem escritor negro, como tentativas de autoafirmação de seu pensamento e inscrição de seu corpo, na cena pública da qual se sentia excluído, pela obsessão imaginária de uma época dominada pelo ideal europeu de elegância, brancura e beleza.

No texto "Riso e antimodernidade em Machado de Assis", Felipe Bastos Mansur analisa de que maneira o discurso irônico de Machado de Assis se relacionaria com o conceito de antimodernidade, desenvolvido por Antoine Compagnon. Por meio da leitura da obra de diversos escritores franceses do século XVIII ao XX, Compagnon apresenta uma série de traços comuns ao espírito da antimodernidade nascido após o Iluminismo e a Revolução. Em "A contemporaneidade do monstruoso na obra de Lourenço Mutarelli", Giovanna Dealtry apresenta que a obra de Lourenço Mutarelli pode ser lida pelo signo do duplo aterrador, do caráter paranoide de seus protagonistas que apontam para a incompletude como condição do sujeito e, por conseguinte, para o fracasso da própria linguagem na tentativa de representação do "real". Em "A identidade nacional em ruínas", de José Carlos Pinheiro Prioste tenciona *Triste fim de Policarpo Quaresma*, *Macunaíma* e *Quarup* enquanto configuração de um tríptico desconstrutor do ideário em que o imaginário de terra dadivosa é desfeito a partir de outra imagética que permeia essas três obras: formigueiros a derruírem a ideia de identidade nacional alicerçada no imaginário edênico.

No texto "Dor elegante: o poema de Paulo Leminski, a canção de Itamar Assumpção", Leonardo Davino trata da vocalização do poema leminskiano por Assumpção, buscando compreender as vastas produções de sentido no engenho poético-cancional. Em "Formas de representação no jornalismo da Belle Époque: a crônica brasileira em 1907", Marcus Vinicius Nogueira Soares apresenta e analisa a crônica brasileira, mais especificamente carioca, do período compreendido entre 1890 e 1920, conhecido como *Belle Époque*. Inicialmente, considerando os mais significativos aspectos do desenvolvimento da crônica no Brasil do século XIX para depois confrontá-los com os modos de produção do gênero no contexto da *Belle Époque* em 1907. Em "A temporalidade gótica em 'Céu escuro' (1940) e 'História de Cristiana (2)' (1944), de Lúcio Cardoso", Marina Sena centra-se em um dos três aspectos literários essenciais do Gótico: o passado fantasmagórico. E busca comprovar a hipótese de que três categorias temporais – a anacronia, a desaceleração e a pausa – são essenciais para compor o passado fantasmagórico, na novela e no conto mencionados. Em "Nacionalidade, modelo para a(r)mar (Por uma imagologia dos 'personagens históricos' no Brasil)", Nabil Araújo utiliza a categoria dos "personagens históricos", metonimizados por José Murilo de Carvalho na subcategoria dos "heróis nacionais", para pensar o personagem histórico tanto como imagem quanto como imaginário da nacionalidade.

E em "Vivendo autobiograficamente: a contribuição de Paul John Eakin aos estudos autobiográficos", Sergio Barcellos apresenta algumas das contribuições de Eakin, agora com seu último estudo traduzido para o português como contribuição para os estudos fundamentais para a pesquisa autobiográfica.

O fato do campus da UERJ estar entre Mangueira e Maracanã é por demais forte simbolicamente, para a cidade do Rio de Janeiro e, por extensão, para o Brasil. Em meio a todos os efeitos da pandemia Covid-19 que assolou o mundo, insistimos em manter o pensamento em ação. Os organizadores do volume *Literatura brasileira em foco IX – representação e autorrepresentação* agradecem a seu corpo docente e discente, a quem o livro é dedicado.

Os velhos em seus casulos

Ana Chiara

A Organização Mundial de Saúde (OMS) pretende incluir a velhice na Classificação Estatística Internacional de Doenças e Problemas Relacionados à Saúde (CID). A mudança vai ocorrer na 11° edição do CID, que deve ser publicada em janeiro de 2022 e se tornar oficial em um prazo de dois anos. A partir dessa alteração discursiva que se contrapõe aos discursos efusivos com relação à velhice como "melhor idade", pretendo percorrer alguns estudos de caso na literatura com visões da velhice como envultamento na prosa autobiográfica/memorialista de Pedro Nava ou autoficionalizada em Adélia Prado ou Hilda Hilst, que encaram a velhice como outramento, ou, como pontua a filósofa Cathérine Malabou em *Ontologia do acidente:* ensaio sobre a plasticidade destrutiva (2014), uma impossibilidade de retorno a si de uma identidade ferida. Embora, as narrativas em primeira pessoa sejam problemáticas com relação às provas de verdade dos traços biográficos, pode-se constatar uma progressiva narrativa de perdas e danos nas mesmas quando tratam do tema. Laura Erber aponta para a conversão da escrita em túmulo quando comenta seu livro *A Retornada* (2017) a narrativa de um coma, na esteira dessa imagem, vou tentar entender os relatos de velhice como escritas-casulo, motivada pela imagem repetida, em pequenos vídeos no início da pandemia de 2020, de velhos caminhando solitários pelas ruas, durante o fechamento – arremedo de lockdown – aqui no Brasil. Na velhice, os casulos funcionam de modo reverso: entra-se nele como borboleta numa espécie de alheamento, para sair uma forma larvar. A velhice impõe ao corpo uma atitude ensimesmada, a coluna se dobra, a cabeça pende, as pernas perdem o vigor, os pés se arrastam: "meus ombros suportam o mundo", como no verso de Carlos Drummond de Andrade.

No período de março de 2020, os vídeos filmados pelos celulares de pessoas indignadas porque os velhos saíam às ruas cumprindo ao que parece seus rituais diários de supermercado e bancos eram narrados por uma voz raivosa ou debochada: "Vai pra casa, velho!". O tom de indignação dizia mais do preconceito e da raiva, do que da preocupação com a saúde dos mesmos.

Embora se possa notar o esforço concentrado da mídia consoladora, anestésica e interesseira em nos convencer de que a velhice é a terceira idade e que sim! Os velhos devem ainda consumir, e que sim! Ainda podem gozar, e que sim! A miséria de vida se prolongará por muitos e muitos anos se nada comerem, se não fumarem, se não treparem sem camisinha, se não... E que sim! Devem comprar todos os cosméticos, injetar todos os botóx, fazer todas as plásticas, esticar as pelancas, passar ácido no rosto, tirar as manchas, vencer o câncer, repor os hormônios. E que sim! Cronos é apenas um inocente creme da marca Natura.

E, embora, todas as atenções estejam voltadas para o corpo, para um ideal de corpo inalcançável, disfarçando a abjeção que representa o corpo excluído do velho: suas marcas rendilhadas, suas rugas, suas escleróticas avermelhadas, seu bodum, sua inhaca, seu cheiro de guardado, seu incômodo, seu titubeio, como dizia Pedro Nava, esse corpo velho assombra como os guardados do armário. Os velhos são o recalque da sociedade de consumo. Embora todos os fogos de artifício do consumo desenfreado estejam explodindo, tentando convencer os consumidores do contrário, a experiência do assalto da velhice nos corpos, a íntima experiência da velhice como uma ocupação, experiência íntima de uma violação dos sonhos de imortalidade, a experiência íntima e cotidiana do desmonte de carnes não ilude. O impositivo controle da mídia não consegue impedir a angústia da ruína. Ela está a um passo, pode-se tocá-la no frio do espelho, está à espera, com sua cara horrenda, a velhice, irmã gêmea da morte.

Segundo Catherine Malabou certos indivíduos passam por uma mutação catastrófica, em determinado momento de suas vidas, o que ela chama de plasticidade destrutiva ou explosiva, ocasionada por causas diversas: doença, acidente, perdas, Alzheimer. Isso pode ocorrer com incomparáveis consequências de estranhamento de si. Surgem também muitas vezes casos de indiferença afetiva sem resgate, como aponta Malabou (2014, p. 12). O que lembra a indiferença aparente com que os velhos desafiavam as recomendações de isolamento. Para a construção do sujeito, se o organismo vivo precisa controlar a destruição positiva (apoptose) com a plasticidade construtiva, quando esse equilíbrio se rompe, ocorre a plasticidade explosiva; o Eu se cinde em dois ou em vários segmentos: "rasgão vital e desvio ameaçador que abrem uma outra via, inesperada, imprevisível, sombria" (2014, p.14) que em muitas narrativas aparece como essa ruptura de um fio condutor de uma imagem de si. Para a filósofa, um caso extremo seria o de Gregor Samsa, no conto "A metamorfose", de Kafka.

Ao rever mentalmente, os vídeos do início da pandemia, nos quais protagonizam não só os velhos encasulados andando pelas ruas desertas, mas os gritos dos presos em casa, percebe-se quanto fantasmagórica e ameaçadora é a velhice, sendo o preconceito recalcado por diminutivos velhinho, velhinha, senhorzinho, senhorinha. Os velhos em seu alheamento e precária liberdade de repetir suas rotinas de farmácia, banco, supermercado, pareciam estar sugando a vida possível, enquanto os isolados reclamavam como se estivessem roubando-lhes a vida. Logo depois com a crise hospitalar de aparelhos respiratórios e outros insumos, alguns médicos relataram a terrível escolha que deveriam fazer entre salvar um corpo jovem ou um velho. E mais recentemente chegou-se a questionar a distribuição das prioridades para a vacinação contra COVID, levantou-se um clamor surdo sobre "por que eles?", percebido em meio às explicações dos sanitaristas. Os velhos se igualaram aos preconceitos contra populações de rua e carcerária, "por que eles e não eu que sou trabalhador ouvi de um taxista". As imposições produtivas eram o cenário de fundo. Os velhos figuravam uma inércia do real que vinha à tona.

Em uma entrevista sobre seu livro *Um vírus demasiado Humano,*[1] Jean-Luc Nancy, a partir de considerações de Nietzsche sobre o que constitui o "demasiado humano e o super-homem", demonstra que o Humanismo teria sido uma imensa liberação do homem da metafísica, mas um fechamento do homem sobre si próprio. Repercutindo, a meu ver, a figura do casulo: a partir da crise da metafísica ocidental, o homem ter-se-ia concentrado exclusivamente no seu bem-estar individual, e não no bem viver da polis (conforme Aristóteles propugnava). Nessa luta pelo bem-estar, o homem não hesitou em prolongar sua vida a qualquer custo, esquecendo a vida das outras espécies e do planeta. A incômoda pergunta que, segundo, Jean-Luc Nancy, a pandemia traz à luz com a escassez de recursos médicos, é se vale a pena cuidar da vida não tão bem vivida, a vida frágil, da vida doente, a vida dos velhos. O que fazer com a vida frágil diante da morte? Ou da morte diante de uma vida improdutiva que pode ocupar o lugar num leito de hospital destinado a uma vida produtiva? Eis o desafio agudizado pela pandemia, imposição ética, espírito dessa época. Ora, a pandemia é um sintoma dentro de uma mutação

1 https://www.youtube.com/watch?v=Ai__e4HBPrw

histórica que está conduzindo o planeta à morte. Os impositivos éticos da medicina, da biogenética, estão permeados de disputas de poder: diante disso a chamada "guerra contra o vírus" revela um rosto de um deus impassível, nem o Deus onipotente da metafísica, nem o Deus dançarino de Nietzsche, mas o Deus farmacológico. Prolongar o bem-estar individual esbarra, nesse momento, em perguntas sobre o bem viver de todos, mas quem salvar, quem excluir, quem deixar morrer?

Voltando às considerações de Malabou, assim ela descreve casos de dissociações ou surgimentos de alteridades monstruosas que atingem o próprio texto. Malabou descreve a metamorfose de Gregor Samsa no conto de Kafka como um texto casulo:

> Apesar de tudo, o monstro consegue tecer um casulo. Um casulo que, lentamente, se torna texto. Esse texto é a metamorfose, somos nós, leitores que a realizamos. O círculo dos possíveis plásticos se fecha de certa maneira aí também. A voz narrativa não é realmente a de um inseto. Essa borboleta invisível tem uma voz não bestial, uma voz de homem, uma voz de escritor (Malabou, 2014, p.20).

A aparição monstruosa surgirá em algumas narrativas literárias, a velhice aparece como caso de plasticidade destrutiva, que podemos associar ao desafortunado protagonismo da velhice na pandemia. Nestes livros, as personagens passam por processos metamórficos, nos quais o "eu" se encontra cindido. São casos de metamorfoses desorientadoras que podem se apresentar como envultamentos, no caso de Pedro Nava que se vê tomado pelo fantasma de um velho que não reconhece: 'Ah! Sem saber se estou vivo ou morto, se sou vampiro, avantesma, fantasma entre fantasmas – já não ouso olhar o espelho oval com medo de não me ver refletido, sombra que não dá sombra, nosferatu, drácula" (Nava,

GT, p.40). As monstruosidades fantasmáticas, avantesmas que sugam sua imagem projetada pelo ideal de ego são profundamente perturbadoras para o velho, já a experiência feminina da velhice estará mais sobretaxada pelos fantasmas da cobrança social e, mais profundamente, por aqueles do próprio estranhamento: "Ficar feia é de amargar" - afirmou Adélia Prado em entrevista.[2]

Vislumbrando no próprio corpo as consequências de uma espécie de desordem plástica, como num bebê – mas sem o futuro pela frente –, a mulher sente o corpo, durante o processo de envelhecimento não se estabilizar para a formação da imagem do todo corporal. Percebe-o como uma espécie de signo delirante, para usar ainda uma expressão de José Gil.[3] Uma possível consequência desse processo é o quadro das depressões da meia-idade que cada vez mais estão sendo associadas apenas às disfunções hormonais, de modo a fazer crer que os adesivos de reposição hormonal e os psicotrópicos poderão abolir a dor da alma.

A fenda que se abre entre os discursos sociais e a experiência íntima da velhice pode ser problematizada num campo de linguagem de verdades menos categóricas. Numa direção que contraria a dos discursos estáveis, a literatura não torna essa experiência comunicável, ela a envolve na penumbra do não representável de modo a encerrá-la em sua violenta força, como uma experiência do não-saber. Ou de um saber que não explica. Não há consolo possível, então experimenta-se junto às personagens a dor de um corpo inédito e associal.

Duas escritoras brasileiras Adélia Prado e Hilda Hilst tematizaram a velhice feminina de modo a aproximar essa experiência de um estado de transição penoso e estranho, ou, precisamente,

---

2 Prado, Adélia. *Entrevista concedida à Revista Submarino*. Entrevistador: Eduardo Maretti. São Paulo: Limiar, 2000.

3 Gil, José. (1997). *Metamorfoses do corpo*. Lisboa: Relógio D'Água Editores, 2006.

de um estado de transe. Para ambas, a velhice se configura como uma espécie de possessão por forças desconhecidas que abrem parênteses no cotidiano controlado pela rotina. O corpo passa a ser a figura exponencial desses textos. Um corpo permanentemente marcado por uma espécie de abjeção e por um fascínio pelas figuras da transformação e da diluição no nada, no vazio, na impossibilidade da linguagem, o que só poderá se resolver por uma espécie de ascese ao sagrado ou de mergulho no vórtice do nada. Sagrado entendido aqui como no livro *O Feminino e o Sagrado*[4] como passagem violenta da ordem do comunicável para a ordem pulsional do interdito, interdito não apenas como o proibido, mas principalmente como o que não tem acesso ao campo comunicacional a não ser pela ordem do signo delirante.

Manuscritos de Felipa, de Adélia Prado, é um livro de travessia. Suas linhas finais explicitam esse caráter de ritualização de uma passagem: "— Deus, me passa no pontilhão?/— A pé ou no colo? — No colo./ Você fecha os olhos e quando abre já passou. Não doeu nada." (Prado, 1999, p.160). De que tipo de travessia se trata? Da crise depressiva da narradora Felipa, mulher de classe média do interior de Minas, religiosa, casada com Teodoro (o nome é para ser lido com atenção: trata-se de dois matrimônios), avó, cheia de irmãs marroias, tal como diz uma raça de sofredoras que melhor sintetizam o masoquismo feminino e o fatalismo mineiro: "marroíce, como diz Teodoro, referindo-se a um lado quaresmal da minha família, Os MARROIOS, um povo de chorões, bom pra se juntar num vale, fundar sozinhos uma cidade de muros altos, chamada com propriedade Vale de Lágrimas" (Idem, 1999, p. 33).

Felipa se recupera de uma sintomatologia vaga, que a deixou de cama, escrevendo e, com uma frase de impressionante força impressiva, inaugura uma espécie de diário: "Minha libido está

4 CLÉMENT, Catherine. KRISTEVA, Julia. *O feminino e o sagrado*. Tradução de Rachel Gutiérrez. Rio de Janeiro: Rocco, 2001.

desaparecendo, a cara nojenta do medo dá o ar de sua graça. A velha está com medo e não existe chupetas para anciãs" (Idem, p.7). O medo, obviamente, traveste a crise de angústia da narradora. Medo e crise serão tematizados até que se cumpra uma espécie de purgação com resultantes de sublimação como se leu na metáfora da travessia do pontilhão. Os sintomas de angústia de Felipa apontam todos para a desorientação da percepção corporal: labirintite é a metáfora-chave do quadro que mistura cansaço, distúrbios da tireoide, lágrimas, sensação de estar fora dos eixos, bolha no lábio e até mesmo unha encravada: "Certamente nos acomete a todas este arrepio, este fundo no plexo quando os peitos secam, o útero dorme e uma fadiga de que nem nos damos conta provoca os que nos rodeiam: você está com má postura, o que é isto? Sabemos do que se trata: chegou o futuro." (Idem. p. 84).

A narradora se confessa "entrópica" (idem, p. 9) e, num canto ao fundo da cena, pode-se entrever a figura suspeita do terapeuta e de seus diagnósticos desalentadores:

> A psicologia é nova mais tem suas múmias: 'é pena a senhora fazer seu dedo de pênis', só porque me queixei que me doía a cabeça do dedo, era problema na unha que crescia pra baixo. Imagina se deixo médico desse tipo tocar na minha tristeza (Idem, p. 151).

Se a ciência mumifica os sintomas com rótulos insuficientes, a interrelação entre a tristeza psíquica e a tristeza corporal encontrará sua imagem plástica nos sonhos de Felipa; são sonhos em que a narradora se projeta em situações de extrema angústia: no primeiro, num naufrágio, esforça-se por salvar crianças, depois sonha com uma menininha estuprada que está sendo conduzida pelo pai num carrinho de mão com as pernas amarradas; noutro, como no dia de seu casamento, mas ansiosa sente que nada dá certo, que está sozinha e noivando com a Morte; ainda noutro como uma criança mofina com as costas cobertas por inteiro de "erupções" como de uma "*varicela miudinha*" (Idem, p.153) por fim, como o seio que alimenta de leite o neto.

Esse último sonho é fundamental para a conquista do que Felipa chama de "glória do corpo" que corresponde a uma integração ao Todo, ela alimentava a criança divina, a criança incorruptível, acima, além da corrupção temporal. Nesse sonho extático, Felipa atinge um estado extra-humano de Felicidade, num espaço nirvânico, todo branco, muito próximo do silêncio, próximo do que não se consegue dizer, por ter-se desprendido do alcance humano da palavra:

> Como em campos de arroz nos alagados,/ brotavam os lírios, alguns floridos já,/as corolas expostas sobre a linha d´água, brancura./ E mais não falo para não tornar em alvacento/ o que era branco só, branco puro./ Havia um homem no sonho olhando as flores comigo (Idem, p. 158).

Além da força curativa desses sonhos, o quadro depressivo de Felipa é também ultrapassado por uma forte concentração no mundo – e no cotidiano feminino – e nesse sentido a religiosidade de Adélia Prado é uma práxis existencial, que em termos de linguagem alia o sentimento do sublime aos fatos mais prosaicos. O sentimento do sagrado é uma negociação ininterrupta do humano com o divino:

> Arrumei as romãs na travessa, dizendo à Ivaneide que podia pegar algumas. Penei porque escolheu as mais bonitas e maiores, as mais rosadas...Melhorei quando, pra me livrar da sensação de estar usurpada das romãs, ofereci-as a Deus em Holocausto. Foi como reavê-las. Fantástico (Idem, p. 22).

Ao final do livro, converteu-se o estado de privação no estado de integração que corresponde à metáfora da passagem pelo pontilhão. O corpo violentado, coberto de erupções, conseguiu libertar-se da dor por meio do encontro com o sublime que, no caso de Felipa, obviamente guiada pela mão católica de Adélia Prado, é a reconciliação com o Verbo Divino por meio da dádiva, da entrega absoluta a essas formas endoidecidas de amor pelas romãs eróticas e fecundas,[5] pelos anéis que manda fazer, pelas formas disfarçadas do gozo. A partir desse duro caminho de provas e das provações do corpo, feitos os testes do amor a Deus, a experiência da palavra humana tornar-se-á, a partir de então dispensável porque transmutada no sentimento da existência do Significante Supremo: "Não preciso proteger tudo, se Deus precisar me dá mais ideias e eu escrevo outro livro. De onde eu tirei este tem mais. Acho que morrer é assim." (Idem, p. 160). Como as belas romãs na travessa oferecidas a Deus, ao final do livro, o corpo é siderado no corpo único (ofertado ao colo de Deus) e transubstanciado em matéria infensa à dor.

Com Hilda Hilst, no conto longo de *A Obscena Senhora D*, tem-se um quadro próximo e mais derrisório de depressão. Também com sessenta anos, a personagem Hillé cumpre o luto por seu amor Ehud. De acordo com Julia Kristeva: "para uma mulher, a perda do objeto parece irremediável e o seu luto muito mais difícil, se não impossível" (Clément & Kristeva, 2001, p. 84). Mergulhada em dor irremediável, Hillé hipertrofia sua busca desenganada de um sentido para vida, enquanto o sentido de sua frase se esgarça, misturando tempos o passado (com seu amante vivo) e o presente

5 "Na Ásia, a imagem da romã aberta serve à expressão dos desejos – quando designa expressamente a vulva....São João da Cruz faz das sementes das romãs o símbolo das perfeições divinas nos seus efeitos inumeráveis." Cf. Chevalier, Jean e Gheerbrant, Alain. *Dicionário dos Símbolos*. 2ª ed. Rio de Janeiro: José Olympio, 1989, p.787.

insuperável, misturando estilos: da piada conhecida ao burilamento de uma frase formidável, misturando estupefação e violência, como diz num outro conto do livro *Com meus olhos de cão e outras novelas*: "Sobre o leito um punhal. Sobre o leito os textos de Plotino: Beleza é violência e estupefação" (Hilst, 1977, p. 237).

A estupefação de Hillé, ao contrário da dor ascendente de Felipa, faz movimentos de descida aos infernos e à animalidade. Presa à dor, Hillé torna-se uma personagem estranha para os habitantes da cidade. O desmazelo e o gênio insuportáveis acrescem de espanto o processo de desagregação que o leitor acompanha pelas reações dos que vão procurá-la:

> Casa da Porca, assim chamam agora a minha casa, fiquei mulher desse Porco-Menino Construtor do Mundo, abro a janela nuns urros compassados, espalho roucos palavrões, giro as órbitas atrás da máscara, não lhes falei que recorto uns ovais feitos de estopa, ajusto-os na cara e desenho sobrancelhas negras, olhos, bocas brancas abertas (p. 63).

Hillé encontra-se encoberta pela morte em suas máscaras diversas. São formas arcaicas do transe extático que prosseguem envultando a obscena Senhora D. São as máscaras da porca, da louca, da endemoniada, as que Hillé vai sobrepondo ao rosto do desamparo: "Derrelição Ehud me dizia, Derrelição – pela última vez, Hillé, Derrelição quer dizer desamparo, abandono..." (p. 61). A morte de Ehud acirrou a melancolia de Hillé, exagerou suas obsessões metafísicas e a velhice a joga no oco do mundo, no vão da escada, onde se esconde e onde experimenta o sentimento da morte:

> *Inutilidades. Caminho com pés inchados, Édipo-mulher, e encontro o quê? Memórias, velhice, tateio nadas, amizades que se foram, objetos que foram acariciados, pequenas luzes sobre eles nesta tarde, neste agora, ...a* pál-

> pebra descida, crestada, os ralos cabelos, os dentes que parecem agrandados, as gengivas subindo, procuro *um naco de espelho e olho para Hillé sessenta, Hillé e emoções desmedidas, fogo e sepultura, e falas falas desperdício* (Hilst, 1977, p. 95).

A juventude ficou perdida como um vestido de ramas, azulado "onde foi parar aquele vestido? E um colar mínimo de âmbar, perdeste" (Idem, p. 74), a juventude como *umas tardes-amora brevíssimas* transformou-se numa obsessiva procura que só pode desembocar na derrelição. A senhora D converte-se num olho desesperado que quer ver o que fica por trás do mistério do mundo. A busca incessante pelo sentido da vida: "Te olha. Onde v. está gora? Tô olhando o pulmão. Estufa e espreme. Tudo entra dentro de mim, tudo sai. Não tem nada que só entra? Não. E Deus? Deus entra e sai Ehud?" (Idem, p. 75) e a indagação pelo depois da morte, enfrentamento do horror e do asco:

> Um menino louco, vamos dormir vem, sim, vamos dormir, como é o Tempo, Ehud, no buraco onde te encontras morto? Como vive o tempo aí? Escuro e derepente (sic) centelhas de cores, como é o Tempo do inchado, do verme, do asqueroso? O que é o asqueroso? Como é o tempo no úmido do fosso? (Idem, p. 77)

A experiência de proximidade do "corpo asqueroso" do morto, junto às indagações convertem-se no desenfreado processo de identificação com a Morte como falta, o que Diego Ferreira chamou de ouquidão: "Esfacelamento. Um oco ardente de luz, o nome das coisas, quem tem o nome das coisas? Encostei a testa na tua testa, Menino-Porco, dois vazios teus olhos, dois assombros, nenhum sentimento nesses dois funis..." (Idem, p. 87).

"Ouquidão" como perda de sentido e perda de si própria: "Ter sido. E não poder esquecer. Ter sido. E não mais lembrar.

Ser. E perder-se" (p. 98). Isso corresponderá à necessidade de reintegração, no Todo como em Adélia Prado, mas à diferença de Prado, este Outro é materialidade. O que com Ehud já apontava para a necessidade de integrar-se a partir do sexo como antídoto para a vertigem metafísica: "Vida, morte, teu trânsito daqui pra lá, porra, esquece, segura meu caralho e esquece, te amo louca." (Idem, p. 72), na viuvez e na velhice derrisórias, será vivido como tentativa de olhar no olho vazio do menino-porco, criador do mundo. O que em Adélia era aferramento ao cotidiano como âncora para o naufrágio da imagem de si mesma e desafio irônico de verdades comuns – (o livro dela é cheio de comentários politicamente incorretos,) aferramento e desafio transmutados, ao final, em sentimento de êxtase e em glorificação do divino; em Hilda Hilst é desgarramento total da vida comum, estupefação e blasfêmia. Enquanto Adélia Prado no final dos Manuscritos de Felipa remete o leitor para um quadro de feminização incestuosa, a menina que encontra a paz no colo do Pai, podendo realizar a travessia sem dor; Hilda Hilst converte a dor em regressão a um princípio feminino arcaico, uma integração com a figura materna de uma porca:

> Convivo há alguns dias com a senhora P., a porca que escapuliu do quintal de algum...Tento sair da minha pulverescência, e olho longamente a senhora P. me olha. É parda, soturna, medrosa, no lombo uma lastimadura, um rombo sanguinolento. Hoje pude me aproximar muito lenta, e como diria o sóbrio: pensei-lhe os ferimentos. Roxo-encarnado sem vivez este rombo me lembra minha própria ferida, espessa funda ferida da vida (p. 105).

Essas duas violentas regressões ao princípio masculino, em Adélia, e ao princípio indiferenciado, em Hilda, ao contrário de explicar a melancolia da velhice, esse luto prévio por nós mesmos, tematizadas nos livros por uma confusão entre a velha e a menina, entre a mulher e o animal, transtorna os sinais positivos dos discursos consoladores.

Os velhos, encapsulados em seus passeios pelas ruas vazias durante a pandemia, também podem figurar nessas aparições dos fantasmas mais íntimos: derrelição, derrocada, desamparo nas grandes cidades. Se, no campo, na maioria das vezes, eles mantêm vida ativa e seu papel social, nas grandes cidades estão ocupando os lugares dos mais jovens. Numa animação produzida durante esse período, parodiava-se a série Walking Dead com o nome Walking velho,[6] e o narrador dizia: "Fiquei com medo de um velho me morder e eu virar velho".

Diferentemente, o envelhecimento para as duas escritoras, é uma forma transicional de experimentar a queda na vertigem embriagadora do nada. Por meio desse trânsito, elas nos levam a pensar sobre a incapacidade de a linguagem dar conta do fenômeno absoluto da Morte. Como se as formas de dizê-lo pudessem apenas timidamente apontar para nosso desejo de voltar a uma indiferenciação que estava no princípio de tudo, antes de Adelias, de Hildas, de Anas. Antes dos nomes, antes da doença, antes do vírus SARS, antes da pandemia de individualismo.

Referências bibliográficas

Chevalier, Jean e Gheerbrant, Alain. *Dicionário dos Símbolos*. Rio de Janeiro: José Olympio, 1989.

Clément, Catherine e Kristeva, Julia. *O Feminino e o Sagrado*. Rio de Janeiro: Rocco, 2001.

Gil, José. *Metamorfoses do corpo*. Lisboa: Relógio D'Água Editores, 2006.

---

6 https://www.youtube.com/watch?v=-v02HxxIQM0

Malabou, Catherine. *Ontologia do acidente*: ensaio sobre a plasticidade destrutiva. Desterro: Cultura e Bárbarie, 2014.

Hilst, Hilda. A Obscena Senhora D. In: *Com meus olhos de cão*. São Paulo: Brasiliense, 1977.

______. Qadós. In: *Com meus olhos de cão*. São Paulo: Brasiliense, 1977.

Prado, Adélia. *Manuscritos de Felipa*. São Paulo: Siciliano, 1999.

"Para a tropa do trapo vazo a tripa"

a persona satírica e a representação dos vícios na poesia atribuída a Gregório de Matos

Ana Lúcia M. de Oliveira

Antes de toda explicação, antes de toda interpretação compreensiva, o objeto deve ser reconhecido em sua singularidade.
Jean Starobinski (1988, p. 133)

Meu ponto de partida será o próprio título deste texto, que aponta para um dos problemas centrais que vêm mobilizando a crítica ao longo do tempo: a confirmação da autoria da obra atribuída a Gregório de Matos. Por uma questão metodológica básica, alguns fatos relevantes quanto à questão da autoria, nem sempre conhecidos, devem ser aqui reiterados: 1) não se conhece texto autógrafo de Gregório de Matos; 2) não há texto seu impresso em vida; 3) seus poemas foram recolhidos, sem qualquer critério normativo, em códices manuscritos por copistas dos séculos XVII e XVIII, que podem ter-lhe atribuído autoria da produção alheia. E mais: apesar de algumas publicações da sua "suposta" obra completa, a primeira edição realmente crítica das poesias[1] que lhe são atribuídas foi publicada apenas em 2013, coordenada por Adolfo Hansen e Marcello Moreira.

Decisiva para os desdobramentos da fortuna crítica da obra foi a primeira biografia do autor – *Vida do excelente poeta lírico, o doutor Gregório de Matos e Guerra* –, escrita no século XVIII por Manuel Pereira Rabelo. É importante observar a escolha do adjetivo "lírico" para caracterizar o poeta, deixando fora de foco sua produção mais numerosa e expressiva: os poemas satíricos e obscenos. Trata-se de um texto apologético, em que a admiração sobrepuja qualquer possibilidade de reflexão crítica. Serve de introdução a uma extensa compilação do códice gregoriano, sem indicação dos critérios que presidiram à sua coleta: os textos foram recolhidos da circulação oral anônima ou transcritos das legendárias "folhas avulsas" que circulavam na Bahia em fins do século XVII? Em síntese, foram coletados de fonte oral ou escrita? Tais dúvidas ainda permanecem.

Outro ponto a destacar refere-se ao fato de o biógrafo ter reunido também o anedotário acerca de Gregório de Matos, tentando passar a limpo a imagem do satirista, cuja vida supostamente devassa encontrava sua rima nas virulentas e obscenas poesias proferidas por sua denominada "boca do inferno". Para atenuar tão carregadas tintas, o biógrafo plasmou uma visão protetora do poeta, enfatizando alguns aspectos moralmente mais aceitáveis da sua vida e a sua produção lírico-religiosa, segundo se observa não apenas no texto biográfico apresentado como também nas didascálias (ou cabeçalhos) criadas por ele para apresentar cada poema. Esse texto, do qual existem diferentes versões sem registro de data e que parece igualmente ter sido "enriquecido" por diversos

1 Cabe mencionar a edição crítica elaborada por Francisco Topa, como tese de doutoramento defendida na Universidade do Porto, em 1999.

copistas ao longo do tempo, tem sido frequentemente utilizado como verdade histórica, única fonte a que se recorre para um estudo da vida e da obra do poeta – mais um elemento a contribuir para o inextricável imbróglio que cerca os estudos gregorianos.

Assim, desde os primórdios de sua fortuna crítica, a suposta obra poética de Gregório de Matos foi obliterada pela legenda constituída em torno do autor, suscitando julgamentos morais inteiramente estrangeiros a qualquer critério de avaliação estética de seus poemas. Seguem alguns exemplos. Para Araripe Jr, tratava-se de:

> Um reles boêmio, quase louco, sujo, mal vestido, a percorrer os engenhos do recôncavo, de viola ao lado, tocando lundus e descantando poesias obscenas, para regalo, naturalmente, dos devassos e estúpidos Mecenas da roça que lhe nutriam a gulodice senil (Araripe Jr., 1910, p. 55).

Agripino Grieco nos oferece um detalhado e surpreendente perfil psicológico do poeta: [...] uma alma de vitríolo, um caráter de velha sogra rancorosa e mexeriqueira, um espírito em que havia mais arestas que facetas. Não é excesso compará-lo a uma bexiga de fel. (Grieco,1932, p. 14). José Veríssimo reforça tal diagnóstico, afirmando que se trata de "um nervoso, quiçá um nevrótico, um impulsivo, um espírito de contradição e negação, um malcriado rabugento e malédico" (1998, p. 98). Uma apreciação dissonante, mas igualmente de caráter moralizador, é apresentada por Ronald de Carvalho, segundo o qual o poeta foi "o primeiro espírito varonil da raça brasileira" (1937, p. 28).

As observações anteriores nos possibilitam constatar que, desde o século XIX, a crítica brasileira vem atribuindo ao homem Gregório de Matos e Guerra, suposto autor da sátira produzida no século XVII na Bahia, as características do eu satírico que nela se apresenta. Ao eliminar, com tal atribuição, "o preceito retórico--poético que lhe modela o caráter como persona ficcional, a crítica rotineiramente propõe a poesia como expressão da psicologia e da psicopatologia do homem, em várias versões" (Hansen, 2004, p. 458), conforme pudemos observar nos trechos citados.

De 1923 a 1933, a Academia Brasileira de Letras editou as supostas obras completas do autor, sacramentando a transformação de Gregório de Matos em poeta lírico, a partir da censura das poesias satíricas, julgadas por demais libertinas. Tal censura foi justificada com as seguintes palavras do acadêmico Rodolfo Garcia: "Da [obra] licenciosa, imprópria para a tipografia, tiraram-se duas cópias datilografadas, que se guardam nos reservados da Biblioteca Nacional e da Academia de Letras, à disposição dos que tenham o gosto (ou o mau gosto) por semelhante gênero literário" (apud Hansen, 2004, p. 39).

As obras completas efetivamente completas só deixaram os "reservados" da Academia em 1968, devido à iniciativa de James Amado, que, após levantar e estudar os 25 volumes manuscritos – nos quais "a cópia dos versos jamais é idêntica" (Amado, 1990, p. 1279) –, publicou um novo código apógrafo com a reprodução desses escritos originais, intitulado "poesia da época chamada Gregório de Matos". Acrescente-se que essa iniciativa segue orientação proposta por Araripe Júnior (1910, p. 18), para quem "Gregório de Matos é toda a poesia do século XVII". Tal edição, que inclui 716 poemas supostamente escritos pelo poeta, possibilitou o acesso à sátira gregoriana, abrindo um fértil campo de pesquisa e de polêmica.

Como efeito dessa publicação, a partir da década de 1970, a obra de Gregório sofreu uma grande revalorização, especialmente sua poesia satírica, que até então lhe fora censurada. Observemos, ainda que rapidamente, a especularidade irônica que preside a essa aparente inversão de critérios. O mesmo valor moral apontado na obra como reflexo de sua vida é, em um caso – o dos críticos das primeiras décadas do século XX que censuraram sua produção satírica –, critério de constituição negativa de legibilidade e, no outro – o dos críticos contemporâneos –, de constituição positiva, segundo dois enfoques ideológicos antagônicos (cf. Hansen, 2004, p. 31). A partir de então, novos rótulos "libertários" são imputados ao poeta: anarquista, hedonista, concretista-oswaldiano, antropófago, precursor do movimento afro, e até tropicalista, após a inclusão do soneto "Triste Bahia" em disco de Caetano Veloso, de 1972. Entretanto, nas antologias colegiais, permanece a interdição da poesia licenciosa ou obscena, continuando a imperar a imagem do poeta lírico.

Assim, o estudo dos textos reunidos sob a rubrica "Gregório de Matos" tematiza imediatamente a questão da autoria como efeito da leitura dos poemas que lhe são atribuídos. Sigo aqui a orientação proposta por James Amado (1990, vol. II, pp. 1279-1282), para que a atribuição de autoria não funcione como um impedimento à abordagem de uma obra cuja riqueza foi reconhecida até mesmo por aqueles que censuraram os costumes de seu autor. Por exemplo, segundo um de seus críticos mais ferrenhos, Araripe Júnior (1910, p. 27), trata-se do "melhor poeta satírico das Américas, cuja originalidade enaltece a nossa literatura colonial".

A questão da originalidade, apontada pelo crítico, será a senha para a retomada de outro ponto polêmico no tocante aos estudos da poesia gregoriana. Em primeiro lugar, importa tecer algumas considerações acerca do método de abordagem proposto. Sabe-se que a etiqueta "barroco" foi produzida, no final do século XIX, para classificar as práticas de representação seiscentistas segundo pressupostos românticos, ao gosto da crítica literária oitocentista, mas inteiramente exteriores às produções artísticas que foram catalogadas sob a referida etiqueta. Cabe aqui enfatizar que os discursos assim classificados são resíduos de práticas que só existem para além de si mesmas, no tempo, como a ruína que chegou até nós sobredeterminada por diferentes apropriações efetuadas nesse longo decurso de três séculos (cf. Hansen, 1994, p. 33).

Para atenuar o anacronismo inevitável em qualquer abordagem de textos tão remotos, seguirei a lição de Adolfo Hansen, em seu fundamental livro *A sátira e o engenho: Gregório de Matos e a Bahia do século XVII*, inspirando-me em sua busca de adequação histórica ao objeto estudado e recusando a interpretação das práticas discursivas como representação diferida de seu momento de produção. Após exame detalhado das *Atas da Câmara* e das *Cartas do Senado* referentes à cidade do Salvador, Bahia de Todos os Santos do Estado do Brasil no século XVII, Hansen observou que tais documentos, contemporâneos da sátira atribuída ao poeta, são estratégicos na constituição do referencial satírico, ou seja, os discursos formais e informais do lugar recriados comicamente nos poemas (2004, p. 105). Em outros termos, "o discurso da sátira cruza-se com os das *Atas* e *Cartas* não porque os tome como temas, numa relação de exterioridade, mas porque, no mesmo tempo e no mesmo lugar, efetua os mesmos temas com outra ordenação discursiva cujas regras hierárquicas funcionam analogamente" (Hansen, 2004, p. 108). Importa destacar que a persona satírica unifica sua intervenção "em nome do bem comum", que é, quase sempre, a generalidade dos interesses de um grupo ou de uma ordem.

Se, atualmente, diferentes meios de comunicação empregam, através de sofisticada tecnologia, múltiplas formas de apelo visual e auditivo para conquistar e convencer os receptores, no século XVII contrarreformista, o envolvimento do público tinha que ser obtido através dos requintes persuasivos da eloquência, voltados para os objetivos de difundir a ortodoxia católica e de fazer face à Reforma protestante. Assim, a ostensiva ornamentalidade da retórica barroca foi a "tecnologia" de convencimento manipulada numa época em que as palavras ainda não recebiam o suporte dos engenhos fabricados pelo progresso científico. Daí o número considerável de tratados sobre retórica e eloquência então produzidos, apontando para a predominância de uma rígida codificação das práticas discursivas, em um tempo ainda anterior às noções românticas de originalidade e de expressividade da obra.

Sem mais protocolos de leitura, passo ao exame da musa praguejadora gregoriana. Inicialmente, cabe apontar que pouco se sabe da situação material de recepção da sátira: era lida em voz alta para todos ou para um grupo específico de destinatários? Era afixada em pasquins ou circulava anônima em folhas volantes? Essas perguntas ainda não encontraram respostas satisfatórias. Conforme a tradição do gênero, a sátira é estruturalmente aberta, sendo que "a abertura faz dela uma forma da oralidade e da audição, segundo a temporalidade curta das praças e das ruas" (Hansen, 2004, p. 64). E mais: segundo James Amado (1990, vol. I, p. 21), "no caso do Brasil Colônia, onde a imprensa era proibida pela coroa portuguesa, a poesia saía às ruas e era uma festa para todos os marginalizados do rígido sistema". Consequentemente, nos poemas satíricos, há uma tensa coexistência da oralidade e da escrita.[2] A própria generalidade da caracterização dos tipos humanos, suficientemente aberta para adaptar-se criticamente a pessoas de várias posições sociais, indica a reciclagem fácil desse gênero. Trata-se de uma prática poética de intervenção social, por meio da qual se produz um rosto anônimo em que alguém se reconhece e pode vestir a carapuça...

Para os propósitos de minha análise, é relevante enfatizar que a sátira funciona em condições teatrais: como ato de comunicação entre um cantador e seus ouvintes. Desse modo, tem sempre em

2 Sobre a relação entre sátira e oralidade, cf. Hansen & Moreira, 2013, p. 56-65.

vista o destinatário, de quem espera a cumplicidade e o deleite favoráveis à causa que a motiva. Segundo as convenções do gênero, a persona satírica é vazia, espécie de ator móvel que pode investir diferentes vozes – o que de saída põe em xeque as leituras da poesia satírica atribuída a Gregório em clave exclusivamente biográfica. Conforme a exaustiva análise de Adolfo Hansen evidencia, sua fala heterogênea manifesta vários paradigmas de ação, segundo os principais códigos do século XVII ibérico: direito, ética e religião. Em seu *modus operandi*, o eu que fala é um personagem intermediário entre o autor e a função que ele assume: a do satírico em si. De fato, como o leitor deve saber, no jogo poético, quando um autor diz eu, este eu é análogo ao do ator no ato da representação, não devendo ser identificado com o da pessoa empírica que o profere. No caso específico da obra em exame, os poemas apresentam como um de seus protagonistas o próprio poeta, que, "implicado normalmente como persona principal da cena ficta de enunciação, a produz figurando-se, por meio de um artifício engenhosíssmo, a si mesmo como ethos, 'caráter", ao lado de outros ethe, de que ri, zomba e que censura, vitupera [...]". (Hansen & Moreira, 2013, p. 136-137).

Fechando os olhos para tais questões, os críticos biográficos parecem pressupor que o eu satírico seja uma imagem exata de seu criador ou um porta-voz de seus pensamentos e crenças. Consoante nos esclarece Kernam (1959, p. 16-28), nessa falácia biográfica oblitera-se o fato de que muitas características atribuídas à psicologia dos autores que compuseram sátiras derivam da própria natureza desse gênero, o qual, por definição, encena paixões excessivas. Mencione-se, ainda, o conhecido preceito retórico de que o orador enraivecido obtém mais sucesso do que o impassível. E mais: o sucesso não decorre de ele estar efetivamente irado, mas de imitar a ira com precisão, afetando indignação. A esse respeito, Hansen (2004, p. 459) nos lembra o óbvio: "que a sátira é poesia; que a poesia é ficção; que o eu satírico é um personagem; que o personagem é um tipo fictício; que o seu caráter de tipo também é fictício e inventado tecnicamente pelo poeta para a finalidade satírica de expor o vício e a depravação".

Cabe reiterar que os autores de sátiras manipulam o eu enunciador de maneira dramática, constituindo-o como uma espécie de ator que pode desempenhar diferentes papéis. Como se sabe, o termo persona etimologicamente significa "máscara". Esta encenação enunciativa, advinda da encenação teatral que substituiu a primitiva dramatização ritualística, é o artifício que permitirá a inscrição do poético e o estabelecimento dos papéis desempenhados no jogo da funcionalidade do texto. Na sátira, a persona é uma convenção, ou seja, uma máscara aplicada pelo poeta para figurar as duas espécies do cômico definidas por Aristóteles – o ridículo e a maledicência, ou o vício não nocivo, que provoca riso, e o vício nocivo, que causa horror. Para abarcar essas duas espécies, a persona é inventada como um ator que encarna valores e posições institucionais, os quais "asseguram o efeito da sua unidade virtuosa e/ou de sua indignação agressiva e obscena" (Hansen, 2004, p. 459). Desse modo, na sátira atribuída ao poeta baiano, a persona se configura com categorias e preceitos jurídicos, teológico-políticos e retóricos do século XVII, que são reciclados, em cada poema, como esquemas que estruturam a ação verbal encenada.

Nos poemas satíricos em foco neste texto, seguindo a tradição do gênero, a persona pode ser classificada como horaciana ou juvenaliana. Nesta última, o cômico é tratado com maledicência e a persona mimetiza o tipo bom e decente capaz de representar a indignação contra os vícios. Já na sátira horaciana, a persona extrai uma forma de divertimento amável dos pecados alheios. Contudo, segundo nos esclarece Hansen (2004, p. 228-9), o eu do discurso da sátira baiana não é tão horaciano que evite a invectiva agressiva ou os excessos obscenos; pelo contrário, se fôssemos estabelecer uma genealogia para tais características, a obra de Juvenal seria a mais indicada, principalmente pela sua obscenidade e pela enunciação irada, aparentemente contraditória, porque irracional, de vituperação das paixões. Entretanto, tal irracionalidade da indignação é configurada racionalmente e sua obscenidade pressupõe as normas que a emolduram, tornando-a visível. Portanto, não há qualquer contradição na indignação satírica, a não ser que esta seja enfocada psicologisticamente como expressão do caráter do autor, conforme o que foi feito por alguns críticos já mencionados.

Igualmente digno de nota é o fato de que, mesmo figurando certa desproporção entre a racionalidade que a norteia e o desenvolvimento escabroso do tema, a sátira não se posiciona contra a moral, consoante uma leitura apressada poderia pressupor. Trata-se, antes, do desenvolvimento de uma artificiosa técnica de contraponto: ocupar-se do vil, do sórdido, como estratégia que apontaria para um plano diametralmente oposto. Na sátira seiscentista, a obscenidade produz monstros que servem para ilustrar a normatividade da Lei, segundo "padrões aristotélico-escolásticos de virtudes proporcionais e vícios desproporcionais" (Hansen, 2004, p. 198) e não a partir da livre imaginação do autor, conforme às vezes se lê anacronicamente na crítica.

Em outros termos, a sátira apresenta genericamente dois movimentos: "o da ruptura do decoro, que expõe o evento aberrante, disforme e ridículo, sempre mau, e o da sua ponderação, que identifica e analisa o monstro criado como ausência de Bem" (Hansen, 2004, p. 220). Claro e escuro, ordem e desordem, virtudes e vícios. Facilmente se constata que a mistura plasmada na poesia satírica também pretende, como toda a arte denominada barroca, seguir os ensinamentos horacianos e ser simultaneamente útil e doce, ensinar e deleitar. Desse modo, as sátiras ensinam divertindo e castigam rindo, sempre com grande eficácia persuasiva.

Observe-se o soneto dedicado ao governador Antônio de Sousa de Meneses, denominado o Braço de Prata, para verificar outros aspectos do modus operandi satírico:

> Senhor Antão de Sousa de Meneses,
> Quem sobe a alto lugar, que não merece,
> Homem sobe, asno vai, burro parece,
> Que o subir é desgraça muitas vezes.
>
> A fortunilha autora de entremezes
> Transpõe em burro o Herói, que indigno cresce.
> Desanda a roda, e logo o homem desce,
> Que é discreta a fortuna em seus reveses.
>
> Homem (sei eu) que foi Vossenhoria,
> Quando o pisava da fortuna a Roda,
> Burro foi a subir tão alto clima.
>
> Pois vá descendo do alto, onde jazia,
> Verá, quanto melhor se lhe acomoda
> Ser homem em baixo, do que burro em cima.
> (Matos, 2013, vol. I, p. 256)

Nitidamente se percebe que o tema central do texto acima é a crítica ao mau governante, modulada segundo o motivo clássico da mutabilidade e da instabilidade da Fortuna, usual nas letras da época. Em tal concepção, a Fortuna é uma deusa portando uma roda que faz os destinos humanos girarem ao sabor de seus caprichos. Por ser inconstante, ela é injusta e, ao mesmo tempo, paradoxalmente, sua injustiça se apresenta como justa quando inverte o que anda invertido, conforme ocorre no soneto em questão, quanto à posição social do governador criticado. Verifica-se, portanto, um julgamento moral implícito na referida inversão, indiciado a partir de diferentes reiterações da antítese subir/descer plasmadas no poema. Outro artifício satírico patente é o jogo irônico que decorre do choque da codificação que rege a designação e a significação pronominais com a circunstância específica em que é empregado o pronome "Vossenhoria" de maneira programaticamente inadequada, suscitando efeitos de ironia, pelo contraste com o qualificativo de "burro" que é atribuído, na mesma estrofe, ao mesmo sujeito.

Com base nesse poema, pode-se destacar (cf. Hansen, 2004, p. 226) o duplo movimento operante na produção satírica atribuída a Gregório de Matos: além de configurar semanticamente uma tipologia (no caso, a do mau governante), traça pragmaticamente uma topologia: o "monstro" referido está sempre fora, embaixo, em relação ao verdadeiro lugar que deveria ocupar. Assim, embora ataque incisivamente membros dos poderes constituídos da época, a sátira não se constitui como oposição a esses poderes, funcionando, antes, na formulação de Hansen, como uma espécie de "guerra caritativa, que fere para curar" (1991, p. 389). Nela se verifica a utilidade da persuasão que vícios e virtudes encenados nos textos podem produzir sobre um público específico, que se constitui, ao mesmo tempo, como referente e como receptor da obra.

Tal como a figura do sátiro, metade homem e metade animal, em que duas naturezas se misturam para formam uma terceira, a sátira "não tem a unidade prescrita de outros gêneros: é mista, como mescla de alto e baixo, grave e livre, trágico e cômico, sério e burlesco" (Hansen, 2004, p. 292). O fato de ser retoricamente mista e inclusiva provoca a sua diferenciação dos outros discursos, tornando-a extremamente plástica, apta para configurar um tema consoante posições discursivas diversas. Um exemplo patente de tal procedimento de misturas bastante heterogêneas é outro poema igualmente dedicado ao governador da Bahia, em que se lê:

Ó não te espantes não, Dom Antônio,
Que se atreva a Bahia
Com oprimida voz, com plectro esguio
Cantar ao mundo teu rico feitio,
Que já é velho em Poetas elegantes
O cair em torpezas semelhantes.
[...]
Olhos cagões, que cagam sempre à porta,
Me têm esta alma torta,
Principalmente vendo-lhe as vidraças
No grosseiro caixilho das couraças:
Cangalhas, que formaram luminosas
Sobre arcos de pipa duas ventosas.
[...]
Chato o nariz de cocras sempre posto:
Te cobre todo o rosto,
De gatinhas buscando algum jazigo
Adonde o desconheçam por embigo:
Até que se esconde, onde mal o vejo
Por fugir do fedor do teu bocejo
(Matos, 2013, vol. 1, p. 246).

Nessa caricatura do governador, a incongruência é construída como mescla de sinédoques e metáforas que, por pertencerem a campos semânticos disparatados, não se ordenam como proporção numa única isotopia. Cabe lembrar que, para a forma mentis seiscentista, a falta de unidade corresponde à falsidade do tipo retratado; assim, a incongruência intencional produz hibridismos ou "monstros poéticos", juntando determinações distantes, inadequadas, heteróclitas, tal como em "olhos cagões" e "nariz de cócoras", que rompem com o decoro dos gêneros elevados. É relevante destacar que, segundo os preceitos retóricos da sátira, tal inadequação é programática, revelando-se muito adequada para figurar o vício e os caracteres viciosos. Em síntese, no retrato do Braço de Prata, empregam-se deformações e metaforização grotesca para salientar que sua feiúra corporal opera como uma espécie de correlato pictórico da sua feiúra moral.

A sátira gregoriana realiza à perfeição o esquema retórico próprio de um gênero baixo: nela, o efeito de mau acabamento é proposital, como aplicação refinada de uma técnica muito precisa de produção de inacabamento (cf. Hansen, 1995, p. 210). No poema citado, as imagens caracterizadoras do tipo esboçado pelo pincel satírico são desproporcionadas, mistas e incongruentes, ferindo o preceito retórico da unidade verossímil da imitação. Segundo os ensinamentos do relevante preceptista seiscentista Emanuele Tesauro, na sátira, o poeta finge desprezar o decoro empregando metáforas inverossímeis, as quais, entretanto, são aptas para representar a não-unidade dos tipos viciosos e de suas ações desproporcionadas e vulgares. No exemplo citado, a elocução vulgar e obscena é retoricamente decorosa, pois é clara e óbvia, não necessitando de qualquer interpretação, o que a torna própria para ser compreendida pelos destinatários coetâneos na primeira vez em que é ouvida ou lida.

Cito mais um produto da "lira maldizente" gregoriana, que será discutido a seguir:

> Neste mundo é mais rico, o que mais rapa;
> Quem mais limpo se faz, tem mais carepa:
> Com sua língua ao nobre o vil decepa:
> O Velhaco maior sempre tem capa.
>
> Mostra o patife da nobreza o mapa:
> Quem tem mão de agarrar, ligeiro trepa;
> Quem menos falar pode, mais increpa:
> Quem dinheiro tiver, pode ser Papa.
>
> A flor baixa se inculca por Tulipa;
> Bengala hoje na mão, ontem garlopa;
> Mais isento se mostra, o que mais chupa.

> Para a tropa do trapo vazo a tripa,
> E mais não digo, porque a Musa topa
> Em apa, epa, ipa, opa, upa.
> (Matos, 2013, vol. 3, p. 30).

Observa-se no texto um engenhoso jogo de sonoridades insólitas, influência de Quevedo, modelo emulado e suplantado por Gregório de Matos, pois as rimas do poema espanhol no qual se inspirou não seguem a ordenação vocálica de a-e-i-o-u presente no poema anteriormente citado. Menciono, de passagem, que essas mesmas rimas também provocaram um torneio poético entre Bernardo Vieira Ravasco e o padre Antônio Vieira, o que evidencia a coletivização dos procedimentos retórico-poéticos seiscentistas.

Nas três primeiras estrofes, esse soneto joga com um procedimento tautológico, que consiste em dramatizar a divisão de um conceito, figurando-o de modo diverso e sinônimo a cada nova divisão: trata-se de um efeito irônico porque, embora o discurso figurado "ande", como encadeamento sequencial, não avança o discurso reiterado nos sinônimos, que o acumulam.

A grande síntese efetuada nesse poema manifesta-se nos versos que o compõem, de sentido independente e muito próximos do aforismo. Seu caráter sentencioso e moralista fica claro graças a essa dimensão aforismática e à universalização do mal, bastante perceptível na generalização e na indefinição da sua fonte. No entanto, a eventual sisudez que poderia brotar dessa posição sentenciosa é desconstruída. O poeta atenua o rigor da condenação por meio da construção de alguns versos que lembram sentenças populares, por meio da variedade rítmica e da exploração de outros elementos sonoros. Às aliterações evidentes, junte-se o verso 12, a citação que consta do titulo deste ensaio e que configura um verdadeiro trava-línguas: "Para a tropa do trapo vazo a tripa". Como se isso não bastasse para rir do vício, o poeta termina o soneto com um verso metalinguístico, "Em apa, epa, ipa, opa, upa", que suscita o riso, rompendo com o raciocínio e a análise desenvolvidos nos versos anteriores.

Em síntese, esse poema denuncia a inversão dos valores, tema muito caro ao desengaño barroco, que nele recicla um dos principais topos da literatura. Nas palavras de Hansen:

> Referidas todas as definições a tipos vis e à vileza das suas ações, as rimas jocosas coletadas no último verso traduzem ironicamente o conteúdo da tripa vazada pelo sujeito discursivo no poema, mimetizando com obscenidade a sonoridade do ato indecente, "em apa, epa, ipa, opa, upa" (Hansen, 2004, p. 61).

Antes de concluir, algumas observações gerais. Ao contrário do que tradicionalmente se reiterou acerca da produção poética atribuída a Gregório de Matos, não era preciso estar "dilacerado" por solicitações opostas, traduzidas pelos chamados dualismos barrocos, para escrever, ao lado de textos satíricos, eróticos ou obscenos, sonetos devotos ou peças moralizantes. Bastava, no caso, ser movido por um impulso lúdico ou pela vontade de emulação, e criar sua obra a partir de uma reciclagem de linhas temáticas e de lugares-comuns então difundidos – como, aliás, pregavam as artes poéticas e retóricas de seu tempo.

O fato de Gregório ter elaborado poemas de contrição religiosa não significa, portanto, a confissão pública de seu arrependimento no final da vida, revelando possíveis tormentos senis na alma corrompida pelos pecados e sequiosa de salvação, dentro do clima pendular do Barroco, como imaginam alguns analistas da sua obra, em análises de cunho biográfico que reciclam interpretações de seu primeiro biógrafo. Significa, antes, que o poeta partilhava do espírito de emulação e do prazer de imitar, tão decantados em seu tempo. Desse modo, os famosos "sonetos de arrependimento" dirigidos a Cristo que lhe são atribuídos podem não ter passado de peças escritas para mostrar versatilidade poética, a partir do desdobramento de um dos topoi mais encontrados na poesia ibérica seiscentista. Assim, é equivocado conceber um homem Gregório de Matos arrebatado de piedade cristã, apenas por ter escrito poemas de devoção religiosa. O corpus poético que lhe é atribuído deixa entrever a figura majoritária de um poeta satírico e burlesco, como a crítica mais perspicaz atualmente já reconhece. Segundo Teixeira Gomes (1980, p 32),

> [...] a explicação para o cultivo de temas contrários por parte de Gregório de Matos, do obsceno ao contrito, não deve ser buscada, pois, no pretenso interior convulsionado do homem (cujo texto, aliás, deixa bem claro que, se convulsão houve, foi a provocada por mulatas e não por santos), mas sim na integração do poeta com costumes generalizados da sua época, os quais impunham a cada escritor que exibisse o seu engenho excedendo o que outrem já houvesse produzido.

Já encaminhando para a conclusão, recolho uma questão levantada no início deste texto acerca do duplo retrato do poeta Gregório de Matos constituído ao longo do tempo, em que se acentuava ora sua face lírico-religiosa, ora a face satírica, ao sabor das diversas mãos que habilmente manipularam tintas e pincéis para esboçar um rosto que, em uma reviravolta irônica, mimetizava caricaturalmente os próprios princípios éticos e estéticos dos retratistas. Seguindo a lição de James Amado, Teixeira Gomes, Marcello Moreira e Adolfo Hansen, tentei propor aqui o abandono do retrato do poeta em proveito do esboço de um painel com as múltiplas facetas da persona satírica configurada em uma obra que está, não apenas "à procura de um autor", como definido por Emanuel Araújo (1990, vol.II, 1285) na primeira edição da obra completa, mas à espera de mais leitores e pesquisadores curiosos.

Concluo destacando a atualidade dos poemas satíricos atribuídos a Gregório de Matos, que abordam temas e problemas com os quais ainda nos deparamos na atualidade, tais como a tirania dos governantes, a corrupção da administração central, a prática do suborno, a cobrança de altos impostos, a venalidade da justiça e do clero, a exploração das classes pobres, a misoginia e o preconceito racial. Como exemplo, cito um poema que discorre sobre os problemas que assolam a cidade de Salvador na época em foco, centrados na corrupção geral que acomete todas as ordens políticas e sociais que a compõem. Trata-se de um texto que, por motivos óbvios, também nos leva a pensar questões cruciais de nosso próprio tempo, como facilmente se pode constatar:

Que falta nesta cidade? Verdade.
Que mais por sua desonra? Honra.
Falta mais que se lhe ponha? Vergonha.

O demo a viver se exponha,
por mais que a fama a exalta,
n'uma cidade, onde falta
Verdade, Honra, Vergonha.

Quem a pôs neste socrócio? Negócio.
Quem causa tal perdição? Ambição.
E o maior desta loucura? Usura.

Notável desventura
de um povo néscio, e sandeu,
que não sabe, que o perdeu
Negócio, Ambição, Usura.
[...]

E que justiça a resguarda? Bastarda.
É grátis distribuída? Vendida
Quem tem, que a todos assusta? Injusta.

Valha-nos Deus, o que custa,
o que El-Rei nos dá de graça,
que anda a justiça na praça
Bastarda, Vendida, Injusta.

Que vai pela clerezia? Simonia.
E pelos membro da Igreja? Inveja.
Cuidei, que mais se lhe punha? Unha.

Sazonada caramunha!
enfim que na Santa Sé
o que se pratica, é
Simonia, Inveja, Unha

E nos frades há manqueiras? Freiras.
Em que se ocupam os serões? Sermões.
Não se ocupam em disputas? Putas.

Com palavras dissolutas
me concluís na verdade,
que as lidas todas de um frade
são Freiras, Sermões e Putas.
[...]

A Câmara não acode? Não pode.
Pois não tem todo o poder? Não quer.
É que o governo a convence? Não vence.

Quem haverá, que tal pense,
que uma Câmara tão nobre,
por ver-se mísera e pobre,
Não pode, não quer, não vence.

(Matos, 2013, vol.3, p. 46-48)

Referências bibliográficas

AMADO, James. A foto proibida há 300 anos. In: Matos, Gregório de. *Obra poética*, vol. I. Rio de Janeiro: Record, 1990.

______. Notas à margem da editoração do texto II. In: Matos, Gregório de. *Obra poética*, vol. II. Rio de Janeiro: Record, 1990.

ARARIPE JR, A. Gregório de Matos. 2. ed. Rio de Janeiro/Paris: Garnier, 1910.

ARAÚJO, Emanuel. 716 poemas à procura de um autor. In: Matos, Gregório de. *Obra poética*, vol. II. Rio de Janeiro: Record, 1990.

______. *O teatro dos vícios: transgressão e transigência na sociedade urbana colonial*. 2.ed. Rio de Janeiro: José Olympio, 1997.

CARVALHO, Ronald de. *Pequena história da literatura brasileira*. 6. ed. Rio de Janeiro: F. Briguiet & Editores, 1937.

GOMES, J.C. Teixeira. *Gregório de Matos, o boca de brasa*. Petrópolis: Vozes, 1980.

GRIECO, Agripino. *Evolução da poesia brasileira*. Rio de Janeiro: Ariel, 1932.

HANSEN, João A. *A sátira e o engenho: Gregório de Matos e a Bahia do século XVII*. 2. ed. rev. São Paulo: Companhia das Letras, 2004.

______. Ut pictura poesis e verossimilhança na doutrina do conceito no século XVII. In: Megale, Haeitor (org.). *Para Segismundo Spina*, São Paulo: EdUSP. 1995, p. 201-214.

______. Sátira barroca e anatomia política. In: *Literatura e memória cultural*. Anais do 2º Congresso Abralic, vol. I. Belo Horizonte: ABRALIC, 1991.

_____. *Pós-moderno e barroco*. Cadernos do Mestrado/Literatura n. 8. UERJ: Instituto de Letras, 1994.

HANSEN, João A. & Moreira, Marcello. *Para que todos entendais: poesia atribuída a Gregório de Matos e Guerra; letrados, manuscritura, retórica, autoria, obra e público na Bahia dos séculos XVII e XVIII*. Belo Horizonte: Autêntica, 2013.

HOUAISS, Antônio. Tradição e problemática de Gregório de Matos. In: Matos, Gregório de. *Obra poética*, vol. II. Rio de Janeiro: Record, 1990.

KERNAN, Alvin. *The Cankered Muse: Satyre of the English Renaissance*. New Haven, 1959.

MATOS, Gregório de. *Obra poética*. Ed. James Amado e notas de Emanuel de Araújo. Rio de Janeiro: Record, 1990. 2 vol.

OLIVEIRA, Ana Lúcia M. de. *Por quem os signos dobram: uma abordagem das letras jesuíticas*. Rio de Janeiro: EdUERJ, 2003.

RABELO, Manuel P. Vida do excelente poeta lírico, o doutor Gregório de Matos Guerra. In: Matos, Gregório de. *Poemas atribuídos*: códice Asensio-Cunha. 4 vol. Edição e estudos de João Adolfo Hansen e Marcello Moreira. Belo Horizonte: Autêntica, 2013.

SPINA, Sigismundo. Gregório de Matos. São Paulo: Assunção, s/d.

STAROBINSKI, Jean. A literatura: o texto e o seu intérprete. In: Le Goff, J. & Nora, P. (ed.). *História: novas abordagens*. São Paulo: Francisco Alves, 1988. P. 132-143.

TOPA, Francisco. *Edição crítica da obra poética de Gregório de Matos*, 2 vol. Tese de doutoramento em Literatura Brasileira, defendida na Universidade do Porto, 1999. Texto disponível em: https://www.literaturabrasileira.ufsc.br/_documents/gm-i.pdf Último acesso em 05/08/2020.

VERÍSSIMO, José. *História da literatura brasileira*. São Paulo: Letras & Letras, 1998.

Um diário sem assunto, um romance do silêncio
Memorial de Aires

Andréa Sirihal Werkema

1.

O nono e último dos romances de Machado de Assis, *Memorial de Aires* (1908), foi concebido e publicado por seu autor como o derradeiro, como se verifica na correspondência de Machado – ali, falando aos amigos mais íntimos, entre descrições de seus males físicos e da solidão irremediável da viuvez, o autor diz que não escreverá mais romances, pois está velho, não tem mais forças, e talvez devesse ter parado no anterior, *Esaú e Jacó*, de 1904.[1]

Não deixa de ser interessante o último romance trazer como personagem principal, e autor/memorialista fictício, o Conselheiro José da Costa Marcondes Aires, que já comparecera no romance de 1904, como um dos seus personagens, que faz, volta e meia, alusão direta à escrita de um memorial. O *Memorial de Aires*, no entanto, apesar de seu nome, que remete a um dos gêneros das memórias ("obra escrita que relata fatos ou feitos memoráveis"),[2] é, na verdade um diário, e diário explicitamente editado, como se vê na Advertência ao livro, o que nos traz ainda antes da leitura do romance um problema de gênero literário: diário, memórias e

1 Conferir as cartas escritas a partir de julho de 1908, em Assis, 1997, Vol. III, p. 1090-1094.

2 Conferir o verbete: http://www.aulete.com.br/memorial.

memorial são, em termos claros, gêneros aparentados, mas não necessariamente idênticos em tudo. Há algo da ordem temporal que estabelece um corte e separa o diário, gênero da presentificação do cotidiano, do memorial que teria sido publicado após a morte de seu autor – e se o memorial deve nos apresentar os feitos memoráveis de dada pessoa, só podemos recorrer à ironia machadiana para aceitar a ausência total de fatos propriamente ditos no romance, ainda mais memoráveis... Pode parecer um problema relativo a questões editoriais, é claro, já que o diário de Aires, encontrado depois de sua morte, torna-se memórias ao ser publicado, à sua revelia, mesmo que o manuscrito já atendesse pelo nome de memorial. E trata-se novamente de memórias póstumas, mas, portanto, no sentido de que teriam sido publicadas depois da morte de seu autor (eis o autor defunto), que as escreveu em vida – e, novamente, o autor é fictício, é personagem, que saiu de um livro para escrever outro livro. Vejamos enfim a Advertência ao *Memorial*:

> Quem me leu *Esaú e Jacó* talvez reconheça estas palavras do prefácio: "Nos lazeres do ofício escrevia o *Memorial*, que, apesar das páginas mortas ou escuras, apenas daria (e talvez dê) para matar o tempo da barca de Petrópolis".
> Referia-me ao Conselheiro Aires. Tratando-se agora de imprimir o *Memorial*, achou-se que a parte relativa a uns dous anos (1888-1889), se for decotada de algumas circunstâncias, anedotas, descrições e reflexões–, pode dar uma narração seguida, que talvez interesse, apesar da forma de diário que tem. Não houve pachorra de a redigir à maneira daquela outra –, nem pachorra, nem habilidade. Vai como estava, mas desbastada e estreita, conservando só o que liga o mesmo assunto. O resto aparecerá um dia, se aparecer algum dia.
> M. de A. (Assis, 1997, Vol. I, p. 1096)

O artifício ficcional aqui utilizado é claro, pois retoma o que fora dito por um autor, ou editor, em outro romance, admitindo assim, desde o início, que Aires é um personagem de romance; aqui ele comparece como escritor de diário, ou memória. Mas a forma de diário não descreve de maneira satisfatória o que se vai ler: há diários e diários. No caso do Conselheiro Aires, a sua falta de assunto no que quer que se refira a si mesmo, à sua vida de diplomata aposentado que voltou ao Brasil, é em si um indicativo de que a "narração seguida" de que fala M. de A. (editor? autor? amigo do autor?) não remete nem de longe a uma forma romanesca mais corrente. Está bem detalhado ali, naquelas poucas linhas que retomam a Advertência-prefácio de *Esaú e Jacó*, a maneira pela qual o *Memorial* teria chegado ao leitor: é versão desbastada, cortada e expurgada do diário escrito pelo Conselheiro durante uns dois anos.

No entanto, o mais importante na pequena Advertência talvez seja a admissão de uma passagem da narrativa do romance *Esaú e Jacó* para a escrita memorialística do Conselheiro. Diz o autor-editor M. de A. que não teve paciência ("pachorra") para transformar o diário em narração, "à maneira daquela outra". Qual outra? A narração, ou melhor, narrativa do romance *Esaú e Jacó*, pura ficção, da qual se extrai um personagem memorialista? Veja-se aqui a complexidade da noção de autoria e da elaboração do texto ficcional. Mas mesmo a oposição entre ficção e vida narrada cai por terra se voltarmos à Advertência de *Esaú e Jacó*, que também cito aqui inteira:

> Quando o conselheiro Aires faleceu, acharam-se-lhe na secretária sete cadernos manuscritos, rijamente encapados em papelão. Cada um dos primeiros seis tinha o seu número de ordem, por algarismos romanos, I, II, III, IV, V, VI, escritos a tinta encarnada. O sétimo trazia este título: *Último*.

> A razão desta designação especial não se compreendeu então nem depois. Sim, era o último dos sete cadernos, com a particularidade de ser o mais grosso, mas não fazia parte do *Memorial*, diário de lembranças que o conselheiro escrevia desde muitos anos e era a matéria dos seis. Não trazia a mesma ordem de datas, com indicação da hora e do minuto, como usava neles. Era uma narrativa; e, posto figure aqui o próprio Aires, com o seu nome e título de conselho, e, por alusão, algumas aventuras, nem assim deixava de ser a narrativa estranha à matéria dos seis cadernos. *Último* por quê?
> A hipótese de que o desejo do finado fosse imprimir este caderno em seguida aos outros não é natural, salvo se queria obrigar à leitura dos seis, em que tratava de si, antes que lhe conhecessem esta outra história, escrita com um pensamento interior e único, através das páginas diversas. Nesse caso, era a vaidade do homem que falava, mas a vaidade não fazia parte dos seus defeitos. Quando fizesse, valia a pena satisfazê-la? Ele não representou papel eminente neste mundo; percorreu a carreira diplomática, e aposentou-se. Nos lazeres do ofício, escreveu o *Memorial*, que, aparado das páginas mortas ou escuras, apenas daria (e talvez dê) para matar o tempo da barca de Petrópolis.
>
> Tal foi a razão de se publicar somente a narrativa. Quanto ao título, foram lembrados vários, em que o assunto se pudesse resumir, *Ab ovo*, por exemplo, apesar do latim; venceu, porém, a ideia de lhe dar estes dous nomes que o próprio Aires citou uma vez:
> *Esaú e Jacó* (Assis, 1997, Vol. I, p. 946)

Apesar de longas, reservo-me o direito de citar as duas advertências por completo, pois não é meu propósito fazer a análise dos dois romances em sua inteireza e amplo sentido; me interessam em especial certas definições de gênero literário e também as relações possíveis entre a forma, o estatuto de ficção, a convenção da sinceridade confessional. Em outras palavras, eu diria que persigo, ao longo dos romances da chamada segunda fase de Machado de Assis, a sua possível "forma livre", enunciada como desafio ao gênero do romance no famoso prólogo de *Memorias póstumas de Brás Cubas* (Conferir Werkema, 2019, p. 99-114). A maneira como a busca de uma forma livre se atualiza na escrita do diário literário de Aires é mais uma prova da coerência de interesses do escritor Machado de Assis, que costuma voltar aos seus temas, seus problemas formais, suas questões narrativas.[3] Lembrar, no entanto, que o romance, enquanto gênero, se define exatamente por sua forma livre, é algo que não invalida de maneira alguma as impertinências do autor/narrador/personagem Brás Cubas já em seu prólogo. Permanece um questionamento que se torna fundamental para uma literatura como a brasileira, desde sempre em busca de uma atualização das formas disponíveis, como o exame de nossa produção oitocentista deixa evidente. No caso específico de Machado de Assis, inclusive, a busca por formas e não por uma essência do texto literário brasileiro é questão visível desde, pelo menos, seu famoso ensaio de 1873, "Notícia da atual Literatura Brasileira - Instinto de nacionalidade" (Assis, 1997, Vol. III, p. 801-809), que aconselha a troca das marcas exteriores do "brasileiro" por algo que seja, no mínimo, mais sutil; mas isso é uma discussão a ser continuada em outro espaço.

3 "Já é tempo de se começar a compreender a obra de Machado de Assis como um texto coerentemente organizado, percebendo que certas estruturas primárias e primeiras se desarticulam e se rearticulam sob forma de estruturas diferentes, mais complexas e mais sofisticadas, à medida que seus textos se sucedem cronologicamente." (Santiago, 1978, p. 29-30).

Voltemos à advertência de *Esaú e Jacó*: não é sem espanto renovado, pelo menos para mim, que se lê a indicação bastante enfatizada de que Aires é o autor do romance: o caderno designado como Último, e que se publica com o nome por que conhecemos o romance, é claramente parte do espólio do Conselheiro, que se deu ao trabalho de separar os seus diários e numerá-los, destacando o último, seja por sua diferença formal, pois é narrativa romanesca, seja porque deveria ser levado em consideração como último de seus escritos – procedimento aliás repetido pelo escritor Machado de Assis em relação a *Memorial de Aires*, a que ele alude, já sabemos, em suas cartas pessoais, sempre como último, derradeiro de seus romances. Quem fala nessa advertência, que não traz assinatura, indica que a razão para a "designação especial" do caderno que contém o romance continua um mistério: não seria por vaidade, obrigando os leitores à leitura de todos os seus "diários de lembrança" antes de chegar ao romance, pois o Conselheiro não era homem vaidoso... A resposta é um tanto óbvia, já que o último caderno contém uma "narração seguida": com personagens, entre eles o Conselheiro Aires, capítulos e enredo; e sem as marcações e entradas de datas, hora e minutos, como é natural na escrita diarística. É claro que se pergunta quem prefacia o romance *Esaú e Jacó*, o que, retrospectivamente, se elucida como sendo M. de A., a mesma pessoa que prefacia o *Memorial de Aires*. Mas, à altura da publicação do romance de 1904, não é possível ainda o acesso a essa informação. Acumulam-se truques e armadilhas narrativos, pois a moldura ficcional de praxe que se esperaria, que objetivasse estabelecer um pacto com o leitor – que acredita sem acreditar, mas prefere, por conforto, lidar com um autor possível –, acaba por subtrair qualquer possibilidade de crença numa ficção confortável. De resto, terreno machadiano por excelência, em que o autor se ficcionaliza a si mesmo para, ao que tudo indica, não ser obrigado a assumir certas responsabilidades: "Tal foi a razão de se publicar somente a narrativa." Lembremos o prefácio à terceira edição de *Memórias póstumas de Brás Cubas*; lá, Machado de Assis se esquivava das perguntas dos leitores de seu romance passando de novo a palavra ao defunto autor: "respondia o já defunto Brás Cubas... assim se explicou o finado..." (Assis, 1997, Vol. I, p. 512), em referência ao prólogo anterior, "Ao leitor", que figurou na edição de 1881, e era assinado por Brás Cubas.

Uma ideia deslocada de ficção: em ordem inversa, temos, no esquema da ficção machadiana, personagem, narrador, autor, editor. Como a estrutura da narrativa do romance *Esaú e Jacó* se rearranja ao passarmos para o romance-diário *Memorial de Aires*? Como se dá o deslocamento da própria ideia de ficção?

Isto é, se M. de A., um editor, um autor, um amigo do autor, ou, de maneira mais fácil, Machado de Assis, já fora o responsável pela publicação de *Esaú e Jacó*, este romance passa a compartilhar com o romance seguinte algo da natureza do diário ou da memória. E vice-versa: os diários de Aires têm agora um óbvio traço de narrativa ficcional. Ora, sabemos que o *Memorial* é inteiramente ficcional no seu fingimento de confissão, autobiografia; mas há reviravoltas estranhas aqui, já que a autoria ficcional é duplamente colocada em dúvida. O autor fictício de *Esaú e Jacó* é Aires, que deixou também, portanto, uma série de cadernos memorialísticos, que podem ser (e serão) publicados depois. Na efetiva publicação dos mesmos, no entanto, M. de A., que os prefacia, aponta para pesado trabalho de edição que foi feito nos cadernos, do qual foram destacados eventos relativos a uns dois anos, assim mesmo recortados, desbastados, para conseguir um efeito de "narração seguida, que talvez interesse, apesar da forma de diário que tem." Há portanto o memorial, nome que se dá ao diário do Conselheiro Aires, que o escrevia em cadernos ao sabor do tempo, e por muito tempo; e o *Memorial de Aires*, romance "editado" e "impresso" por M. de A. Sobre este segundo livro, diz-se que, apesar de sua forma, pode suscitar interesse; quanto ao resto dos cadernos, ou do memorial, pode ser que apareça um dia, se for o caso – o que, sabemos, não aconteceu.

Se o autor empírico, Machado de Assis, andava avisando a seus amigos que o *Memorial de Aires* era o derradeiro romance, não se trata aqui, como na Advertência a *Esaú de Jacó*, de um gancho para o próximo livro. Trata-se mais uma vez de um artifício para atribuir certa veracidade ao relato memorialístico – mas o seu efeito, como talvez previsto pelo autor, pode ser o contrário. Nas reviravoltas machadianas, a presença de Aires como personagem em outro livro é evidência suficiente para que se questione não só a autoria e a veracidade dos diários, mas também que se coloque em perspectiva os gêneros literários que aí se alternam: romance e diário. Ou romance-romance e romance-diário, escritos pelo mesmo autor fictício – a autoexposição dos recursos machadianos de escrita chega a um ponto máximo nos seus dois declarados últimos romances.

2.

Voltando à Advertência do *Memorial*, o interesse que o livro pode suscitar, no entanto, não se prende à reconstrução memorialística de fatos testemunhados pelo narrador, ou à sua forma narrativa e diarística, como está ali enunciado; pelo contrário, através do seu refinado discurso de diplomata, e de Conselheiro, Aires é capaz de filtrar ao máximo a narração, deixando passar apenas alguns fatos banais da existência em sociedade – mas esses poucos fatos vêm carregados de intenções, servindo como pano de fundo para a construção de um painel filosófico, de sabor existencial e digressivo, e cético. Se levarmos em conta o que diz M. de A. na Advertência do livro, temos, portanto, um duplo desbastamento, e há que se pensar que a "narração seguida" a que se chegou é o último fio de enredo, tênue, que segura as partes desse diário de velho, mais ou menos interessado na vida dos outros. Romance da ambiguidade, que começa pelo distanciamento que seu narrador, o Conselheiro memorialista, mantém de tudo e de todos – o diário aqui teria funcionalidade? Vejamos um de seus trechos, em que diz o Conselheiro:

> *24 de agosto*
> Qual! Não posso interromper o *Memorial*; aqui me tenho outra vez com a pena na mão. Em verdade, dá certo gosto deitar ao papel cousas que querem sair da cabeça, por via da memória ou da reflexão. Venhamos novamente à notação dos dias (Assis, 1997, Vol. I, p. 1141).

Na primeira leitura, parece sim haver uma óbvia funcionalidade no memorial que ocupa os dias do Conselheiro Aires, e esta diz respeito a certo gosto em se revelar, ou em reconstruir, "por via da memória ou da reflexão", as lembranças que o habitam. Mas é na própria justificativa para a escrita que encontramos o questionamento de uma motivação para se escrever um diário: insiste-se na memória e na reflexão como forma de resistir ao silêncio? Não sei se o propalado ceticismo de Aires resiste a isso.

O seu relato, que encena, como em muitos diários, sejam autobiográficos ou ficcionais, uma ausência de leitor imaginado – o diário é escrito para si mesmo –, parece cumprir ainda uma função já indicada por Bento Santiago em outro romance memorialístico de Machado de Assis: restaurar alguns fatos para suprir lacunas ou sobrepor-se ao silêncio da morte. O leitor inventado e negado em *Memorial de Aires* é bastante impreciso: quem leria as anotações de um homem que não tem mais interesse suficiente pela vida para criar um diário no qual seja o protagonista? Aires é, realmente, um homem velho que não se vê mais como protagonista – agente – de sua própria vida, como indica sua posição, muitas vezes reafirmada ao longo do *Memorial*, de espectador, de coadjuvante, de observador. Ele se autodefine na abertura do livro: "aposentado": "Certamente ainda me lembram cousas e pessoas de longe, diversões, paisagens, costumes, mas não morro de saudades por nada. Aqui estou, aqui vivo, aqui morrerei" (Assis, 1997, Vol. I, p. 1097).

Vamos cair de novo no problema do gênero: se você narra a história dos outros, da qual você participa como um observador um tanto distanciado, que tipo de livro você está escrevendo: diário, romance, crônica?

3.

Resta admitir que, uma vez encerrado o pseudodrama que leva ao casamento de Fidélia e Tristão, não há mais o que narrar no *Memorial*, e ele se extingue em nota baixa,[4] sem reflexões à maneira de encerramento, sem a tentativa de resgatar um saldo, à maneira de Brás Cubas ("Somadas umas cousas e outras, qualquer pessoa imaginará que não houve míngua nem sobra, e conseguintemente que saí quite com a vida." [Assis, 1997, Vol. I, p. 639]), ou de superar o vazio, como queria Bento Santiago ("O meu fim evidente era atar as duas pontas da vida, e restaurar na velhice a adolescência. Pois, senhor, não consegui recompor o que foi nem o que fui." [Assis, 1997, Vol. I, p. 810]).

Eis que esse diário apresenta sua forma tradicional, com entradas de dias e meses, e o leitor é levado por esse ritmo melancólico do dia a dia e das reflexões de bom tom do Conselheiro: mestre do encobrimento, ele nos convida a não prestar muita atenção

4 Conferir, em Baptista, 2014, p. 37, um comentário sobre *Memórias póstumas* que pode ser aproveitado em relação ao *Memorial*: "A forma é livre, sabemo-lo desde o prólogo, mas o livro, por exigência da forma, tem de acabar num ponto, e acaba precisamente neste (...)".

naquilo que diz, e nos sentimos protegidos por essa aparente rede de banalidades que constitui o romance. O ponto final é um estranho lembrete: acabou, mas como? Por quê, se a vida continua? E voltamos à Advertência que já tinha nos dito: trata-se de uma versão editada das memórias do Conselheiro Aires; a forma livre do diário, que começa ao acaso e assim deveria terminar, é aqui contida pela rasura do editor, ou organizador, dessas memórias. A insegurança de um leitor efetivo fica patente porque se aventa a possibilidade de que estamos a ler um diário ainda mais rarefeito do que este que acreditamos ter em mãos. Eis aí um efeito um tanto ou quanto perturbador, que enfatiza ainda mais a sensação de sermos ludibriados, por termos acesso a apenas parte da realidade que ali se reconstrói.

No entanto, pergunto se há algo mais machadiano do que esse mecanismo narrativo. Talvez não haja forma mais apta a fechar a série de romances de nosso autor do que a desse falso diário, autobiografia que narra a vida dos outros: Aires, como já fora personagem-observador em *Esaú e Jacó*, no *Memorial* é antes um narrador do romance de Tristão, Fidélia e do mundo ao redor dos jovens que se apaixonam, do que propriamente um memorialista. De si temos apenas reflexões que nem sempre percebemos. Ao final do livro, conta-nos Aires:

> *30 de agosto*
> Praia fora (esqueceu-me notar isto ontem), praia fora viemos falando daquela orfandade às avessas em que os dous velhos ficavam, e eu acrescentei, lembrando-me do marido defunto:
> — Desembargador, se os mortos vão depressa, os velhos ainda vão mais depressa que os mortos... Viva a mocidade!
> Campos não me entendeu, nem logo, nem completamente. Tive então de lhe dizer que aludia ao marido

> defunto, e aos dous velhos deixados pelos dous moços, e concluí que a mocidade tem o direito de viver e amar, e separar-se alegremente, do extinto e do caduco. Não concordou – o que mostra que ainda então não me entendeu completamente (Assis, 1997, Vol. I, p. 1200).

Eis aí uma boa imagem dos leitores de Machado de Assis, e desse livro em especial: não entendemos completamente o que se diz. É necessário que procuremos explicações, que voltemos ao texto e a seu enredo, para que o dito aforismático e filosófico do Conselheiro possa ser minimamente compreendido. E mesmo assim, talvez a história seja outra. Trata-se de um romance musical, sim, aí temos os nomes operísticos dos personagens e todo um modo de narrar, compassado, com ritornelos, talvez um *leitmotiv* – a memória. Como na música, o silêncio e a forma são determinantes neste último longo livro de Machado de Assis. Como na música, a menos mimética das artes, que no ocidente perdeu muito de sua função social, tornando-se expressão artística próxima da autossuficiência.

É relevante o que não se diz no *Memorial* – e o que não é dito, o que foi desbastado e cortado desse diário, permanece como possibilidade, sombra de livro. É mais um romance machadiano que procura falar do silêncio, criando uma impossibilidade formal que está na base de seus grandes romances, que buscam na memória um gênero, um motivo, uma justificativa ou autojustificativa. O *Memorial* nasce e morre como forma provisória, que exibe mais uma vez suas lacunas, sua impossibilidade, frente a leitores apressados, amantes da "narração direta e nutrida", do "estilo regular e fluente" (Assis, 1997, Vol. I, p. 583).

Referências bibliográficas

ASSIS, Machado de. *Obra completa*. Vol. I e III. Rio de Janeiro: Nova Aguilar, 1997.

BAPTISTA, Abel Barros. *Três emendas:* ensaios machadianos de propósito cosmopolita. Campinas, SP: Ed. Unicamp, 2014.

GUIMARÃES, Hélio de Seixas. *Os leitores de Machado de Assis*. O romance machadiano e o público de literatura no século 19. São Paulo: Nankin Editorial: Edusp, 2004.

MITIDIERI, André Luis. Machado de Assis, um romancista no espaço biográfico. *Machado de Assis em linha*, ano 3, número 6, dezembro 2010. p. 61-71. Disponível em: http://machadodeassis.fflch.usp.br/sites/machadodeassis.fflch.usp.br/files/u73/num06artigo05.pdf

MONTEIRO, Pedro Meira. A cidade ausente de Machado de Assis. *Revista do Instituto de Estudos Brasileiros*, (46), 29-41, 2008. Disponível em: http://www.revistas.usp.br/rieb/article/view/34599/37337

SANTIAGO, Silviano. Retórica da verossimilhança. In: *Uma literatura nos trópicos*. São Paulo: Perspectiva, 1978.

SARAIVA, Juracy Assmann. *O circuito das memórias*. São Paulo: Edusp/Nankin, 2009.

WERKEMA, Andréa Sirihal. Sobre a "forma livre" no romance de Machado de Assis. In: *As duas pontas da literatura*: crítica e criação em Machado de Assis. Belo Horizonte: Relicário, 2019.

WERNECK, Maria Helena. *O homem encadernado*: Machado de Assis na escrita das biografias. Rio de Janeiro: Eduerj, 2008.

A crítica à noção de sujeito em Machado de Assis

Bruno Lima

São muitas as hipóteses que justificam a cisão em duas fases da literatura do bruxo a partir de *Memórias póstumas de Brás Cubas* e a alternância da terceira para a primeira pessoa na condução narrativa. Para a compreensão de um livro de memórias escrito por um defunto-autor, sujeito que não é mais sujeito, a escrever de um "outro mundo", faz-se necessário adicionar à filiação confessa a Xavier de Maistre, Sterne e Almeida Garrett, uma outra, igualmente importante, posto que formal: o marco zero autobiográfico, *As confissões*, de Rousseau. Diz o filósofo genebrino, na abertura do livro: "Tomo uma resolução de que jamais houve exemplo e que não terá imitador. Quero mostrar aos meus semelhantes um homem em toda a verdade de sua natureza, e esse homem serei eu" (Rousseau, 2011, p.21). Pretende ele explicar quem é o homem que se confessa na maturidade com a narrativa de toda a sua vida, isto é, a sucessão de fatos vivenciados ao longo de sua infância, adolescência e vida adulta resultaria, *ipso facto*, no homem que rememora sua trajetória autobiográfica. Nesse sentido, "o menino é pai do homem", de acordo com Brás Cubas. Mas se é verdade que quem fomos explica quem somos, Cubas pouca importância dá à sua infância, narrada sem detalhes em poucos e curtos capítulos. Deliberadamente, Brás Cubas suspende anos e mais anos de sua biografia. O tempo cronológico é prescindível; o menino é pai do homem, mas sem comprovação de paternidade. *A obra em si mesma é tudo*, lemos em *Memórias póstumas*, logo, o que nela está ausente deve ser considerado desnecessário.

Prossegue Rousseau o início do livro I de *As Confissões*: "Somente eu. Conheço meu coração e conheço os homens. Não sou da mesma massa daqueles com quem lidei; ouso crer que não sou feito como os outros. Mesmo que não tenha maior mérito, *pelo menos sou diferente*. Se a natureza fez bem ou mal quando quebrou a forma em que me moldou, é o que *poderão julgar somente depois que me tiverem lido*" (Rousseau, 2011, p.21, grifos meus). Aqui, o autobiógrafo difere-se dos demais homens com quem travou contato – ele individualiza-se. É a partir desse momento que podemos falar em autobiografia porque até então não havia ainda o conceito de indivíduo. *As confissões* de Rousseau distinguem-se das de Santo Agostinho, por exemplo, porque este narra não a sua autobiografia, mas o *modus vivendi*, orientado pelo clero, comum a todos os homens. Apenas na Renascença o homem encontra-se livre, desobedecendo a condutas preestabelecidas de comportamento. Nasce, enfim, com Rousseau, o sujeito moderno, com suas particularidades e vicissitudes. Aproximadamente cem anos após o falecimento de Rousseau, vem a lume *Memórias póstumas de Brás Cubas*. Temporalmente, portanto, Machado de Assis e Brás Cubas situam-se em um momento em que podem afirmar suas individualidades. Tal qual Rousseau, Brás Cubas encerra o primeiro capítulo de *Memórias póstumas* solicitando ao leitor que "julgue-o por si mesmo" (Assis, 2015, Vol.I, p.601). Ambos conclamam seus leitores a julgá-los apenas após a leitura.

Rousseau alia à liberdade que possui no século XVIII outra característica importante para as autobiografias: a sinceridade. Assim continua a confessar-se: "Falei com a mesma franqueza do bem e do mal. Não calei nada que fosse ruim, nada acrescentei de bom; *e se, por acaso, empreguei algum floreado sem interesse não foi senão para preencher alguma lacuna devida à minha falta de memória.* Fui capaz de julgar verdadeiro *aquilo que eu sabia ser possível sê-lo* e nunca aquilo sobre o que eu tinha a certeza de ser falso. Mostrei-me tal como fui" (Rousseau, 2011, p.21, grifos meus). Ele assegura ao leitor que toda a sua vida é narrada com fidedignidade aos fatos empíricos, escusando-se de possíveis lacunas mnemônicas. Mas como se dá o preenchimento dos vãos que a memória não cobre? Com discurso, apesar de "floreado sem interesse". Não seria o discurso o responsável por um atalho que acaba por nos distanciar da empiria? O distanciamento da realidade estabelecida é intrínseco a qualquer narrativa, mesmo aquela fundada na memória. A realidade é inapreensível discursivamente, por mais que nos esforcemos por capturá-la. O compromisso de Rousseau com a verdade, assim, causa-lhe um embaraço difícil de ser solucionado. Caso concordemos que sua sinceridade fosse imaculada e, portanto, sua narrativa apresentasse-nos a mais perfeita e cabal reconstituição de sua vida, como equacionar as lacunas mnemônicas? "Um floreado sem interesse" ocuparia o vácuo da memória? Talvez seja esse o ponto nevrálgico ao qual chegamos: diferentemente de Rousseau, Brás Cubas não tem compromisso algum com a realidade, senão a estética. Desobrigado de narrar a realidade, o defunto-autor mostra-se talvez mais "honesto" que seu colega genebrino porque não se recorda do dia de seu nascimento e não procura florear o desconhecido. Tudo que nos diz a respeito do dia em que veio ao mundo é-nos contado "segundo as ouvi[u] narrar anos depois; ignor[a] a maior parte dos pormenores daquele famoso dia" (Assis, 2015, Vol.I, p.611). A verdade factual pouca ou nenhuma importância tem; não há floreios necessários e a memória não é evocada, permanece esquecida. Em *Memórias póstumas*, não há espaço para floreios porque, "se os contasse, não acabaria mais o capítulo, e é preciso acabá-lo" (idem). Há aqui uma notória ironia: diferentemente da autobiografia de Rousseau, que prima em mostrar "um homem em toda a verdade de sua natureza", nas memórias de Cubas qual seria a natureza desse homem? De onde provém a desimportância em esmiuçar todos os pormenores autobiográficos de um sujeito que colecionava insucessos? Em que difere de Rousseau, preocupado em mostrar-se em unidade cronológica e definitiva? Brás Cubas possui a mesma sinceridade do filósofo e de qualquer autobiógrafo, pois "a franqueza é a primeira virtude de um defunto" (idem, p. 630). De outro mundo, o narrador encara a memória como "nada menos que uma renascença" (Idem, p. 629).

Tal qual os narradores machadianos, Rousseau também dialoga com o leitor: "Leitor piedoso, partilhe minha aflição!" (Rousseau, 2015, p.48). Ao contrário do que ocorre em Machado de Assis, nosso primeiro autobiógrafo clama por cumplicidade. É a sua primeira pessoa a protagonista, desejosa da atenção dos confessores, ao passo que os narradores de Machado de Assis possuem uma relação outra com seus leitores. O bruxo aproxima-se da evidência que o sujeito moderno adquire a partir de *As confissões* de Rousseau. Todavia, Brás Cubas não possui uma biografia capaz de aguçar o interesse dos leitores porque sua vida foi de insucessos, péssimo *marketing* para o público disposto a ler-lhe a vida. Talvez essa tenha sido a primeira e mais certeira providência tomada por Machado: aproveitar a evidência à qual o homem setecentista se punha para, finalmente, rebaixá-lo à sua miséria. Não por acaso Brás Cubas dedica suas memórias "ao verme que primeiro roeu as frias carnes do [s]eu cadáver" (Assis, 2015, VoI. I, p. 598). Tanto Rousseau quanto Cubas consideram a vida uma miséria, mas divergem na importância dada ao indivíduo. Lá, um ilustre homem público resolve confessar-se e coloca sobre si os holofotes. Assim encerra o Livro I de *As confissões*: "Em vez disso... que quadro descreverei? Ah, não antecipemos as misérias da vida! Com esse triste assunto ocuparei demais os meus leitores"

(Rousseau, 2011, p. 65). Ele não suspende a narração para encerrar o capítulo, tal qual fez seu colega de *outro mundo*, mas se esmera em detalhar os fatos biográficos e ocupar os leitores por mais onze Livros. O término de *Memórias póstumas de Brás Cubas*, como sabemos, é a constatação da incapacidade de procriação; sem filhos, Cubas "não transmiti[u] a nenhuma criatura o legado da nossa miséria" (Assis, 2015, Vol.I, p. 733). Seria coincidência o término do Livro I de *As confissões* e o fim de *Memórias póstumas*? Ao retirar do indivíduo toda a importância que ele adquirira como personagem *real*, Machado relativiza o prestígio do homem, pois, sem descendência, finda consigo a valoração individual surgida com Rousseau. Essa a razão de Brás Cubas não lograr conquistas em sua vida. Nascera socialmente privilegiado e não se notabilizou por nada. Foi um acadêmico medíocre, não conseguiu esposar a mulher nem mesmo com o acordo paterno, não tornou-se ministro e, uma vez deputado, proferiu discurso risível sobre a barretina da Guarda Nacional. Em suma, o defunto-autor foi um "fiel compêndio de trivialidade e presunção" (Idem, p. 630).

Além disso, Brás Cubas, enquanto sujeito, difere de Rousseau porque é plural; não se pretende único, fixo e total; sua vida adulta não se explica por sua meninice, ainda que se percebam afinidades no caráter do menino vingativo a denunciar o beijo entre o doutor Vilaça e a dona Eusébia, futura mãe da coxa Eugênia. No capítulo "O embrulho misterioso", há a dúvida brascubiana em abrir ou não o inusitado achado, receoso de ser vítima da peraltice alheia e passar vexame. Já em seu próprio gabinete, longe de quaisquer olhares indiscretos, reflete Brás Cubas: "É certo que não tinha ali nenhuma testemunha externa; mas eu tinha dentro de mim mesmo um garoto, que havia de assobiar, guinchar, grunhir, patear, apupar, cacarejar, fazer o diabo, se me visse abrir o embrulho e achar dentro uma dúzia de lenços velhos ou duas dúzias de goiabas podres" (Idem, p. 654). Habitava, no homem adulto, a criança pronta a escarnecê-lo, como se presenciasse o ridículo no *outro*, apesar de mesmo. O indivíduo Brás Cubas trazia consigo intrinsecamente a alteridade. Mais que isso, esse episódio prova que o menino não é pai do homem, mas seu extemporâneo e contemporâneo simultaneamente, efeito singular e distante da cronologia rousseauniana. Em *As confissões*, a infância e a juventude justificam o autobiógrafo maduro; em *Memórias póstumas*, os tempos se confundem em caleidoscópio.

De acordo com o pacto autobiográfico de Lejeune (2008), porém, o leitor está certo de ler a vida de Rousseau como verdade inquestionável. Firmado o pacto, o leitor acredita na veracidade da narrativa porque confia na palavra e na sinceridade do autor, que classifica como factuais os episódios empíricos narrados. Nessa direção, sim, Rousseau atinge seu objetivo de mostrar-se tal qual foi e nenhum leitor suspeitaria do êxito de tal empresa. E por que haveria de pairar alguma dúvida? Jean-Jacques Rousseau é um personagem histórico que viveu entre 1712 e 1778, legou-nos obras importantes, editadas e reeditadas ainda hoje. Como questionar sua identidade autobiográfica? Trata-se de um texto em que um homem do século XVIII narra e funda a individualidade tal qual o mundo moderno a conhece. Em doze livros, Rousseau ambicionou dar-se a conhecer aos seus semelhantes e legar às futuras gerações um indivíduo único, como jamais houve e jamais haverá. Um leitor mais desconfiado, porém, indisposto a firmar o pacto autobiográfico, ainda assim conseguirá verificar a veracidade de muitos episódios narrados em *As confissões*, mas será incapaz, a depender do grau de ceticismo e de incredulidade, de confiar na narrativa que tece as várias passagens da autobiografia, sem falar que já sabe, de antemão, que a memória cedeu espaço para alguns "floreios sem importância".

As confissões de Rousseau responde a leitores certos de encontrarem nas páginas a vida empírica do autor, sem grandes questionamentos *acerca da verdade e da mentira* porventura existentes na narrativa; mesmo um leitor menos ingênuo, consciente da função ficcional inerente ao discurso, tenderá a aceitar como empírico o que lhe é narrado, ainda que com algum senso crítico. O indivíduo único que foi o filósofo genebrino reviveria em suas páginas autobiográficas, apesar de "forçado a alimentar-se de ficções" (Rousseau, 2011, p.54), conforme ele confessa ainda no Livro I. Tal revelação, contudo, passaria despercebida ou julgada irrelevante no pacto autobiográfico. Jean-Jacques necessita da alteridade para *se tornar o que é*; é com o outro seu comprometimento. Diz ele: "Bem sei que o leitor não tem grande necessidade de saber tudo isso, *mas eu tenho necessidade de contar-lhe*. Por que não ousar narrar-lhe também todas as pequenas anedotas daquela idade infeliz, anedotas que ainda me fazem exultar *quando delas me lembro*!" (idem, p.36, grifos meus). Nesse momento, estamos ainda no meio do primeiro dos doze livros de sua autobiografia. Percebe-se, nessa urgência em narrar amiúde anedotas infantis, uma diferença com o enfoque de Brás Cubas, que opta por excluir da narrativa sua vida escolar.

Na segunda metade do século XVIII, o eu que se narra angustia-se para se libertar, para individuar-se. O Rousseau que conhecemos é aquele inscrito na linguagem, logo, pode ser considerado ficcional. Afinal de contas, o real e, por conseguinte, o sujeito só são apreensíveis discursivamente. Para Nietzsche (1974, p.36, grifo do original), pensador com quem Machado dialoga na crítica à noção de sujeito, "a arte tem *mais valor* do que a verdade". Será que por temê-la, conforme ele afirma em *Ecce Homo*, recorremos à ficção?

Rousseau narra sua vida em uma sequência cronológica indispensável para seu projeto de unidade – na esfera da ordem natural – do homem moderno, tal como explica Carla Milani Damião (2006). Filósofo, Rousseau necessita justificar a coesão linear que funda o sujeito; romancista, Machado não apenas se desobriga de seguir a forma da gênese autobiográfica, como precisa subverter o gênero, de modo a deixar a sua marca formal e a sua crítica ao indivíduo único grafado e inscrito em *As confissões*. Como se dá essa *Transição*?

> E vejam agora com que destreza, com que *arte* faço eu a maior transição deste livro. Vejam: o meu delírio começou em presença de Virgília; Virgília foi o meu grão pecado da juventude; não há juventude sem meninice; meninice supõe nascimento; e eis aqui como chegamos nós, sem esforço, ao dia 20 de outubro de 1805, em que nasci. Viram? Nenhuma juntura aparente, nada que divirta a atenção pausada do leitor: nada. De modo que o livro fica assim com todas as vantagens do método, sem a rigidez do método. Na verdade, era tempo. Que isto de método, sendo, como é, uma coisa indispensável, todavia é melhor tê-lo sem gravata nem suspensórios, mas um pouco à fresca e à solta, como quem não se lhe dá da vizinha fronteira, nem do inspetor de quarteirão. É como a eloquência, que há uma genuína e vibrante, de uma arte natural e feiticeira, e outra tesa, engomada e chocha. Vamos ao dia 20 de outubro (Assis, 2015, Vol.I, p. 610, grifo meu).

Vale-se do método sem engessar-se a ele, vangloria-se Brás Cubas. O finado narrador, apenas no capítulo IX, recorda-se da pertinência de mostrar ao leitor sua infância, distante da memória. Para tornar sua narrativa mais fidedigna mnemonicamente, Machado deu um jeito de subverter o método empregado por Rousseau. Assim, afastou-se do "mundo real" e situou seu narrador em *outro mundo*; além desse deslocamento espacial, Machado faz de Brás Cubas um sujeito inábil para conquistar feitos notáveis, pois o sujeito moderno não possui a relevância nem a unicidade pretendida pelo genebrino.

Nietzsche, que em toda a sua obra trabalhou a crítica à noção de sujeito, viveu na mesma época de Machado de Assis. É possível dizer que tanto o pensador alemão quanto o bruxo do Cosme Velho, cada um a sua maneira, discutiram a (des)importância do sujeito moderno. Para Damião (2006, p. 27), "na segunda metade do século XIX, o conceito de sujeito como consciência de si, idêntico a si mesmo e autônomo, começa a ser pressionado em diferentes aspectos. (...) A crítica é baseada na certeza de que o sujeito não é mais nem 'espírito', nem 'consciência'". Portanto, é mais apropriado falarmos em desconhecimento de si na escrita autobiográfica e "deste desconhecimento resultaria como consequência uma grande dificuldade de expressão da verdade" (Damião, 2006, p. 28). Nesse sentido, para pensarmos *Memórias póstumas de Brás Cubas*, convém lembrar que para Nietzsche (1995, p. 52) todo texto filosófico é autobiográfico, mas, paradoxalmente, o alemão afirma ser possível separar vida e obra, uma vez que o sujeito, estranho a si mesmo, é múltiplo, ou, em suas palavras, "uma coisa sou eu, outra são meus escritos". É nesse cenário que a literatura de Machado é publicada e que surge o axioma de Quincas Borba sobre o Humanitismo: "o mesmo homem é repartido por todos os homens". Machado anteviu que se fazem mais eloquentes o pensamento e o conhecimento provenientes da ficção, uma vez que dispensa uma realidade única e imutável. Ao bruxo cético, o sujeito rousseauniano, que se pretendia pleno, não passaria de uma interrogação; ele visa oferecer uma realidade calcada na ficção e, em igual medida, no sujeito, mas não aquele de Rousseau. Formalmente, portanto, a solução encontrada por Machado é perfeita, afinal, o sujeito que se narra a partir de *Memórias póstumas* não possui comiseração pelo eu que Rousseau funda.

Algumas cenas de *Memórias póstumas*, pinçadas em diferentes momentos, servem-nos para iniciar o dialogismo em torno da ficção, ultrapassando o aspecto formal e individualizante do sujeito de *As confissões* e, por conseguinte, enfatizando o outro que somos. No capítulo intitulado "Virgília?", Brás Cubas pinta um retrato da ex-amante e, então, uma leitora interroga-o, colocando em xeque e problematizando a memória do finado Brás e a consequente veracidade que o lapso temporal anularia. É possível confiar na memória, afinal de contas? O narrador, com toda a sua peculiaridade, assim responde:

> Mas é isso mesmo que nos faz senhores da terra, é *esse poder de restaurar o passado, para tocar a instabilidade das nossas impressões e a vaidade dos nossos afetos*. Deixa lá dizer Pascal que o homem é um caniço pensante. *Não; é uma errata pensante, isso sim. Cada estação da vida é uma edição, que corrige a anterior, e que será corrigida também, até a edição definitiva, que o editor dá de graça aos vermes.* (Idem, grifos meus)

De caniço o homem passa a errata pensante – eis o sujeito que Machado de Assis nos oferece como alternativa ao sujeito moderno rousseauniano, seja em qual edição da "teoria das edições humanas" se encontra. Há um diálogo entre Machado e Nietzsche, no sentido de que, para este, em *Ecce Homo*, lhe é indispensável afirmar sua identidade de maneira a não ser confundido. No entanto, para "que alguém se torne o que é pressupõe que não suspeite sequer remotamente *o que* é" (Nietzsche, 1995, p. 48, grifo do original). Segundo Rosa Dias (2011, p. 104), "o 'eu' a que Nietzsche se refere é algo que se reinventa, e não uma substância fixa". Brás Cubas participa do debate da seguinte maneira: "não me ocorre nada que seja assaz fixo nesse mundo" (Assis, 2015, Vol.I, p. 603). Nesse sentido, é inviável pensar o narrador autobiográfico rousseauniano como representação do autor, posto que "cristalizado" pela narrativa. Se "o mesmo homem está repartido por todos os homens", Nietzsche e Machado seriam um só, dividindo-se e dividindo a atenção sobre o sujeito, agora desimportante.

Esteticamente, Machado também subverte a linearidade designada por Rousseau, pois Cubas, ao acusar o leitor de ser *o senão do livro*, afirma que "o livro anda devagar; tu amas a narração direta e nutrida, o estilo regular e fluente, e este livro e o meu estilo são como os ébrios, guinam à direita e à esquerda, andam e param, resmungam, urram, gargalham, ameaçam o céu, escorregam e caem..." (Idem, p. 671). Divergente do estilo até então usual, é como um ébrio que a narrativa avança – formal e esteticamente, o bruxo apresenta nova estilística narrativa para o eu que se narra. Podemos aproximar o estilo tortuoso do defunto-autor à crítica à noção do sujeito rousseauniano. As *Memórias póstumas* não são cronológicas, iniciam pelo óbito, ao contrário de *As confissões*, cuja linearidade pretende concluir um percurso de vida direto, reto e simples. Como um bruxo, Machado subverte formal e esteticamente a construção do sujeito de Rousseau.

Antes do embarque para Coimbra, Brás Cubas ainda estava na "primeira edição"; pretendente de Virgília e completamente esquecido das fantasias juvenis, vivia já a quarta. Isso evidencia a impertinência de falarmos em um sujeito fixo, diferente daquele que "sempre est[e]ve à altura do inesperado; dev[e] estar despreparado, para estar senhor de [si]" (Nietzsche, 1995, p. 28). Há uma problematização temporal evidente em *Memórias póstumas*. A cena do reencontro com Marcela é emblemática, pois o tempo presente ao qual Brás Cubas retornara era apenas externo. Ao escusar-se como pôde com Virgília pelo atraso, a rememoração da entrevista recém-encerrada com Marcela mantinha-se viva no espírito. A paixão da primeira edição ressurge agora na quarta e provoca alucinação no pretendente, cujo delírio é ver no rosto de Virgília as bexigas de Marcela. Em dado momento, de forma involuntária, chegou a fazer um gesto de repulsa, até enfim recompor-se. Brás Cubas, após apear-se finalmente da sege, adentrar e cumprimentar os presentes, interroga-se: "Virgília... seria Virgília aquela moça?" (Assis, 2015, Vol.I, p. 645). Uma primeira leitura remeteria o questionamento brascubiano à alucinação decorrente do interstício temporal, a aproximar os sujeitos da primeira e da quarta edições, *mutatis mutandis* – o mesmo sujeito tornara-se outro, duplicara-se. Desse modo, confundir Virgília e Marcela, mais que sequela causada pelo confronto entre os tempos passado e presente, não é efeito da perturbação mnemônica do narrador, mas sim causa do axioma de que o mesmo ser humano é repartido por todos os seres humanos; Virgília não se assemelhou a Marcela, mas sim são a mesma pessoa, no sentido de que os sentimentos humanos são compartilhados por todos e devidamente ficcionalizados desde sempre. Nada de novo se apresenta entre o céu e a terra, portanto, muito menos diferimos uns dos outros substancialmente. Seguindo esse raciocínio, Virgília poderia ser Marcela, ou mesmo Eugênia, a coxa. Recordemos que, no capítulo intitulado "O recluso", os nomes de Marcela, Sabina e Virgília se misturam, "como se esses nomes e pessoas não fossem mais do que modos de ser da minha afeição interior" (Idem, p. 650). Machado estaria a brincar com a multiplicidade presente em cada um de nós, tornando-nos um só, ao mesmo tempo múltiplos. Assim, o sujeito é senhor da sua subjetividade e da sua vida, livre de quaisquer pré-determinações.

Quando soube que fora preterido por Lobo Neves, apenas o despeito acometeu o pavão, derrotado pela águia – não havia amor a ser chorado; com o passar do tempo, porém, as circunstâncias trataram de favorecer o amor de duas pessoas que, apesar de mesmas, eram já outras. É bom registrar que, de outro mundo, ao relembrar os fatos, Brás Cubas não amava mais Virgília, mas isso não impedia o registro mnemônico, narrativo, ficcional. Nesse sentido, talvez seja ingenuidade acreditar na sinceridade de

Rousseau. Dito de outro modo, nem mesmo sua sinceridade e o desejo de deixar para a posteridade "toda a verdade de sua natureza" seriam possíveis. Bento Santiago, em *Dom Casmurro*, *confessa* a consciência dessa impossibilidade no segundo capítulo, destinado à explicação dos motivos que o levaram a pôr a pena na mão:

> O meu fim evidente era atar as duas pontas da vida, e restaurar na velhice a adolescência. *Pois, senhor, não consegui recompor o que foi nem o que fui. Em tudo, se o rosto é igual, a fisionomia é diferente.* Se só me faltassem os outros, vá; um homem consola-se mais ou menos das pessoas que perde; *mas falto eu mesmo, e essa lacuna é tudo*. O que aqui está é, mal comparando, semelhante à pintura que se põe na barba e nos cabelos, e que apenas conserva o hábito externo, como se diz nas autópsias; o interno não aguenta tinta. Uma certidão que me desse vinte anos de idade poderia enganar os estranhos, como todos os documentos falsos, mas não a mim. (Idem, p. 907, grifos meus).

A contundência do casmurro memorialista justifica a longa citação. Bento Santiago construíra, no Engenho Novo, uma réplica da casa em que vivera na infância, na antiga rua de Matacavalos, onde era vizinho de Capitu. Exatamente tudo na nova casa mimetizava a residência original. Não havia nada diferente entre ambos os lares. Porém, nem mesmo o capricho dessa excentricidade e a boa execução na artimanha de recompor o tempo pretérito foram capazes de ludibriar o agora solitário Casmurro, simplesmente porque ele era outro. A ação do tempo é inexorável. O velho Santiago não poderia reviver Bentinho, do mesmo modo que o autobiógrafo Rousseau é outro ser muito distante do bebê que quase nascera morto. A meu ver, é nítido e profundo o abismo entre a realidade empírica do autor, que vivenciou situações e fatos diversos e únicos ao longo da vida, e a sua rememoração, sempre ficcional.

São vários os exemplos em *Memórias póstumas de Brás Cubas* da "teoria das edições humanas": a passagem da primeira para a quarta edição do próprio memorialista; como a oportunidade social modificou de importuno a oportuno Brás, propiciando o amor entre ele e Virgília; o desassossego de Cubas ao reencontrar Marcela (modificada fisicamente embora conservasse os olhos da cobiça), sem entender como pudera amá-la um dia. Há o episódio envolvendo Prudêncio, o jovem escravo que sofrera com as brincadeiras brejeiras do nhonhô, que, uma vez alforriado, vinga-se das pancadas recebidas e as transmite ao seu escravo – sendo outro, Prudêncio transfere, vingativa e psicanaliticamente, à alteridade a dor que sofrera no passado... Exemplos não faltam a comprovar a "teoria das edições humanas"... Todavia, é o inventor do Humanitismo o personagem que, talvez, mais profundas alterações sofreu ao longo do romance.

Quincas Borba é mencionado rapidamente no início da narrativa como ex-colega de classe de Brás Cubas. Segundo a recordação deste, "nunca em [sua] infância, nunca em toda a [sua] vida, ach[ou] um menino mais gracioso, inventivo e travesso" (Idem, p. 617). A memória trai, mas é ela quem dá vida ao jovem e arteiro Quincas. Anos depois, ele reaparece, "um homem de trinta e oito a quarenta anos, alto, magro e pálido" (Idem, p. 659), cuja vestimenta descrita assemelha-o a um mendigo. Pois não é *outro* senão "o gracioso menino de outro tempo, o meu companheiro de colégio, tão inteligente e abastado" (Idem, p. 660), reconhece, enfim, incrédulo, Brás Cubas. Agora, no encontro entre os antigos colegas no Passeio Público, Quincas dá a conhecer que mora "no terceiro degrau das escadas de São Francisco, à esquerda de quem sobe" (Idem), ou seja, uma grande mudança do menino abastado de outrora. É este homem a passar privações, que mal tem o que vestir e comer, o sujeito responsável a ensinar, posteriormente, a "filosofia da miséria". Não deixa de ser curiosa a denominação que o filósofo dá ao seu pensamento, sobretudo se nos recordarmos de como termina o romance. Antes de se despedirem, porém, em nome da antiga e saudosa amizade e, principalmente, a favor da felicidade e gratidão que a nota de cinco mil-réis dada pelo capitalista despertou no filósofo indigente, este rouba-lhe um abraço – e com ele o relógio. A imagem contrastiva entre o miserável Quincas do Passeio Público e o rico, inteligente e divertido colega da infância causou enfado no defunto autor, que "não p[ô]de deixar de comparar outra vez o homem de agora com o de outrora, entristecer-[s]e e encarar o abismo que separa as esperanças de um tempo da realidade de outro tempo" (Idem, p. 661).

O tempo modifica a todos, independente das circunstâncias sociais. É o próprio filósofo, em conversa com seu amigo de infância, a respeito de outra teoria, a do benefício, que filosofa com sabedoria sobre a memória: "Não havendo nada que perdure, é natural que a memória se esvaeça, porque ela não é uma planta aérea, precisa de chão" (Idem, p. 726). Quincas Borba é duplamente diverso do que fora, vítima de transformações temporais e narrativas. É ele quem rememora a infância quando, ao se encontrarem no Passeio Público, para tentar avivar a lembrança de Brás Cubas, recorda as festas nas quais figurava de rei. A loucura é a "última edição" de Quincas Borba, aliás. Próximo do fim de *Memórias póstumas*, Brás Cubas, preocupado com a avaliação do amigo de que estaria doido, consulta um alienista, que o tranquiliza. Cubas mantém-se são, mas, para seu espanto, o velho Borba enlouqueceu. Contudo, há uma edição anterior à loucura na vida de Quincas Borba: entre a mendicância e a insânia, ele se restabelecera financeiramente graças a uma herança, meio pelo qual restitui o relógio que roubara de Brás Cubas. Assim o narrador expressa seu espanto com a reaparição do filósofo mineiro: "digo somente que se o principal característico do homem não são as feições, mas o vestuário, ele não era o Quincas Borba; era um desembargador sem beca, um general sem farda, um negociante sem *deficit*" (Idem, p. 700). Será apenas externamente que nos diferenciamos uns dos outros, nos modos de nos vestir?

Eis aí o grande paradoxo da nossa miséria melhor aprofundado quando da publicação de *Esaú e Jacó*, pois "no dia sete de abril de 1870 veio à luz um par de varões tão iguais que antes pareciam a sombra um do outro, se não era a impressão do olho, que via dobrado" (Idem, p. 1057). O caráter apolíneo dos irmãos Pedro e Paulo tornava ambos semelhantes apenas externamente, o que causava um embaraço, pois, de acordo com Luiz Costa Lima (1981), a herança de Rousseau é uma sociedade fundada no eu, na individuação e, por esse motivo, para embasar a crítica à noção de sujeito, era essencial que ambos os gêmeos idênticos diferissem um do outro em tudo, brigando dionisiacamente desde o ventre materno. Em outras palavras, para o eu se firmar, carecia distinguir-se do *outro*. Do mesmo modo que Quincas Borba aparentava ser outro por causa da vestimenta que portava em cada uma de suas edições, Pedro e Paulo igualavam-se apenas na aparência, mas discordavam em tudo, sobretudo politicamente, um partidário da monarquia, outro, da república, embora amassem a *mesma* mulher. Em síntese, mesmo iguais na aparência, somos sempre outros, diversos.

Referências bibliográficas

ASSIS, Machado de. *Obra completa*. 4v. São Paulo: Nova Aguillar, 2015.

DAMIÃO, Carla Milani. *Sobre o declínio da "sinceridade": filosofia e autobiografia de Jean-Jacques Rousseau a Walter Benjamin*. São Paulo: Edições Loyola, 2006.

DIAS, Rosa. *Nietzsche, vida como obra de arte*. Rio de Janeiro: Civilização Brasileira, 2011.

LEJEUNE, Philippe. *O pacto autobiográfico*: de Rousseau à internet. Tradução de Jovita Maria Gerheim Noronha e Maria Inês Coimbra Guedes. Belo Horizonte: Ed. UFMG, 2008.

LIMA, Luiz Costa. Sob a face de um bruxo In: ______. *Dispersa demanda*. Rio de Janeiro: Francisco Alves, 1981.

NIETZSCHE, Friedrich. *Acerca da verdade e da mentira*. Tradução de Heloísa da Graça Burati. São Paulo: Rideel, 2005.

______. *Ecce Homo: como alguém se torna o que é*. Tradução: Paulo César de Souza. São Paulo: Companhia das Letras, 1995.

ROUSSEAU, Jean-Jacques. *As confissões*. Tradução: Wilson Lousada. São Paulo: Martin Claret, 2011.

A poética decadente em *O Homem sem Máscara* (1921), de Vinício da Veiga

Daniel Augusto P. Silva[1]

Representações da Decadência

Estudos recentes sobre a ficção decadente têm explicitado como essa literatura não apenas se difundiu em vários países, como também continuou a existir mesmo após as décadas de 1880 e 1890. Ao defender que as obras decadentes não se circunscreveram à França e à Inglaterra finisseculares nem se desenvolveram a partir de um movimento literário bem definido, Regenia Gagnier (2014, p. 11) identifica o que chama de "literaturas globais da Decadência".[2] Trata-se de um conjunto vasto de narrativas de diversas nações que empregaram estratégias literárias semelhantes em resposta a experiências políticas e sociais análogas, normalmente associadas a momentos de crise e de transição cultural. A partir de uma análise atenta às especificidades dos contextos nacionais e dos períodos históricos, a pesquisadora argumenta que cada tradição literária enfatizou diferentes aspectos da Decadência, reinventando-os continuamente também durante o século XX.

---

1 O presente trabalho foi realizado com apoio da Coordenação de Aperfeiçoamento de Pessoal de Nível Superior - Brasil (CAPES) - Código de Financiamento 001.

2 Todas as citações de obras em língua estrangeira foram por mim traduzidas.

A percepção da permanência da ficção decadente na literatura brasileira após o fim do Oitocentos já fora apontada pelo crítico Brito Broca [1958]. Ao longo dos anos de 1910 e 1920, por exemplo, o autor identifica duas tendências majoritárias, "uma neonaturalista, outra decadente e mórbida", voltadas para chocar e impactar o público leitor com a tematização de "amores mórbidos, taras, vícios de todas as espécies" (Broca, 1991, p. 368-369). Entre os escritores responsáveis por tais obras, estariam alguns nomes pouco conhecidos até mesmo no período, como os de Raul de Polillo, Carlos de Vasconcelos, Jarbas Andréa, Madame Chrysanthème, Sílvio B. Pereira, além dos de Théo Filho e Benjamin Constallat. Embora destaque essa produção tão pouco comentada, Broca (1991, p. 372) trata-a como "literatura sensacionalista" e "subliteratura". Além do crítico, Lúcia Miguel Pereira ([1950], p. 228) também indicara a persistência de traços típicos da literatura decadente até, pelo menos, o final de 1930. Assim, é possível afirmar que, mesmo durante e após a Semana de Arte Moderna de 1922, a Decadência floresceu na literatura brasileira.

Ao observarmos, nessas obras, a recorrência de estratégias narrativas, estilísticas e temáticas, bem como de uma determinada visão de mundo, podemos apontar para uma poética decadente. Entre algumas de suas características principais, destacam-se I) a concepção pessimista da existência e da sociedade; II) a recusa de tudo aquilo que é natural, somada à ênfase em produções artificiais; III) a procura por sensações intensas e novas, capazes de vencer o *ennui* da vida moderna, por meio de objetos encarados como refinados e excêntricos; IV) a sondagem da sexualidade humana nas suas mais diversas formas, mas, frequentemente, representada de modo negativo; V) a espiritualidade motivada por motivos estéticos e por experiências sensoriais, em geral sob a forma de ocultismo e de satanismo; VI) a defesa da arte pela arte e do esteticismo, sobretudo relacionando-os a elementos mórbidos; VII) o desenvolvimento de narrativas antirromanescas, sem unidade dramática clara e repletas de digressões; VIII) a produção de efeitos de recepção negativos, como o medo e a repulsa; e, finalmente, IX) a utilização de uma linguagem composta por neologismos, termos raros, desvios sintáticos, em um estilo deliberadamente hermético e experimental (Cf. Praz, [1930]; Pierrot, 1977; Palacio, 2011; Silva, 2019).

Tendo em vista esses aspectos da poética decadente, aqui brevemente enumerados, o objetivo deste trabalho é analisar o romance *O Homem sem Máscara* (1921), de Vinício da Veiga. A pesquisa se justifica, sobretudo, por duas razões: I) a ausência de estudos dedicados ao texto, praticamente desconhecido do público leitor e disponível apenas em edições raras; e II) a sua relevância para uma compreensão mais profunda da ficção decadente no Brasil. Partimos da hipótese de que a narrativa se estrutura a partir de diversos elementos decadentes, tais como o esteticismo, o pessimismo e a representação negativa da sexualidade. Sustentamos, ainda, que a obra aponta para a presença da Decadência nas letras brasileiras ao longo do século XX e revela a circulação da produção de autores importantes para essa literatura. Para esclarecermos tais premissas, verificaremos, inicialmente, qual foi a recepção ao livro, o seu contexto de publicação e os seus argumentos básicos. Em seguida, examinaremos de quais maneiras o autor emprega os procedimentos típicos da ficção decadente.

"Um livro desabusado"

É praticamente nula a bibliografia crítica sobre a produção literária de Vinício da Veiga.[3] Embora constitua um empecilho

3 Filho do brasileiro José Astolpho Veiga e da alemã Cristina Meimberg, Vinício da Veiga nasceu na cidade de Carmo do Rio Claro (MG) em 17 de julho de 1892. Formado em Direito, ingressou no Itamaraty aos 23

para uma compreensão mais abrangente da literatura decadente no Brasil, a ausência de estudos dedicados ao autor não é de todo injustificada. Além de ter se consagrado à escrita ficcional de forma pontual, Veiga se notabilizou por sua carreira na diplomacia. Mesmo os trabalhos voltados para a análise de sua atuação como cônsul ainda são recentes e apenas um pouco mais numerosos. De todo modo, o seu nome é lembrado quando se pesquisam as ações do Itamaraty durante o período da ascensão dos governos fascistas na Europa, em especial na Alemanha. Como aponta Roberto Lopes (2008, p. 71), o diplomata, alocado em Munique de 1926 a 1927, não apenas conheceu Adolf Hitler e outros nomes importantes do nacional-socialismo, como também desenvolveu uma relação pessoal com o futuro líder nazista, a ponto de ter verificado, com o governo brasileiro, a possibilidade de lhe conceder um visto para conhecer o país. Com convergência de pontos de vista em determinados assuntos artísticos, políticos e sociais, ambos se encontraram em diversas ocasiões, e o alemão teria lido e comentado um dos livros do brasileiro, *Siegfried e o Dragão* (1922), com crônicas e artigos sobre a história germânica e o cenário europeu depois da Primeira Guerra Mundial.

Apesar de não ter sido contemplada pela historiografia literária, a obra ficcional de Veiga evidencia a persistência de determinadas formas artísticas e poéticas na literatura brasileira do início do século XX, tais como a narrativa detetivesca, o naturalismo e, sobre-

anos e desempenhou funções diplomáticas em diversas cidades, tais como Berna, Zurique, Berlim, Munique, Praga, Toronto e Cidade do Cabo. Sua obra literária conta com os romances *O Homem sem Máscara* (1921) e *O Apelo de Wotan*, considerado uma narrativa pró-fascismo. Publicou, ainda, recolhas de poemas, roteiros para o cinema, livros de memórias e estudos sociais. Candidatou-se a uma vaga na ABL em 1938, mas não obteve sucesso. Além disso, escreveu artigos sobre temas variados, como política e sexualidade, para periódicos cariocas, entre eles *Hoje* (RJ) e *A.B.C.* (RJ) (Cf. Bertonha, 2001; Lopes, 2008; Vergara, 2018).

tudo, a ficção decadente. O romance *O Homem sem Máscara* conjuga essas tendências de forma exemplar e revela, ainda, elementos para analisarmos como ocorreu a recepção de diversos escritores nas letras nacionais, entre eles Oscar Wilde, Joris-Karl Huysmans e Jean Lorrain, também reconhecidos por suas narrativas decadentes. Formado por treze capítulos – cujas tramas podem ser lidas independentemente, como se fossem contos, ou de forma interligada –, o livro tematiza sistematicamente o que classifica como patologias sexuais. Os enredos revelam uma concepção majoritariamente negativa da sexualidade, associada à violência, à morte e à bestialidade. A partir desse ponto de vista, a narração expõe histórias de adultérios consentidos e acompanhados por *voyeurs*; incestos que acabam em assassinatos; encontros homossexuais degradantes; profanação sexual de símbolos religiosos; e, ainda, cenas de tortura. Como indica o autor em prefácio à obra, seu objetivo era explorar os desejos mais ocultos de todo ser humano:

> O meu livro é uma expressão estética de análise aplicada às degenerescências sexuais e do caráter deste século de decadência e fraquezas hereditárias, em que as raças sucumbem sem força e sem beleza. [...] Dei aos personagens que passam pelas minhas páginas os apetites humanos, as esperanças e os instintos de todos nós: eis porque eles são grotescos, sardônicos, tristes como espectros. Imaginai o que seria a encarnação do que interiormente somos, e todos nós sabemos, como disse o Oráculo Grego; imaginai a revelação dos mistérios que residem dentro de nossa alma, e tereis o Inferno de Dante, um Apocalipse cheio de monstros estranhos e horríficos! (Veiga, 1921, p. 14-15)

Trata-se de um romance relevante tanto por demonstrar como a poética decadente se desenvolveu na literatura brasileira quanto por se configurar como um caso peculiar de publicação, de crítica e de autotradução. Em 1920, Veiga lança o livro em Berlim, sob o título *Der Mensch ohne Maske*, pela editora Gustav Grosser, após tê-lo escrito diretamente em alemão. Apenas um ano depois, em 1921, aparecerá a versão em português, traduzida e retrabalhada pelo próprio escritor com o nome de *O homem sem Máscara*. É importante ressaltar, contudo, que as ações do livro se passam no Rio de Janeiro. Destaca-se, ainda, a prática recorrente de Veiga de desenvolver obras em diferentes idiomas, como o inglês, o alemão e o italiano e, em seguida, transpô-las para o português. Pelo que indicam as reportagens e os jornais brasileiros, bem como elementos paratextuais do volume, a narrativa obteve sucesso na Alemanha. Há, porém, dúvidas sobre o tamanho de sua recepção: enquanto a folha de rosto indica três edições no país europeu, uma contracapa e parte da imprensa nacional apontam para seis. O primeiro número é, contudo, mais confiável, pois o segundo surgiu, sobretudo, em notas voltadas para a venda do volume. A despeito das variações de tiragem e difusão, a obra parece ter recebido comentários positivos de alguns críticos alemães, como Alfred Kerr, no *Berliner Tageblatt* em 1920, além de ter sido comentada também em periódicos austríacos, como indicam os comentadores em nosso país (Cf. Barreto, 1921; Motta, 1921). A recepção estrangeira funcionou, sobretudo, como uma forma de despertar atenção do público brasileiro e de indicar o mérito do jovem escritor.

No Brasil, o romance também não passou despercebido pela crítica. Se por um lado, foi recebido com entusiasmo por seu histórico na Alemanha, por outro, foi alvo de duras críticas. Uma parte significativa das resenhas classificou-o como um estudo social, aos moldes da tradição naturalista, e ressaltou a imoralidade das cenas apresentadas e das personagens. As ligações entre Naturalismo e Decadência, aliás, são numerosas e têm sido cada vez mais indicadas pela crítica especializada (Cf. Noiray, 2017; Mendes, 2018). Embora elogie o estilo de Vinício da Veiga, sua capacidade de manter o suspense e a atenção do leitor, além de suas qualidades pessoais, Terra de Senna (1921, p. 12), em texto publicado em *D. Quixote*, aponta que o autor "quer ser um novo Zola! Mas um Zola... elevado ao cubo...". Ao produzir uma análise dos vícios da sociedade, a narrativa exageraria os piores aspectos. Nesse sentido, o articulista a compara ao *Grand-Guignol*, teatro francês reconhecido por suas peças com cenas de violência extrema e recriadas de modo realista sobre o palco. O termo, aliás, passou a ser utilizado, metonimicamente, com alguma frequência na imprensa brasileira do período para designar também os textos decadentes, de autores como Gastão Cruls e Carlos de Vasconcelos, por suas tramas cruéis e de apelo erótico.

Membro da Academia Paulista de Letras, Arthur Motta (1921) fez um diagnóstico ainda mais negativo da narrativa, ao encará-la como imoral e sem valor artístico. Ao iniciar seu texto, o autor ataca os comentários dos críticos alemães, para os quais o romance de Veiga seria representativo da sociedade brasileira. Seu principal argumento é de que, na verdade, os comportamentos sexuais apresentados na obra, entendidos como doentios, revelariam não atitudes típicas do Brasil, mas sim do continente europeu, sobretudo da Alemanha, onde constituiriam objeto de estudos psiquiátricos e de mais obras de ficção. Além de aproximar o romance, pejorativamente, a *O Barão de Lavos* (1891), de Abel Botelho, e a *O Bom Crioulo* (1895), de Adolfo Caminha, por também abordar a homossexualidade, ele expõe o tipo de estrutura narrativa da Decadência como um erro, qualifica a composição como não literária e associa as tramas às pesquisas de Freud:

> Falecem à obra requisitos de um romance, pois os fatos horripilantes são narrados sem concatenação, independentes uns dos outros [...]. Não se classifica esse gênero de leitura — não direi literário — nem como rea-

> lista nem como impressionista; merece simplesmente os qualificativos de horrível e imoral. São fenômenos teratológicos que interessam às teorias de Freud e só devem ser estudados nos compêndios de clínica neurológica e psiquiátrica [...] (Motta, 1921, p. 5).

Na recepção ao romance, também foi comum a desaprovação do tipo de linguagem empregada por Veiga. Apesar de não ser um romance hermético, algumas de suas construções discursivas assinalam uma concepção linguística alinhada àquela presente em grande medida em diversas outras obras decadentes. Em crítica não assinada no jornal *O País* (1921, p. 6), afirma-se que o livro "não está (...), mesmo na tradução, escrito em português", pois seria composto por "uma língua bárbara, sem gramática, cheia de galicismos, de neologismos e de palavras inventadas pelo autor para exprimir ideias que só ele tem". De forma análoga, em texto sem autoria indicada, na *Revista do Brasil* (1922, p. 175), lemos que a edição brasileira, aqui caracterizada como uma algaravia, não teria sido composta em português nem em alemão, mas sim "em certa língua exótica da costa da África, aliás, a única digna e capaz de conter e exprimir a arte que o sr. Vinício pretende ter feito...". Assim, associa-se o conteúdo da obra, considerado doentio, a uma forma de expressão igualmente desviante.

Uma das críticas de maior profundidade e extensão sobre *O Homem sem Máscara* foi produzida por Lima Barreto (1921) no periódico *A.B.C.*, no qual Veiga publicara, um ano antes, as primeiras versões em português de partes do seu livro. Sob o título "Um Livro Desabusado", o escritor carioca elenca uma série de problemas estruturais no romance, apesar de qualificar sua escrita como impactante. Na posição de autor mais velho e experiente, ele adota um tom respeitoso e conselheiro, buscando destacar também alguns capítulos dignos de elogio. Entre os defeitos de composição, contudo, estariam a utilização arbitrária da narração ora em primeira pessoa ora em terceira; o desenvolvimento de um *roman à clef* por demais óbvio, sem a devida preocupação em criar personagens dotados de um estatuto ficcional mais destacado, capazes de agir com maior autonomia; a semelhança entre todas as suas figuras, que se comportariam e dialogariam da mesma forma; e a focalização excessiva em práticas sexuais tidas, também pelo crítico, como viciosas e abjetas. O que mais incomoda o autor de *Triste Fim de Policarpo Quaresma* (1915) é, porém, um outro aspecto:

> O sr. Vinício, ao escrever este seu livro parece que se sentia traído para o estetismo, ou que outro nome tenha, de Wilde, *et reliqua*. É uma forma de arte útero de mula, insincera, de uma beleza de *verroterie* e que um temperamento honesto não pode levar a sério; e, estou certo, o autor do *Homem sem Máscara* não a leva mais. É infecunda e não pode inspirar, muito menos comunicar um processo, um método artístico, pois não é humana, em geral, não tem raízes na tradição, não corresponde a uma necessidade de comunhão, é um puro e simples capricho de *détraqués* cínicos [...]. [A]ceitar uma fórmula de literatura, como o tal de estetismo, repugnante, artificial, artificiosa e falsa, não me parece conclusão muito lógica (Barreto, 1921, p. 13).

Mesmo deplorando o esteticismo, o artificialismo e a influência de Wilde presentes na obra, Lima identifica corretamente esses aspectos, típicos da poética decadente, que praticamente não haviam sido evidenciados nas resenhas de outros comentadores. Com efeito, *O Homem sem Máscara* filia-se diretamente à produção de Oscar Wilde, como indica a sua epígrafe, em francês, com um trecho do prefácio a *O retrato de Dorian Gray* (1890). Também, no prólogo do romance de Veiga, há a menção ao conjunto de ensaios *Intenções* (1891), recuperados para que se reafirmem a amoralidade de toda obra de arte e a liberdade do artista em tratar de quaisquer temas. Por esse motivo, o romancista não se define como um realista, mas sim como um "impressionista" (Veiga, 1921, p. 16), mais cioso do trabalho estético que da representação do real. Assim, o esteticismo decadente surge como um dos elementos estruturantes da narrativa.

A crítica de Lima Barreto (1921, p. 14) se encerra com uma reflexão sobre o tipo de personagem escolhido por Veiga, classificados como "gente cheia de hipocrisia, de preconceitos idiotas, de egoísmo e de vícios repugnantes". Trata-se de uma descrição acurada das figuras do romance. Tal como indicaram as recepções ao livro, *O Homem sem Máscara* volta-se para a descrição de monstros morais, capazes dos piores atos para darem vazão aos seus desejos. A partir da análise dos ideais poéticos da Decadência que compõem a narrativa, poderemos estudá-los de forma mais precisa.

Nevroses da cidade

As personagens de *O Homem sem Máscara* andam pelas ruas do Rio de Janeiro e frequentam os salões da alta sociedade fluminense em busca de histórias sensacionais sobre crimes e causos cruéis. Frequentemente na posição de protagonistas dos próprios relatos, elas destacam, em especial, as tramas de cunho sexual. Em grande medida, revelar o "homem sem máscara", como pretende Veiga, significa expor os aspectos mais violentos da sexualidade humana. Ao fazê-lo, os narradores se utilizam de procedimentos caros à ficção decadente, tais como a ligação do sexo à doença e à degradação física, a exploração do sadismo, o destaque conferido à blasfêmia religiosa e, ainda, a valorização de um esteticismo mórbido.

Um dos capítulos do romance mais comentados na crítica do período em razão de sua tematização explícita da sexualidade intitula-se "O Macho Solitário". Não raras vezes, os analistas entenderam o seu conteúdo como obsceno e o aproximaram da tradição dos "livros para homens" (Cf. El-Far, 2004). Em uma madrugada, Oscar Neves e o detetive Williams seguem os passos de um homossexual pelo cais carioca, em ambientação que se assemelha à dos contos decadentes de *Dentro da Noite* (1910), de João do Rio. A figura é descrita de modo grotesco e comparada a Jean Lorrain. Em dado momento, a narração abre espaço para uma história enquadrada que revela o passado do perseguido, quando também fora observado na Lapa junto a um outro homem. A qualificação do personagem expõe a visão negativa sobre a homossexualidade, encarada como uma doença e uma forma de monstruosidade:

> — Como esse, há-os às centenas pelos becos da Suburra em enxurradas de lama, nos alcouces, numa fúria louca de satisfazer os seus instintos exasperados. É uma moléstia, afirmam. [...] São equívocos em sexo. O macho solitário sofre a nevrose das bocas vermelhas e polpudas. Lambe-as, morde-as, suga-as, metendo a língua úmida por entre os lábios rubros como a vrancelha. Esses contatos dão-lhes crises, no domínio da lascívia, que esfuriam e nevrotizam. Eles têm a consciência de ser infames, porém, exalta-os o orgulho das próprias sensações de monstros. Gozam os requintes da sua imaginação em paralelo à realidade aviltante e contatos com marinheiros e soldados à paisana, rufiões e gente ordinária das ruas escusas e pustulosas. Têm a mania de acanalhar-se, refocilar na porneia dos bairros lôbregos e fedorentos. É um deboche ritual e ignóbil, mórbido para eles. Mas continua a romaria das quatro horas da madrugada... (Veiga, 1921, p. 92)

Tomado por um patente desejo *voyeur* e de interesse pelos dois homens, o perseguidor segue-os até a porta de um quarto, de onde consegue assistir ao ato sexual, que é descrito em detalhes: "Então, sobre uma larga cama, os dois rebolavam nus, unidos e sôfregos, enrodilhados como gatos voluptuosos. [...] Ele abaixou-se e começou a lamber as regiões lombares do outro, que estava comovido, as faces incendidas, trêmulo, com um riso nervoso [...]" (Veiga, 1921, p. 93-94). Após o término da relação, em que o personagem oferece dinheiro ao amante, o narrador foge transtornado pela rua, sentindo-se louco e dominado por alguma entidade demoníaca. Sua fuga pode ser interpretada tanto como um ato horrorizado pelo ato dos personagens quanto como o medo gerado pelo reconhecimento do desejo homossexual em si mesmo.

Além da representação bestializada dos desejos carnais, o romance exibe casos de dessacralização de símbolos religiosos por meio da sexualidade. A espiritualidade, aliás, é recorrentemente tematizada no romance. Em um dos capítulos, um dos protagonistas, Honório, um escritor, isola-se na cidade de São João del-Rei, em Minas Gerais, para curar-se de sua neurastenia e ficar mais perto da religião, buscando seguir o exemplo da conversão de Huysmans — naturalmente, não obtém sucesso em sua empreitada e decide voltar ao Rio de Janeiro. Em "Vênus espírita", repleto de menções a nomes como os de Allan Kardec e Léon Denis, o mesmo personagem participa de sessões de espiritismo, durante as quais tem relação sexual com uma viúva. O caso mais impactante da relação entre volúpia e religião está, contudo, na seção dedicada à história de uma freira que se masturba com um crucifixo:

> [...] Sonhava... Sátiros da legenda pagã surgiam das frestas e numa farândola diabólica lhe vinham tentar o sono religioso. A jovem monja, galvanizada, em vão tentava fugir à visão angustiosa. Ao ritmo indefinido e ardente das canções báquicas, Faunos e Sátiros vinham se lhe oferecer, atrevidos, para aplacar a sua

> sede amor. Eram másculos e belos esses seres lascivos. Sonhou, nessa volúpia, por momentos que lhe pareceram séculos, depois agarrou-se ao Crucifixo de marfim que tinha à cabeceira do pobre leitor de tábua dura, e, histérica, se masturbou com Cristo pela noite afora, no mistério indefinível da cela silenciosa. Era a amante de Jesus (Veiga, 1921, p. 146-147).

Após o ato, descrito como uma espécie de missa negra, a personagem morre. Na sequência do romance, ela se torna motivo de um outro capítulo, quando seu corpo é autopsiado em uma aula de uma escola de medicina para se descobrir a causa de sua morte. No anfiteatro da instituição, repleto de corpos mutilados, o narrador acompanha a investigação do cadáver da religiosa. Enquanto para os estudantes a cena era repulsiva, para ele tanto produzia excitação sexual quanto gerava interesse artístico: "Ali, eu sentia aviventarem-se os vícios e todas as loucuras mórbidas para satisfação clínica do meu temperamento. [...] [T]udo que aos outros causava horror era para mim um motivo estético" (Veiga, 1921, p. 139-140). Ao final, em uma conclusão não isenta de um humor mórbido, descobre-se que a monja morrera com o crucifixo preso em seu próprio corpo, que teria lhe causado metrite. É importante ressaltar que uma passagem muito semelhante a essa ocorre em outro romance decadente brasileiro, *A Dança do Fogo* (1922), de Raul de Polillo, em que o protagonista também assiste a uma aula de anatomia, durante a qual desenvolve fantasias sexuais e fruições estéticas a partir da observação do corpo de uma prostituta (Cf. França & Silva, 2017). Nesse sentido, verificamos como é recorrente nesses romances a união entre sexualidade, morte, e sensibilidade artística desviante.

À lista de parafilias sexuais descritas no romance é preciso adicionar um caso de incesto, que é imediatamente seguido por um filicídio e por dois suicídios. Trata-se da história do Dr. Sila

Proença, catedrático de Direito, cujo comportamento é caracterizado como desequilibrado, vítima de um *spleen* incurável. Viúvo e tendo perdido dois filhos, o personagem possui apenas a companhia de sua filha Heloísa. A moça, contudo, apaixona-se e fica noiva de um poeta, e ambos desenvolvem um relacionamento marcado pela melancolia. Seu pai não apenas desaprova o relacionamento, como se sente progressivamente pior de saúde, como se tivesse sendo assombrado por seus antepassados. Nessa parte da história, há referências a uma genealogia progressivamente degradada, que resulta em um personagem doentio e moralmente corrompido. Tais trechos revelam tanto a influência naturalista quanto a de textos paradigmáticos da Decadência, como *Às Avessas* (1884), de Huysmans, cujo protagonista, Des Esseintes, é também o símbolo de corrupção de sua família.

Em uma noite, movido por ciúmes e psicologicamente instável, o pai invade o quarto da jovem para estuprá-la. Na sequência, o protagonista mata a menina, tira a própria vida, e o seu futuro genro atira-se do Corcovado:

> [...] Após um derradeiro esforço, embora os seus gritos e súplicas, violentou-a ferozmente, numa impulsão brutal de todo o seu ser. Sentindo um calor assomar-lhe às faces, enrubescendo os olhos, ela não tentou mais resistir, deixou de lutar e como que subjugada por uma besta se entregou ao jugo do seu desejo paterno, e ele, nessa terrível cena de que ninguém foi testemunha, consumou o incesto.
> Ele obedecia a uma vontade oculta, seu desejo não era senão uma sugestão. [...] [L]entamente ele toma de um revólver, agarra de novo a filha de olhos estatelados, presa de êxtase, que cai de novo nos seus braços. O miserável esmigalha-lhe o crânio com um tiro e metendo o cano quente ainda da arma fatídica num

> dos ouvidos se dá ao mesmo destino, rolando sobre o cadáver da vítima, acabando num gesto de crime, de loucura e de sangue (Veiga, 1921, p. 134-135).

Se a maior parte dos capítulos do romance podem ser lidos de forma individual, como se fossem contos, os três últimos apresentam maior unidade. Neles, recupera-se uma história mencionada em passagens anteriores sobre o desaparecimento misterioso de mulheres casadas no Rio de Janeiro. Em uma conversa, as personagens, inclusive o detetive americano Williams, debatem se haveria a atuação de um criminoso – a quem chamam de "Homem sem máscara" – ou a fuga deliberada das senhoras com seus amantes. Ao aproximar-se da parte final da obra, no capítulo "A Casa de Procusto", revela-se o caso de sedução de uma mulher, Deolinda Paiva, por um homem sádico, inicialmente apresentado como jovem, mas que, depois, parece se transfigurar em uma figura mais velha, nomeada de Dr. Ivan Ziminieff. Embora não saibamos ao certo como a transformação ocorre e quais são as minúcias da identidade do personagem, é patente a tortura sexual à qual a vítima é submetida:

> — [...] Quero mostrar-te a minha casa, vem... Ele a introduz num quarto chamado "Sala de anatomia" onde se fecha com ela, tendo corrido a chave. Isto feito, ele saca dum revólver e ordena que Deolinda se desvista rapidamente. Aquela situação subitânea lhe vence todas as energias e a fisionomia dura do homem a quem ela se confiara lhe inspira um indizível horror. Nua, ele ata-lhe as duas mãos com uma corda e deitando-a sobre uma mesa operatória, e a tortura cruelmente, com um bisturi, corta-lhe os seios entumecidos como frutos lampos. O terror a estarrece e não lhe permite que profundos gemidos. Depois que o sangue corre e lhe mancha as carnes brancas como o vinho derra-

> mado, ele atira-se sobre ela e satisfaz a sua inominável volúpia (Veiga, 1921, p. 156-157).

É importante observar que, mais uma vez, a cena ocorre em uma sala de anatomia, o que reforça a associação entre sexualidade e degradação física. Após a tortura, que excita o personagem, a jovem não resiste aos ferimentos e acaba morrendo. No capítulo seguinte, outro personagem, o Dr. Simões Pádua, conta ao detetive como, em uma noite, foi procurado por um homem estranho para produzir um atestado de óbito falso sobre uma mulher assassinada. Toda essa parte da trama é descrita de modo insólito, com diversas figuras grotescas presentes. Ao final do romance, que adquire um caráter marcadamente detetivesco – com referências até a Sherlock Holmes e a Sir Arthur Conan Doyle –, Williams revela ter acompanhado os passos do criminoso. Após suas investigações, acusa Honório como o perpetuador das torturas, o verdadeiro "Homem sem máscara". A narrativa se encerra, contudo, sem uma prisão, admissão de culpa ou restauração da ordem. Ao incluir cenas de tortura sádica e imputar a culpa a um personagem caracterizado como um artista, a narração associa a poética decadente à tradição detetivesca.

Por essas características, notamos como a poética decadente se revela em *O Homem sem Máscara* em diversos aspectos, desde sua estrutura narrativa e sua linguagem até as temáticas escolhidas e as filiações literárias estabelecidas. Trata-se de um romance marcado por uma visão de mundo negativa, que descreve perversamente não apenas comportamentos sexuais, mas também sensibilidades artísticas doentias. Suas páginas são povoadas por personagens acometidos por nevroses incuráveis e movidos tanto por ímpetos cruéis quanto por desejos incontroláveis. Uma das críticas à obra, publicada no *Correio da Manhã* (1921, p. 2), pergunta-se retoricamente: "Quando virão, enfim, os novos artistas da bondade e do idealismo, que nos façam ver, também, os lados luminosos e puros que brilham no coração dos homens?". Persistente ao longo do século XX, a ficção decadente brasileira responde a essa questão negativamente, com suas obras marcadas por representações do mal e do pessimismo.

Referências bibliográficas

BARRETO, Lima. Um Livro Desabusado. In: *A.B.C.: Política, Atualidades, Questões Sociais, Letras e Artes*, Rio de Janeiro, 24 de dezembro de 1921, edição 00355, p. 13-14.

BERTONHA, João Fábio. *O fascismo e os imigrantes italianos no Brasil*. Porto Alegre: EdPUCRS, 2001.

BROCA, Brito. *Naturalistas, parnasianos e decadistas*: vida literária do Realismo ao Pré-Modernismo. Campinas: Editora da UNICAMP, 1991. [1958]

CORREIO DA MANHÃ. Livros Novos. Rio de Janeiro, 08 de novembro de 1921, edição 08285, p. 2.

EL-FAR, Alessandra. *Páginas de sensação: literatura popular e pornográfica no Rio de Janeiro* (1870-1924). São Paulo: Companhia das Letras, 2004.

FRANÇA, Julio; Silva, Daniel Augusto P. Volúpias da estesia: a prosa de ficção decadente de Raul de Polillo. *Revista Todas as Musas – Revista de Literatura e das múltiplas linguagens da arte* (online), v. 9, 2017, p. 109-117.

GAGNIER, Regenia. Global Literatures of Decadence. In: Saler, Michael (Org.). *The Fin-de-Siècle World*. Londres/Nova York: Routledge, 2014, p. 11-29.

LOPES, Roberto. *Missão no Reich*; Glória e covardia dos diplomatas latino-americanos na Alemanha de Hitler. Rio de Janeiro: Lexikon Editora digital, 2008.

Mendes, Leonardo Pinto. Conto naturalista sobre nada. In: Barreto, Paulo (João do Rio). *Impotência*. Uberlândia: O sexo da palavra, 2018, p. 9-32.

MOTTA, Arthur. Relance literário. In: *Correio Paulistano*, São Paulo, 03 de dezembro de 1921, edição 20983, p. 5.

NOIRAY, Jacques. Décadence. In: Becker, Colette; Dufief, Pierre-Jean (Orgs.). *Dictionnaire des Naturalismes*, v. 1. Paris: Honoré Champion, 2017, p. 280-284.

O PAÍS. Livros Novos, Rio de Janeiro, 04 de dezembro de 1921, edição 13559, p. 6.

PALACIO, Jean de. *La Décadence*: le mot et la chose. Paris: Les Belles Lettres/Essais, 2011.

PEREIRA, Lúcia Miguel. *Prosa de ficção*: história da literatura brasileira (de 1870 a 1920). Belo Horizonte ; São Paulo: Itatiaia ; EdUSP, 1988. [1950]

PIERROT, Jean. *L'Imaginaire décadent* (1880-1900). Rouen: Publications des Universités de Rouen et du Havre, 1977.

PRAZ, Mario. *A carne, a morte e o diabo na literatura romântica.* Campinas: Editora da Unicamp, 1996. [1930]

REVISTA DO BRASIL. Bibliografia, São Paulo/Rio de Janeiro, janeiro-abril de 1922, v, 19, p. 175.

SENNA, Terra de. Livros Novos; "O Homem sem Máscara", de Vinício da Veiga. In: *D. Quixote*, Rio de Janeiro, 23 de novembro de 1921, edição 00237, p. 12.

SILVA, Daniel Augusto P. *A prosa de ficção decadente brasileira e francesa (1884-1924): uma poética negativa*. Dissertação (Mestrado em Teoria da Literatura e Literatura Comparada) – Instituto de Letras, Universidade do Estado do Rio de Janeiro, Rio de Janeiro, 2019.

VEIGA, Vinício da. *O Homem sem Máscara*. Rio de Janeiro: Empresa Brasil Editora, 1921.

VERGARA, Jorge Israel Ortiz. *Toda canção de liberdade vem do cárcere: homofobia, misoginia e racismo na recepção da obra de Mário de Andrade*. Tese (Doutorado em Música) – Programa de Pós-Graduação em Música, Centro de Letras e Artes, Universidade Federal do Estado do Rio de Janeiro – Unirio, 2018.

Notas sobre a ascensão social do negro em dois poemas de Carol Dall Farra e Carolina Maria de Jesus

Fabiana Bazílio Farias

Sei que pra você parece estranho
Me ver bem sucedida no que eu faço
Karol Conká

Poesia/ eu não te escrevo/ eu te vivo/ e viva nós.
Cacaso

Neusa Santos Sousa (1983) define a ascensão social como o "movimento pelo qual um agente ou grupo social [...] muda de uma classe social (ou de uma camada de classe) para outra socialmente considerada superior" (p. 19) e esse processo adquire uma dimensão complexa quando é pensada a partir da questão racial no Brasil. A psicanalista também observa que, com a abolição da escravatura (1888) e a consolidação do capitalismo como sistema econômico, inicia-se um processo que reforçou no negro inúmeras características de ordem negativas, baseadas no argumento da "natureza" para justificar a limitação do espaço de participação do negro na sociedade.

A partir dessa perspectiva, o negro é construído historicamente como um *corpo perigoso*, um corpo em constante estado de suspeição. Essa perspectiva histórica da construção do preconceito baseada na associação do negro à perversidade e ao crime é discutida no documentário *A 13º Emenda* (2016), dirigindo por Ava DuVernay, que aponta inclusive o papel do cinema para o surgimento de grupos como a Ku Klux Klan, por exemplo. A autora de *Tornar-se negro* (1983) acrescenta ainda que a "herança da sociedade escravocrata, a desigualdade racial [...] era preservada e reforçada pelo preconceito de cor que funcionava como mantenedor da hegemonia branca nas relações interraciais" (p. 22). E essa hegemonia branca está também presente nos modelos de sucesso almejados em sociedade, assentados em discursos meritocráticos e na condição nomeada de "síndrome do negro único", que se refere à presença de um único negro em espaços majoritariamente brancos, o que funciona como elemento de suposta representatividade para grupos negros e de salvaguarda para grupos brancos de serem apontados como racistas. Mas, para concentrarmos na discussão que será desenvolvida aqui, retorno ao tópico da ascensão social que, segundo Sousa (1983), está ligada a um processo de rompimento com "o paralelismo negro/miséria":

> O meio negro se dividia: de um lado ficavam aqueles que se conformavam com a "vida de negro" e de outro os que ousavam romper com o paralelismo negro/miséria. Uns e outros hostilizavam-se reciprocamente. Os primeiros pelo ressentimento de não "subir na vida" e pela convicção de que perderiam o antigo companheiro que, ao ascender, se afastaria do meio negro. Os outros, por um sentimento de retaliação frente à hostilidade dos primeiros e pela tendência a assimilar o discurso ideológico da democracia racial que vê o negro que não sobe como um desqualificado, do ponto de vista individual (Sousa, 1983, p. 22-23).

Dessa forma, Sousa (1983) defende a existência de um conflito entre negros que ascendem socialmente e aqueles que permanecem em territórios marginalizados e estigmatizados pelo paralelismo negro/miséria. Como pano de fundo desses conflitos, há também os processos ligados às ideologias integracionista, ao "embranquecimento" que envolve abdicar de elementos identitários e intelectuais e a adequar e silenciar determinados discursos para se ter acesso a espaços privilegiados que não estão acostumados com a presença, com o diálogo, com a ascensão econômica ou com a posição de autoridade do negro. A pesquisadora e escritora Marilea de Almeida (2020) apresenta essa dinâmica do "desconforto" com o negro em lugar de ascensão em um de seus contos, ao trazer o relato de uma personagem branca que vivencia essa experiência em uma universidade nigeriana: "Todas as pessoas eram negras, exceto eu. Passei todo tempo morrendo de medo de dizer algo errado. *Não sabia lidar com os negros em um espaço onde eu era minoria.* No Brasil, em 20 anos de profissão, eu nunca havia vivenciado aquele desconforto." (*grifos nossos*).

Na literatura, os autores negros que trabalham em suas obras os atravessamentos relacionados ao biográfico, em um procedimento assumidamente reflexivo acerca das suas vivências e experiências, permitem com que possamos abordar o tópico da ascensão social a partir da perspectiva da dimensão da literatura que, segundo Roberto Reis (2000), "tem sido uma das grandes instituições de reforço de fronteiras culturais e barreiras sociais, estabelecendo privilégios e recalques no interior da sociedade" (p. 7). Para discutir a ascensão social do negro, selecionamos para leitura dois poemas de duas poetas situadas em momentos históricos distintos: Carol Dall Farra e Carolina Maria de Jesus.

Duas poetas: uma mesma questão

Carol Dall Farra é uma multiartista (poeta, Mc, cantora e *slammer*) nascida em Duque de Caxias, cidade da Baixada Fluminense, região periférica do Estado do Rio de Janeiro. Duque de Caxias possui uma imagem muito associada à violência ligada à criminalidade, ao controle do tráfico de drogas, das milícias e de muitas décadas de políticas deficitárias para a população. É dessa região que vem Dall Farra. Localizar o lugar de onde o poeta fala/vem será importante para as discussões que dizem respeito às suas reflexões na poesia sobre a ascensão do negro e a dualidade entre o ser marginal e o ser marginalizado na poesia.

Nessa segunda década do século XXI, a produção poética do *slam* retoma com energia essa discussão do marginal na literatura tendo em vista que sua produção também estará conectada à sua cotidiana vivência marginal no espaço urbano. Dall Farra, em entrevista ao canal no youtube "Mulheres de Luta", afirma:

> O ato de você ser um *poeta marginalizado* significa que você enfrentou diversas barreiras até pegar essa caneta e escrever seu poema no papel. Porque você escreve sua verdade, sua realidade, seu cotidiano dentro da favela. Para esse menor da favela, essa mina da favela chegar ao ponto de ter essa caneta na mão e passar aquela vivência para o papel, ele já ultrapassou várias barreiras, já ultrapassou a barreira do tráfico, já ultrapassou o genocídio do povo negro, ultrapassou a falta de educação na periferia, na favela. Então é um movimento de resistência que perpassa vários descasos do Estado (Dall Farra, 2017) [*grifos nossos*].

A afirmação da poeta é muito pertinente pois introduz uma cisão a partir da dualidade "poeta marginal"/ "poeta marginalizado" na literatura. Se na década de 1970 a concepção sobre o ser poeta marginal era uma autodenominação, uma alcunha que refletia um posicionamento frente à exclusão do circuito editorial e, até aquele momento, da própria historiografia literária canônica, temos na alcunha utilizada por Dall Farra, "poeta marginalizado", uma acepção que reforça os processos de invisibilidade. Ser poeta marginalizado coloca em destaque, portanto, o oposto a um posicionamento, mas uma imposição de ordem econômica e social em que a condição de sujeito socialmente marginalizado é indissociável do fazer e do ser poeta. A circulação do poeta marginalizado nos espaços legitimados da literatura não exclui os preconceitos sociais, o racismo, a percepção de uma presença tolerada, mas bastante incômoda. Dall Farra irá trazer a discussão da ascensão social no poema "A fé que cês botam hoje", que é performado pela poeta em suas apresentações e está registrado em vídeo no seu perfil da rede social do *Instagram*. Vejamos a transcrição do vídeo.

> Eu tô no corre desde quando o corre não valia a pena.
> E a fé que vocês botam hoje é porque eu limpei problemas
> com cachê é mais bonito e a grana vem do sistema
> [...]
> A rua é nós, está tudo certo
> esse é o *hype* que nós prega
> julga a irmã que vai na pressa
> mas não olha a própria merda
> personifica a controvérsia que é viver contradição
> passou fome de pão com ovo
> e não respeita quem nem tinha pão
> esses crias de pele clara vêm com visão adulterada
> tem mais veia da pátria amada do que resquício de África
> mas segue paramentado no pescoço tem quilates
> romantiza até a fome pra dizer que é de verdade
> pobreza também é *hype*
> é cara do pitbull mas por dentro é o coragem

quando vê o preto ascendendo diz que o preto tá metido
mas investe mais na roupa do que fala com sentido
[...]
e eu nem tenho mais idade para discutir tanto atraso
se é para disputar miséria eu sou o erro do debate
não sou minha fome, seu racismo, seu machismo, meu nulo na sociedade
eu tenho nome tenho vulgo e ano que vem eu tenho lattes
depois de tudo eu quero empate
eu não vou falar mal dos meus porque quem fala a gente sabe
aquilombar por bem ou mal e vai ser dentro da cidade
eu não vou mais falar de dor
e vou perder muito com isso
mas vou fingir que estou bem, olhar para preta e dar um sorriso
se meu viver incomodar, dou meia volta e me retiro
se o julgamento vir dos meus
eu juro que eu escrevo um livro
Bê-á-bá vai ser o título
na contracapa vem assim:
aprenda a identificar seus inimigos.
Carol Dall Farra, 2020 [*grifos nossos*]

Nas apresentações, Dall Farra, antes de iniciar a performance do poema citado, explica o contexto que motivou sua escrita. Em tom bem-humorado, crítico e irônico, conta que certa vez foi questionada por um grupo de pessoas (e aí subentende-se, pelo contexto, que tratam-se de pessoas periféricas e/ou negras) que dirigiram a ela a seguinte crítica: que a poeta não era mais periférica porque andava de UBER (em referência aos carros privados da empresa que presta serviços de transporte urbano). No contexto da perspectiva social e econômica da periferia, andar de UBER, em vez de transporte coletivo, representa uma "melhora de vida" e, consequentemente, um índice de diferença. A partir dessa observação, ela afirma que passou a refletir sobre o incômodo que um preto em ascensão social provoca não apenas na dinâmica do "meio negro", utilizando a expressão de Neusa S. Sousa (1983), mas também no cerceamento político e criativo produzido pela romantização da pobreza da sua produção artística.

O tema da estetização, exploração e da romantização da pobreza não é novo dentro das discussões artísticas e acadêmicas, ele é tratado, por exemplo, pela pesquisadora Ivana Bentes (2007), na perspectiva cinematográfica, ao apresentar o conceito de "cosmética da fome" como contraponto à "estética da fome", de Glauber Rocha ou em obras como *Os Pobres na Literatura Brasileira*, organizado por Roberto Schwarz (1983). Partindo do conceito de estética da fome presente no manifesto do cineasta Glauber Rocha (1965) sobre o caráter revolucionário do Cinema Novo, Bentes (2007) defende que o cinema nacional passa da estética para a cosmética trazendo os temas antes presentes no Cinema Novo como a violência e a miséria agora na forma de um espetáculo palatável. Contudo, está na voz autoral e na experiência vivida pelo sujeito negro a intersecção mais ligada aos estudos críticos da literatura contemporânea que buscamos para a leitura da poesia de Dall Farra. Afastando-se do olhar do outro, esta dobradiça entre vida e obra traz a reivindicação da narrativa de trajetórias artísticas e intelectualidades autônomas e também a crítica ao consumo da dor e da pobreza como formas mercadológicas de cercear e/ou estigmatizar o fazer artístico de pessoas negras.

Dall Farra já indica isso no primeiro verso "*Eu tô no corre desde quando o corre não valia a pena*". Colocando-se em primeira pessoa, o eu-lírico apresenta uma perspectiva descolonizadora do percurso de uma artista periférica negra, permitindo, dessa forma, que se formule algumas questões: quem e quais lugares detêm a legitimidade e autoridade de consagração do "poeta marginalizado"? Quanto do processo de desumanização e desautorização do negro se perpetua nas práticas de tutela ao acesso a esses espaços de consagração e nos discursos de "descoberta" muito comuns quando falamos de artistas pertencentes a grupos que são considerados minoritários socialmente?

É importante, para tensionar essa discussão, repensar criticamente nossas práticas de pesquisa acadêmica e a repetição desse ímpeto de assumir um lugar de "descobridor" em relação aos artistas, poetas e escritores que vêm ou estão em espaços periféricos. Uma prática que reflete uma prisão a uma espécie de *looping colonizador* em que seria preciso realizar um "mergulho etnográfico" para "achar os artistas", "lançá-los à luz" e "trazê-los para a academia". Utilizo propositadamente essas expressões já fora de moda como forma de provocar o questionamento sobre quanto dessas falas escondem nossa própria metodologia de pesquisa e discursos que desautorizam a intelectualidade e autonomia desses grupos. Há de fato "descoberta" quando estamos falando de grupos, escritores, artistas que se organizam e publicam há décadas? Ou seria, de fato, a descoberta da nossa própria ignorância?

Wanessa R. P. Silva (2017), ao analisar o contexto da vida literária nos anos de 1930 a 1945 e a dinâmica envolvendo o monopólio da autoridade e legitimidade sobre o que é literatura entre intelectuais e escritores do Norte e do Sul no Brasil, formula o conceito de "suspensão da cordialidade" para descrever o processo em que se instaura "uma atmosfera em que os conflitos se torn[am] mais intensos e visíveis" (p. 50), em que aqueles que detinham a autoridade acreditavam que "o estímulo aos novos das províncias era necessário, porém, não o suficiente para que se colocassem enquanto autoridade" (p. 50). Em paralelo, podemos estabelecer a mesma dinâmica de "suspensão da cordialidade" quando artistas negros e/ou periféricos reivindicam sua autonomia intelectual ou recusam-se à postura de gratidão e subserviência, criando conflitos com os atores que ocupam espaço privilegiado e que insistem em forçar a permanência dessas produções no lugar de tutelados. O diálogo com o contexto da década de 1930 e com o romance chamado regionalista prova que estamos sempre repetindo esses jogos de poderes entre o fora e o dentro da academia, o centro e a periferia, o branco e o não-branco etc. A poeta, MC e *slammer* Sabrina Martina também aborda esse tópico na sua produção intelectual e artística, especialmente, em sua apresentação no evento promovido pelo TEDx, em 2018, cujo título é "Síndrome do colonizador", apontando justamente esse ímpeto colonizador dos pesquisadores e produtores brancos de irem até as periferias, criarem produtos, filmes, documentários, pesquisas e, depois, virarem as costas para esses espaços. Colocando em questão quem de fato se beneficia com essa interação que, em muitos casos, é revestida como caridade a esses grupos.

Retornando ao poema de Dall Farra, os versos em que o eu-lírico afirma "se é para disputar miséria eu sou o erro do debate/ não sou minha fome, seu racismo, seu machismo,/ meu nulo na sociedade", ao contrário do que se possa argumentar de que seria uma negação dos temas que atravessam sua identidade como mulher, negra e periférica, são, de fato, uma recusa a limitar-se a esses índices identitários ou de que esses sejam utilizados como entretenimento ou como catarse expiatória de culpa da branquitude. Já nos versos "eu não vou mais falar de dor/ e vou perder muito com isso" há de forma mais explícita a reflexão e a consciência de como a recusa em permanecer nos temas que são aceitos como próprios do negro, ainda pensando na dualidade miséria/negro (Sousa, 1983), provoca a citada "suspensão da cordialidade" (Silva, 2017), gerando conflitos e perdas simbólicas e materiais para os sujeitos pretos que reivindicam sua autonomia artística e intelectual.

A escritora Miriam Alves (Frederico et. al., 2017), ao ser questionada sobre se o racismo presente na sociedade brasileira afetaria sua produção, aponta, em sua resposta, para essa estrutura racista que não é exclusividade dos jogos de poderes dentro dos espaços de legitimação da intelectualidade e da literatura, mas que é componente indissociável da existência das pessoas negras e que as afetam cotidianamente:

> O racismo presente na sociedade brasileira afeta a vida de 51% de sua população de forma brutal e subliminar. É genocida. Leva à morte física e mental. Impede a realização plena do ser humano. Mantém uma expressiva maioria na linha da pobreza e abaixo da linha da pobreza. Mantém no cárcere simbólico e real. Cerceia o ir e vir nos centros urbanos e fora deles. Extermina os jovens negros. Existe todo um aparato institucional para isso, difícil de ser desmontado, porque é necessária a mudança de pensamento e de ideias, formais e informais, que norteiam e normalizam isso. (Alves apud Frederico et. al., 2017, p. 290)

A resposta contundente de Miriam Alves traz para a discussão os atravessamentos presentes na escrita do negro e que dialogam com o conceito de escrevivência formulado pela escritora Conceição Evaristo. Nesse conceito, a escrita é contaminada pela sua condição em sociedade. Evaristo (2017) defende também a legitimidade desse contágio para escritores negros, já que seria impossível que "a subjetividade de qualquer escritor ou escritora não contamin[e] a sua escrita. De certa forma, todos fazem uma escrevivência, a partir da escolha temática, do vocabulário que se usa, do enredo a partir de suas vivências e opções" (n.p). O argumento busca esvaziar os discursos que chamam de militantes e panfletárias as escritas que conjugam autoria e experiências negras na literatura e tensionam as categorias do local e do universal no literário.

Ao final do poema, Dall Farra traz a discussão sobre o julgamento que vem dos seus ("se o julgamento vir dos meus/ eu juro que eu escrevo um livro/ Bê-á-bá vai ser o título/ na contracapa vem assim/ aprenda a identificar seus inimigos"), retomando a reflexão de Neusa S. Sousa acerca da ascensão social do negro e os conflitos gerados dentro dessa coletividade. Trazendo essa discussão para a perspectiva histórica ou dialógica do ser poeta negra e os conflitos inerentes a sua ascensão social, realizaremos a leitura do poema de Carolina Maria de Jesus, intitulado "Quarto de Despejo", presente no livro *Meu estranho diário* (1996).

> Quando infiltrei na literatura
> Sonhava so com a ventura
> Minhalma estava chêia de hianto
> Eu não previa o pranto.
> Ao publicar o Quarto de despejo
> Concretisava assim o meu desejo.
> Que vida. Que alegria..
> E agora...Casa de alvenaria.
> Outro livro que vae circular
> As tristêsas vão duplicar.
> [...]
> No inicio vêio adimiração
> O meu nome circulou a Nação.
> Surgiu uma escritora favelada.
> Chama: Carolina Maria de Jesus.
> E as obras que ela produs
> Deixou a humanidade habismada
> No inicio eu fiquei confusa.
> Parece que estava oclusa
> Num estôjo de marfim.
> Eu era solicitada
> Era bajulada.
> Como um querubim.
> Depôis começaram a me invejar.

Dizia: você, deve dar
Os teus bens, para um assilo
Os que assim me falava
Não pensava.
Nos meus filhos.
As damas da alta sociedade.
Dizia: praticae a caridade.
Doando aos pobres agasalhos.
Mas o dinheiro da alta sociedade
Não é destinado a caridade
É para os prados, e os baralhos
E assim, eu fui desiludindo
O meu ideal regridindo
Igual um côrpo envelheçendo.
Fui enrrugando, enrrugando...
Petalas de rosa, murchando, murchando
E... estou morrendo!
Na campa silente e fria
Hei de repousar um dia...
Não levo nenhuma ilusão
Porque a escritora favelada
Foi rosa despetalada.
Quantos espinhos em meu coração.
Dizem que sou ambiciosa
Que não sou caridosa.
Incluiram-me entre os usurários
Porque não critica os industriaes
Que tratam como animaes.
– Os opérarios...
(Jesus, 1996, p. 151-153)

O poema de Carolina de Jesus permite o diálogo intertextual com o de Carol Dall Farra. Mais uma vez, o tema da ascensão do negro e o conflito gerado nos espaços hegemonicamente brancos surgem. O poema, que dialoga visivelmente com o biográfico, ao trazer as referências às obras da escritora, aponta um caminho de desesperança e de tristeza reforçado pelo uso de imagens poéticas que podemos aproximar da estética da escola romântica, em especial, de sua segunda geração como o desejo pela morte e o sofrimento do eu-lírico. O poema traça um percurso de ascensão e queda, do momento do "descobrimento" (ponto já discutido aqui) em que a escritora é "bajulada" e "solicitada" até o declínio que ocorre com sua ascensão social e as cobranças para que assuma determinada postura imputada a ela por pessoas brancas. No meio desse percurso, o ponto de cisão retoma o conceito de Silva (2017) em que há a suspensão da cordialidade, por aqueles que antes comemoravam a escritora "favelada" descoberta, sendo esta substituída pela cobrança e pelo visível sofrimento mental do eu-lírico. Sobre esse tópico, Neusa S. Sousa (1983) observa que

> A história de ascensão social do negro brasileiro é, assim, a história de sua assimilação aos padrões brancos de relações sociais. É a história da submissão ideológica e de um estoque racial em presença do outro que se lhe faz hegemônico. É a história de uma identidade renunciada, em atenção às circunstâncias que estipulam o preço do reconhecimento ao negro com base na intensidade de sua negação (Souza, 1983, p. 23).

Diante da recusa ou da não possibilidade de renúncia da identidade, ocupa-se um lugar entre: em que o negro que ascende socialmente não é mais pertencente ou aceito no seu grupo de origem nem no espaço de branquitude, onde é tratado como um estranho que precisa atender as expectativas e as posturas determinadas pelo outro. Uma cobrança que, no caso da escritora Carolina de Jesus, nega as transversalidades das quais fazem parte sua origem, mas também seu lugar de escritora, seus escritos de memórias de uma pobreza extrema, e a liberdade e possibilidade de falar sobre sua "casa de alvenaria". Se Dall Farra aponta em seu poema o "julgamento dos seus", Carolina traz a crítica ao julgamento da alta sociedade que lhe exige caridade enquanto gasta seu dinheiro com suas próprias necessidades.

Sem querer fechar essa discussão, acreditamos que os poemas de Carol Dall Farra e de Carolina de Jesus são sintomáticos de uma questão que parece permanecer dentro das lógicas de poder e de legitimação de artistas marginalizados. Questão que encontra ressonância em outras falas de artistas pretos, que percebem a diferença quando apresentam poemas que não performem questões ligadas à violência ou à questão racial. Essas notas retiradas da leitura dos poemas é um convite à reflexão sobre nossas discussões, pesquisas, posturas e, obviamente, nosso real compromisso com o fim do racismo e do preconceito nas discussões literárias.

Referências bibliográficas

ALMEIDA, Marilea. *A branquitude irá para o divã?*. Disponível em: https://medium.com/@marileaalmeida/a-branquitude-ir%C3%A1-para-o-div%C3%A3-d4f962465f5. Acesso em 10 jul. 2020.

BENTES, Ivana. Sertões e favelas no cinema brasileiro contemporâneo: estética e cosmética da fome. *Alceu*, Rio de Janeiro, v. 8, n.15, p. 242-255, jul/dez 2007.

DALL FARRA, Carol. "A poesia de MC Dall Farra. Canal Mulheres de Luta. Youtube, 11 set. 2017. Disponível em: <https://www.youtube.com/watch?v=vd3KuMD90pg> Acesso em 15 ago. 2019.

DALL FARRA, Carol. "A fé que cês botam". 5 de maio de 2020. [vídeo]. Disponível em <https://www.instagram.com/tv/B_y9n-mNpgzc/?utm_source=ig_web_copy_link> Acesso em 05 mai. 2020.

EVARISTO, Conceição. "Conceição Evaristo: 'minha escrita é contaminada pela condição de mulher negra" [Entrevista por Juliana Domingos de Lima] 26 de mai de 2017. Disponível em: <https://www.nexojor-

nal.com.br/entrevista/2017/05/26/Concei%C3%A7%C3%A3o-Evaristo-%E2%80%98minha-escrita-%C3%A9-contaminada-pela-condi%C3%A7%C3%A3o-de-mulher-negra%E2%80%99>. Acesso em 02 jul. 2020.

FREDERICO, Graziele; Mollo, Lúcia Tormin; Dutra, Paula Queiroz. "Escrevo porque não dá para não escrever": entrevista com Miriam Alves. *Estud. Lit. Bras. Contemp.*, Brasília, n. 51, p. 289-294, Aug. 2017.

JESUS, Carolina Maria de. *Meu Estranho Diário.* Organizado por Robert Levine e José Carlos Sebe Bom de Meihy. São Paulo: Editora Xamã, 1996.

REIS, Roberto. Cânon. In: Jobim, José Luiz (Org.). *Palavras da crítica*: uma introdução. Trad. Tomaz Tadeu da Silva. Belo Horizonte: Autêntica, 2000.

SILVA, Wanessa Regina Paiva da. *O sorriso e a tormenta: inquéritos culturais e vida literária (1930-1945).* Universidade do Estado do Rio de Janeiro, Instituto de Letras, Tese (doutorado), 2017, 234 f.

SOUSA, Neusa Santos. *Tornar-se negro: as vicissitudes da identidade do negro brasileiro em ascensão social.* Rio de Janeiro: Edições Graal, 1983.

Figurações de si e do outro nos contos de Lygia Fagundes Telles

Fátima Cristina Dias Rocha

Nascida em São Paulo, sob o signo de Áries, a escritora Lygia Fagundes Telles completou 97 anos em abril de 2020. O marco inicial de sua trajetória no universo das letras foi o romance *Ciranda de pedra* (1954), embora a autora já tivesse publicado, antes desse romance, alguns livros de contos, por ela rejeitados: "(...) a pouca idade não justifica o nascimento de textos prematuros, que deveriam continuar no limbo" (Telles, apud Galvão, 2018, p. 747). Ao primeiro romance seguiram-se três outros – *Verão no aquário* (1963), *As meninas* (1973) e *As horas nuas* (1989) – e diversos volumes de contos, dentre os quais destacamos: *Antes do baile verde* (1970); *Seminário dos ratos* (1977); *Filhos pródigos* (1978), reeditado em 1991 com o título de um de seus contos: *A estrutura da bolha de sabão; A disciplina do amor* (1980); *Invenção e memória* (2000). Os livros de contos não param por aqui, evidenciando a habilidade da contista, tanto em suas estratégias compositivas quanto na capacidade de revitalizar a plasticidade do gênero, aproximando-o da crônica, do ensaio, da impressão de viagem, da notação fragmentária, do relato memorialístico.

A perícia da contista pode ser conferida na publicação, em 2018, do volume *Os contos* – uma cuidadosa edição da editora Companhia das Letras, que selecionou, elegendo-os como "os" contos de Lygia, os textos dos livros *Antes do baile verde*, *Seminário dos ratos*, *A estrutura da bolha de sabão*, *A noite escura e mais eu* (1995), *Invenção e memória* e *Um coração ardente* (2012); e alguns "Contos esparsos", quatro deles incluídos inicialmente no livro *O cacto vermelho* (1944), uma das "juvenilidades" rejeitadas pela autora ao considerar o conjunto de sua obra.

Reunindo mais de quarenta anos da produção contística de Lygia Fagundes Telles, o volume *Os contos* exibe a apurada tessitura estética dos textos da escritora, feitos de cortes, elipses, interrogações e mudanças bruscas de interlocutores; a sutil construção do suspense, que, muitas vezes, resulta em irresolução ou no gesto que prenuncia situações dramáticas; a destreza na configuração de narradores que, em terceira ou primeira pessoa, insinuam, mais que revelam abertamente, experiências traumáticas, condutas ignóbeis e cruéis, laços pessoais atados pela violência e pelo abuso do poder.

Com efeito, em vários dos contos reunidos na antologia de 2018, a autora elabora rápidos perfis (auto)biográficos – paradoxalmente lacunares e precisos, fragmentários e contundentes –, traçados com o olhar sensível e lúcido da contista. Como no conto "Apenas um saxofone", de *Antes do baile verde* (1970), em que uma narradora em primeira pessoa, sozinha e bêbada em sua casa luxuosa – "uma puta bêbada mas rica" (Telles, 2018, p. 35) –, relembra, de modo entrecortado, a paixão que vivera pelo "jovem do saxofone", a quem pedira sucessivas provas de amor, inconseqüentes e egoístas, que culminaram com esta, que encerra o conto: "Se você me ama mesmo, eu disse, se você me ama mesmo então saia e se mate imediatamente" (Idem, p. 38). Desafio irresponsável que responde à pergunta que a narradora repete por todo o conto: "Onde agora? Onde?" (Idem, p. 32); "Onde, meu Deus, onde agora?" (Idem, p. 34).

Já o conto "A sauna", de *Cemitério dos ratos* (1977), flagra um artista plástico renomado no instante em que este se instala confortavelmente numa sauna, momento em que tem suas lembranças ativadas pelo perfume do eucalipto, que o faz recordar a jovem Rosa, que tudo sacrificara por ele, por sua ascensão artística e social. Em primeira pessoa, o narrador recompõe – também de modo fragmentário, em que os planos temporais se misturam – a sua vida, "naturalizando" as atitudes egoístas e cruéis que tomara. Assumindo, como em outros contos, a voz de um homem, Lygia o faz falar em primeira pessoa e revelar-se como um sujeito desprezível, que fez carreira por meio da exploração de uma jovem vulnerável pelo amor que a ele dedicara, ele que a abandonara no passado e que, em seu relato, não demonstra remorso nem piedade:

> (...) Rosa estava grávida quando embarquei, (...), não tínhamos o dinheiro para o aborto, um pequeno pormenor, não tínhamos dinheiro, (...), eu não conseguia vender nenhum quadro, Rosa tinha deixado o emprego na farmácia, restou só uma casa com jardim, mas a gente não pode comer um jardim, não pode fazer um aborto num jardim, pode? (...) Eu quis vender minha passagem e dar-lhe o dinheiro para o médico mas Rosa não aceitou, (...). Ela acreditava em mim, ela me amava. Sabia o quanto era importante para a minha carreira essa oportunidade de fazer um curso na Europa, conhecer gente, fazer contatos. Insistiu em vender a casa que agora estava grande demais, o tio no sanatório e eu longe, sem ideia do tempo que ia ficar por lá, de que adiantava uma casa grande assim? E a gravidez adiantada e o médico exigindo adiantado, tinha outra solução? (Telles, 2018, p. 178-9)

No conto "O espartilho", de *A estrutura da bolha de sabão* (1991), uma narradora em primeira pessoa refaz o seu tortuoso processo de libertação do jugo da avó – autoritária, soberba, racista e admiradora de Hitler. Ao reconstituir o seu percurso, a narradora – Ana Luísa – figura-se menina, órfã (os pais haviam morrido num acidente de trem), educada pela avó, que a encerrara numa moldura dentro da qual predominavam a perfeição e a harmonia, mantidas pela dureza e inflexibilidade da avó:

> Tudo era harmonioso, sólido, verdadeiro. No princípio.
> (...)
> Não havia o medo. No princípio. (...). Que importavam as chuvas, os ventos? A primeira imagem que tenho de mim mesma é a de uma menininha de avental azul, instalada na almofada de veludo na sala de visitas com um vago cheiro de altar. Ao lado, minha avó com seu tricô. (...) O casarão era enorme com seus quartos e corredores que não acabavam mais (Telles, 2018, p. 279).

A narradora também se desenha na adolescência, quando uma pajem (personagem recorrente nos contos da autora) lhe revelara não apenas as dores e os dramas da família, mas o fato de sua mãe ser judia – revelação que chegou à jovem Ana Luísa no período que precedeu a Segunda Guerra Mundial:

> Minha mãe, judia? Mas era horrível ser judeu, todos viviam repetindo que era horrível. "Ainda prefiro os pretos", ouvi minha avó cochichar a uma amiga. E leu alguns trechos de um discurso de Hitler, publicado numa revista. A amiga me viu e teve um gesto qualquer que não completou. Então minha avó me fez uma carícia: "Não tem perigo, ela é Rodrigues até no andar". Entendia agora certas palavras. Certos silêncios. Entendia principalmente a insistência com que se referiam às minhas semelhanças com meu pai. Quanto à minha mãe, (...), seria bonita? Certamente não, bonito era o pai. Devia ter medo, isso sim. Mais forte do que tudo eu sentia nela o medo e foi com a tinta ama-

> relo-negra desse medo que fui esboçando seu perfil. Sarah Ferensen. Sarah e Marcus Rodrigues, estava gravado no mármore do túmulo (Idem, p. 285-6).

Ao longo do relato, a narradora, além de evocar as transformações que nela se processaram a partir da quebra da redoma em que a avó a mantivera, faz uma espécie de autoanálise, em que reflete sobre as motivações para o seu comportamento na infância e sobre a sua sensação de desnorteamento, ao perder os alicerces – o "espartilho" – que a mantinham segura:

> Eu precisava ser encantadora. Já era o medo mas esse medo me estimulava a amar o próximo, ou melhor, a fazer com que o próximo acreditasse nesse amor. Recebia em troca um juízo favorável e era nesse juízo que me sustentava. (...) O que eu ganhava com isso? Essa unanimidade de opiniões e que beirava a admiração. Agora me via esvaziada, rodando pela casa como se procurasse por mim mesma, por aquela outra – mas o que estava acontecendo comigo? Por que perdi de repente a graça da representação? (Idem, p. 290)

A narradora relembra ainda o momento em que, já estudante do Curso de Letras, apaixonou-se por Rodrigo, vivenciando mais uma etapa de seu processo de autodescoberta e amadurecimento. Rodrigo, entretanto, se deixou enredar pelas artimanhas da "avó", que financiou sua viagem à Irlanda, com uma bolsa de estudos, afastando o rapaz da neta. Esta, tendo adquirido a consciência de que o amor a transformara, decidiu libertar-se da avó, rejeitando definitivamente o "espartilho" que a havia aprisionado, como sugere a cena final do conto:

> Desabotoei-lhe a gola do vestido. Já que eu mudara, também ela mudaria de tática: estava na hora de me

> dobrar com a chantagem da morte. Senti de perto seu perfume de violetas.
> Quer que tire seu espartilho? Perguntei quando meus dedos tocaram na rigidez das barbatanas.
> "Não, filha. Eu me sentiria pior sem ele. Já estou bem, vá querida. Vá dormir."
> *Antes de sair, abri a janela. A Via Láctea palpitava de estrelas. Respirei o hálito da noite: logo iríamos amanhecer* (Idem, p. 306, grifos nossos).

No mesmo livro, *A estrutura da bolha de sabão*, o conto "A confissão de Leontina" traz, em primeira pessoa, a história da jovem que, tendo vivido na extrema penúria e no mais absoluto abandono, acaba por matar um homem que a estava forçando a uma relação sexual. Leontina narra o seu percurso enquanto aguarda o julgamento, depois de ser torturada na prisão. Esse autorretrato de uma mulher paupérrima, para o qual o trabalho árduo nada proporcionou, se constrói com uma linguagem popular e semiletrada, marcada pela oralidade:

> Puxa vida que cidade. Que puta de cidade é esta a Rubi vivia dizendo. E dizia ainda que eu devia voltar pra Olhos d'Água porque isso não passa de uma bela merda e se nem ela que tem peito de ferro estava se agüentando imagine então uma bocó de mola feito eu. Mas como eu podia voltar? E voltar pra fazer o quê? Se minha mãe ainda fosse viva e se tivesse o Pedro e minha irmãzinha então está visto que eu voltava correndo. Mas lá não tem mais nada. Voltar é voltar pra casa de Dona Gertrudes que só faltava me espetar com o garfo. E nem me pagava porque mal sei ler e por isso meu pagamento era a comida e uns vestidos que ela mesma fazia com as sobras que guardava numa arca (Telles, 2018, p. 313).

Esses "contos-perfis" se iniciam de chofre, logo envolvendo o leitor nas histórias de um "eu" ou de um "ele/ela" – a cuja consciência o narrador adere fortemente –, histórias que vão deixando aflorar traumas e medos, impotência e desesperança, arrogância e crueldade – e, por vezes, um gesto amoroso e altruísta. Caracterizadas pelo predomínio da introspecção e pela escassez da ação, tais histórias são ambientadas no meio urbano, na cidade paulista que cresce e se transforma; ou num cenário interiorano, em que a família – pai, mãe, tios, avós – convive com agregados e dependentes, em especial as "pajens". O volume *Os contos* reúne, então, uma galeria de personagens cujos atos, por vezes extremos e até insólitos, enraízam-se em contextos sócio-econômicos e culturais injustos e opressivos, de que fazem parte o sistema patriarcal, a pobreza sem possibilidade de redenção, o racismo e o preconceito demolidores e excludentes.

Entre as personagens que circulam no volume *Os contos*, uma nos chama a atenção, e é a que vai se mostrando com maior nitidez nos textos do livro *Invenção e memória* (publicado em 2000 e também incluído na antologia de 2018): trata-se de uma personagem que, muitas vezes em primeira pessoa, faz evocações da infância, vivida em cidades do interior paulista; relembra a adolescência e a formação na Faculdade de Direito do Largo de São Francisco, em São Paulo; recorda encontros e amizades com figuras públicas e com intelectuais; e reconstrói "cenas da intimidade", em que o escrever, a escrita e a literatura são os protagonistas. Alguns contos do livro *Invenção e memória* esboçam, portanto, uma personagem que reúne reminiscências e episódios autobiográficos da própria autora, alguns deles já contados em outras versões, em entrevistas ou em textos curtos publicados anteriormente. Tal personagem de modo algum se exibe inteira e íntegra: como sugere o título do livro, invenção e memória mesclam-se indissoluvelmente na composição da protagonista, tanto no interior de cada conto, como no conjunto dos textos. Assim, num conto que parece se apresentar como pura memória, como reminiscência de figuras reais, conhecidas, que fazem parte da história cultural do país e da vida pessoal da autora, a invenção irrompe inesperadamente e promove a ficção. No livro *Invenção e memória* como um todo, o texto de cunho autobiográfico se mistura com outros de caráter mais nitidamente ficcional, como é o caso do conto "Potyra", em que a narradora em primeira pessoa transita da esfera pessoal e familiar – que vinha sendo elaborada nos contos anteriores – para o universo do fantástico: num passeio com o pai no cenário público do Jardim da Luz, a menina se depara com um estrangeiro desconhecido, "de um brancor transparente", vencedor de distâncias geográficas e históricas. Nos contos de *Invenção e memória*, portanto, o hibridismo de registros (confessional/ficcional) se converte no hibridismo de gêneros, a composição verista e realista dando lugar ao insólito e ao fantástico.

Desse modo, se a exploração da invenção e a da memória são algumas das vertentes privilegiadas da criação literária, em alguns escritores – como é o caso de Lygia Fagundes Telles – as duas vertentes se entrelaçam mais fortemente, num evidente hibridismo "ficção e confissão" (Candido, 1992), o qual, além de praticado e afirmado, é problematizado e convulsionado, impedindo a resposta do leitor diante do texto híbrido: quanto de invenção? Quanto de memória? A própria Lygia assinala a impossibilidade de resposta precisa a essas perguntas, numa das várias vezes em que abordou o tema, na ficção ou em depoimentos:

> Eu digo sempre (...) que a invenção e a memória são absolutamente inseparáveis; estão misturadas de uma forma tão entranhada que, se você tentar pretensiosamente separar invenção da memória, quando você per-

> ceber a invenção estará prevalecendo sobre a memória, é impossível separá-las porque ambas fazem parte de vasos comunicantes (Telles, apud Lucena, 2010, p. 35).

É também bastante conhecida a afirmação do estudioso Silviano Santiago acerca da prática do hibridismo na prosa contemporânea – prática que ele mesmo vem adotando de modo inventivo e sempre renovado: "Não contam mais as respectivas purezas centralizadoras da autobiografia e da ficção; são os processos de hibridização do autobiográfico pelo ficcional, e vice-versa, que contam. Ou melhor, são as *margens* em constante contaminação que se adiantam como lugar do trabalho do escritor e de resolução dos problemas da escrita criativa" (Santiago, 2008, p. 174).

Especificamente sobre o texto híbrido de Lygia Fagundes Telles, Silviano afirmou:

> Na criação literária de Lygia, a escrita da memória e o texto da literatura confluem aflitivamente para o lugar *entre*, (...) para a brecha ficcional, abrigo e esconderijo do narrador. (...) Mais recentemente, [Lygia] declarou: "Talvez eu nem perceba quando a memória vira imaginação". (...) Como no melhor da literatura brasileira modernista, a narrativa curta de Lygia se constrói e se impõe como objeto híbrido (Santiago, 2006, p. 195).

No volume *Os contos*, como afirmamos, a "hibridização do autobiográfico pelo ficcional e vice-versa" é mais intensa nos textos do livro *Invenção e memória*, nos quais vai ganhando corpo, por meio de "pormenores e inflexões" (Barthes, 2005, p. XVII) dispersos aqui e ali, a "personagem" Lygia Fagundes Telles, que muito se assemelha à escritora que, em depoimentos e entrevistas, responde a perguntas sobre a sua meninice, a sua formação, a sua carreira. Com efeito, em três, dos quinze contos de *Invenção e memória*, uma narradora em primeira pessoa desenha o "chão da infância" (Telles, 2018, p. 461), feito de "lembranças movediças" (Idem, p. 461) – a expressão "movediças" aludindo ao caráter impreciso dessas lembranças e ao fato de que tais lembranças se movimentam e circulam por vários textos e livros de Lygia, que serão comentados mais adiante. Mas, como ia dizendo a narradora do conto "Que se chama solidão", o primeiro do livro *Invenção e memória*, há figuras fixas naquele "chão movediço" da infância:

> [Nele] estão fixadas minhas *pajens*, aquelas meninas que minha mãe arrebanhava para cuidarem desta filha caçula. Vejo essa *mãe* mexendo enérgica o *tacho de goiabada* ou *tocando ao piano* aquelas valsas tristes. (...) Vejo a tia Laura, (...) que dizia que meu pai era muito instável. Eu não sabia o que era instável, mas sabia que ele gostava de *fumar charuto* e de *jogar baralho* com os amigos no clube (Telles, 2018, p. 461, grifos nossos).

As pajens (também chamadas de agregadas); a mãe, com seu piano e seu tacho de goiabada; o pai, com seu charuto, e em constante mudança para cidades do interior paulista, devido à sua atuação como delegado e promotor: estas são figuras – verdadeiros cromos – com as quais a escritora Lygia Fagundes Telles representou a infância da narradora em primeira pessoa que volta à ficcionalização de sua meninice em mais dois contos do livro *Invenção e memória*. Em cada uma dessas representações/ficcionalizações da infância, a narradora compõe cenários e ações diversas para as figuras "fixas" que povoam a sua meninice, cenários e ações em que ela, a narradora, contracena com aquelas figuras. Por exemplo, ainda no conto "Que se chama solidão", o pai, com seu charuto, responde à pergunta da filha, suscitada pela afirmação da pajem de que não havia mais escravidão. Nas palavras do pai, está a alusão ao poema de Castro Alves, um dos muitos autores que habitam as páginas do livro *Invenção e memória*: "Fui perguntar ao meu pai o que era isso, escravidão. Ele me deu o anel do charuto, soprou para o teto a fumaça e começou a recitar uma poesia que falava num navio cheio de negros esfaimados, presos em correntes e chamando por Deus. Fiz que sim com a cabeça e fui oferecer à Juana a melhor manga que colhi" (Telles, 2018, p. 462). No mesmo conto, a mãe é desenhada no trato com as pajens (uma delas estava morrendo por ter feito um aborto) e em sua participação nas quermesses da cidade: "(...) melhor pensar na quermesse do Largo da Igreja com as barracas das prendas e a banda militar tocando no coreto. Nesse sábado a minha mãe e Tia Laura foram na frente porque eram as barraqueiras, meu pai iria mais tarde para ajudar no leilão" (Idem, p. 465).

Mas as personagens que ganham destaque no conto "Que se chama solidão" são as pajens, tanto nas situações dramáticas por elas vividas, como nos cuidados com a menina:

> Essa pajem, órfã e preta, era uma ovelha desgarrada, escutei o padre dizer à minha mãe. Ela me dava banho, me penteava e contava histórias nesse tempo em que eu ainda não freqüentava a escola. Quando ia encontrar o namorado (...), repartia a carapinha em trancinhas com uma fita amarrada na ponta de cada trancinha e depois soltava as trancinhas e escovava o cabelo até vê-lo abrir-se em leque (...). Com a mesma rapidez fazia os papelotes no meu cabelo em dias de procissão (...). Costurava nas costas da minha bata branca as asas de penas verdadeiras e foi esse o meu primeiro impulso de soberba porque as asas dos outros anjos eram de crepom (Idem, p. 462).

As pajens também surgem, nesse primeiro conto do livro *Invenção e memória*, como responsáveis pelo universo fantasioso das histórias da infância, povoadas de fantasmas e de almas penadas:

> Depois do jantar era a hora das histórias. Na escada de pedra que dava para a horta instalavam-se as crianças com a cachorrada (...).
> As histórias das noites na escada. Eu fechava os olhos-ouvidos nos piores pedaços e o pior de todos era aquele quando os ossos da alma penada começavam a cair do teto diante do viajante que se abrigou num castelo abandonado. Noite de tempestade, o vento uivando, uuuuuuh!... E a alma penada ameaçando cair, Eu caio! gemia a Juana com a mesma foz fanhosa das caveiras. (...) Então caía do teto um pé ou um braço descarnado, ossos cadentes se buscando e se ligando no chão até formar o esqueleto (Idem, p. 462-3).

Nos contos de Lygia, as pajens constituem uma nova versão das velhas amas-de-leite, que alimentaram a imaginação de nossos escritores modernistas, como José Lins do Rego e Murilo Mendes, que as destacam em suas memórias. Em Lygia, as almas penadas que habitam as histórias das pajens invadem o cotidiano da menina, aterrorizando-o e fazendo-o imergir no fantástico: "Já estava escurecendo quando passei pelo jasmineiro e parei de repente, o que era aquilo, mas tinha alguém ali dentro? Cheguei perto e vi no meio dos galhos a cara transparente de Leocádia, o riso úmido a tremer, A quermesse, Leocádia, vamos? Convidei e a resposta veio num sopro, Não posso ir, estou morta" (Idem, p. 465).

Se, no conto "Que se chama solidão", o tema da morte já se insinua nas vidas desamparadas das pajens e na aparição que aterroriza a menina, o mesmo tema reaparece no segundo conto do livro *Invenção e memória*: "Suicídio na granja". Aqui, novamente, a garota recorre ao pai, desta vez para esclarecer sua dúvida quanto à possibilidade de alguém dar fim à própria vida. Acompanhado de seu charuto, o pai responde à pergunta da menina: "Mas, pai, por que ele se matou, por quê? (...) Meu pai olhou o charuto que tirou da boca. Soprou de leve a brasa: Muitos se matam por amor mesmo. Mas tem outros motivos, tantos motivos, uma doença sem remédio. Ou uma dívida. Ou uma tristeza sem fim (...)" (Telles, 2018, p. 467). Na segunda parte do conto, que poderia ser lida como um texto autônomo, a narradora nos envolve na trágica história de dois amigos inseparáveis: um galo branco e um ganso também branco, que ela havia conhecido numa fazenda em que passara as férias de dezembro. Aproximando-se da fábula, o conto se detém nos dois animais – batizados de Platão (o ganso) e Aristóteles (o galo) –, em seu comportamento e em suas características de personalidade, até o dia em que o ganso desaparece (fora servido num jantar na fazenda), deixando o amigo à sua procura. Não encontrando Platão, Aristóteles não tem forças para viver, protagonizando o "suicídio na granja". No "final de efeito" do conto, a ironia contida dá lugar à intensidade da poesia – momento em que o poeta Maiakóvski é convocado para tornar mais pungente a dor do inconsolável Aristóteles:

> Foi o banquete de Platão, pensei meio nauseada com o miserável trocadilho. Deixei de ir à granja, era insuportável ver aquele galo definhando na busca obstinada, a crista murcha, o olhar esvaziado. (...) Mais alguns dias e foi encontrado morto ao lado do tanque onde o companheiro costumava se banhar. No livro do poeta Maiakóvski (matou-se com um tiro) há um poema que serve de epitáfio para o galo branco:
> *Comigo viu-se doida a anatomia:*
> *sou todo um coração.* (Idem p. 469)

O terceiro conto em que a narradora em primeira pessoa (re) compõe a sua infância é "Cinema gato preto", em que a menina contracena, mais uma vez, com o pai, a mãe, as pajens, e, agora, com os irmãos, tios, a professora e o padre. Nesse conto que evoca o poder encantatório dos filmes de terror exibidos no Cinema Gato Preto, Lygia exibe a habilidade técnica já demonstrada em numerosos textos da antologia *Os contos*: de modo aparentemente natural e espontâneo, a escritora articula e condensa diversos temas e conflitos num mesmo texto, o qual adquire uma densidade insuspeitada. Em "Cinema Gato Preto", a (re)composição da infância, com os filmes de vampiro que a coloriam e a aterrorizavam, promove a discussão sobre o Bem e o Mal, assim como sobre a morte, que surge sob a forma da ameaça deflagrada pelos filmes de terror. Outro procedimento comum nos textos da antologia *Os contos*, exercitado com perícia por Lygia em "Cinema Gato Preto", é a junção de diferentes vozes no mesmo texto, sem sobressaltos, como no trecho:

> Matilde e eu fomos seguindo na frente enquanto o meu irmão vinha pelo meio da rua, (...). Ele estava sempre do lado dos bandidos enquanto eu ficava torcendo pelos mocinhos mas dessa vez, por algum motivo obscuro não queria que o noivo rico acertasse o pontaço de madeira no coração adormecido do conde. Reconhecia, era um pensamento tão horrível que tinha agora que fazer uma nova confissão antes da hóstia. Com o Padre Pitombo perdendo a paciência, Aqui outra vez, menina?! Miolo mole! Já expliquei tudo, vou repetir mas guarda nessa cabecinha, existe o Bem e existe o Mal. Quando a gente escolhe o Bem, o coração fica contente porque vai ganhar o Céu e ponto-final, acabou, (...) (Idem, p. 483).

Se os contos de *Invenção e memória* exibem recursos compositivos já demonstrados nos textos reunidos na antologia *Os contos*, o que distingue o referido livro? Podemos responder, como num comentário incluído nos *Cadernos de literatura brasileira*, IMS, sobre o conto "Que se chama solidão": "*A violência com que a memória (no caso, a infância) invade a ficção*, até o fantástico desfecho da narrativa, é *nova* – embora estranhamente reconhecível" (1998, p. 59, grifos nossos em negrito). Ainda a propósito do livro *Invenção e memória*, vale ressaltar que os personagens e as situações que, sob o crivo da invenção, compõem a infância da narradora em primeira pessoa, também estão presentes nos depoimentos de Lygia Fagundes Telles – episódios autobiográficos tão difundidos que Edla van Steen, ao entrevistar Lygia, já os incorpora em sua primeira pergunta à escritora: "*Conte um pouco da sua infância pelo interior de São Paulo – Assis, Areia, Sertãozinho etc*" (Steen, 2008, p. 146, grifos da própria edição). E Lygia responde, mais uma vez mesclando autobiografia e invenção:

> Meu pai me chamava Baronesa de Tatuí (nasci em São Paulo, na rua Barão de Tatuí) e me dava os anéis vermelho-dourados dos seus charutos. Anéis largos demais para os meus dedos, eu era uma menininha magra, de franja espessa caindo até a fronteira dos olhos, afastava a franja e ela voltava, dura. Indomável. Roía as unhas? Não sei, vejo-a tão secreta, se escondia dos outros, até de mim. Em casa, andava sempre colada às paredes, procurando não chamar a atenção de ninguém, partícula de uma família com chefe instável e amoroso e mãe risonha mas dramática (Telles, in: Steen, 2008, p. 146-7).

No depoimento abaixo, a voz de Lygia Fagundes Telles pouco se distingue da voz da narradora que, nos contos "Que se chama solidão" e "Cinema Gato Preto" (ambos de *Invenção e memória*), rememora a infância povoada de histórias aterrorizantes, contadas pelas pajens e logo inventadas pela menina:

> Comecei a escrever quando aprendi a escrever – tinha sete, oito anos? E se falo naquele tempo descabelado, selvagem, é porque acho importante o chão da infância. Nesse chão pisei descalça, ouvindo histórias das minhas pajens, as mocinhas perdidas que eram expulsas de casa e que minha mãe recolhia para os pequenos serviços. (...).
> As histórias eram sempre de terror (o medo era necessário) com caveiras de voz fanhosa e mulas sem cabeça (...). Eu só escutava, mas na noite em que também comecei a inventar, descobri que, enquanto ia falando, o medo ia diminuindo, mas os outros, aqueles ouvintes amontoados na nossa escada de pedra isso foi em Descalvado? (Telles, 2009, p. 135)

Mesclando a invenção e a memória tanto na prosa de ficção quanto em seus depoimentos, a escritora, no livro *Invenção e memória,* também "invade" o texto da memória com a invenção que beira o fantástico, como no conto "A dança com o anjo", em que cenas da juventude – com seus anseios, medos e mitos, como o da castidade, cultivado pela mãe –, na cidade de São Paulo, ganham um tom de mistério com a presença do rapaz desconhecido com quem a jovem dançou e que só ela viu: "Tive agora a revelação, acho que ele era um Anjo! Ele era um Anjo e por isso você [a amiga] não me viu, desaparecemos juntos! Ele me guardou e me protegeu, sem abrir o meu *nécessaire*, ouviu isso? Deixou lá dentro o dinheiro para o táxi" (Telles, 2018, p. 474).

O conto seguinte do livro *Invenção e memória*, intitulado "Se és capaz", compõe, em terceira pessoa, a biografia de um "medalhão rico" que, no final de sua vida, enfrenta as agruras do envelhecimento, a solidão e a indiferença do filho. Logo depois desse "perfil" – à maneira de tantos outros que a escritora esboçou nos livros anteriores –, segue-se um texto de nítido corte autobiográfico, o já citado "Cinema Gato Preto", confirmando que, no livro *Invenção e memória*, o fato imaginário e a lembrança não se distinguem, hibridizando-se todo o tempo. Assim, na sequência dos textos que mesclam "*Invenção e memória*", o conto "Heffman" apresenta alguns flagrantes da juventude da narradora em primeira pessoa – a "personagem" Lygia Fagundes Telles –, que incluem a jovem estudante de Direito da Faculdade do Largo de São Francisco, em São Paulo, e a frustrada experiência no teatro amador. Nesse conto, além de evocar alguns episódios da carreira e da vida pessoal, a protagonista esboça alguns traços da "vida literária" da cidade paulista – uma relevante dimensão coletiva que, usualmente, caracteriza o texto autobiográfico. Quanto à vida pessoal, mais exatamente a trajetória como escritora, a narradora faz referência ao livro que estava publicando com os próprios recursos:

> (...) é que toda essa gente de teatro era muito malvista e eu tinha uma carreira. Das letras, é claro. Minha família (só pensava em minha mãe) e os meus amigos iam estranhar (...). Mas havia no momento algum editor querendo me editar e vacilando? Não, nenhum editor queria editar o livrinho de contos que já estava na gráfica e pago com as minhas economias, eu era funcionária pública (Telles, 2018, p. 488-9).

A vida literária pode ser entrevista na descrição da livraria de Alfredo Mesquita e do grupo que ali se reunia:

> Livraria Jaraguá. A famosa livraria e sala de chá que Alfredo Mesquita abriu na Rua Marconi. (...)
> Inesquecível a mesa logo ali na entrada com os livros de arte, os pintores. Os escultores, ah! o meu encantamento diante das ilustrações que ia folheando mas sempre afetando uma certa indiferença. (...)
> Os ensaios noturnos eram na livraria. Ou na própria

> casa de Alfredo Mesquita, no bairro de Higienópolis, um belo casarão com um jardim e uma lareira onde estavam gravados os versos de Mário de Andrade:
> *Essa impiedade da palmeira consigo mesma,*
> *qualquer vento, vento qualquer...*
> *Os canários cantam que mais cantam* (Idem, p. 490).

Outros episódios autobiográficos da vida adulta da protagonista ajudam a compor a "coluna da memória, não da invenção", como assinala Ana Maria Machado a respeito do belo texto "Rua Sabará, 400", "claramente uma reminiscência de um momento de trabalho ao lado do amado desaparecido, em doce clima doméstico, de terna afetividade e entusiasmo intelectual cúmplice" (Machado, 2009, p. 130):

> Quando entrei na cozinha para preparar o lanche, apareceu Paulo Emílio e pediu um café, Ô! que vontade de um café. Sentou-se e deixou na mesa o livro que estava lendo, *O assassinato de Trotsky*, a página marcada com um filete de papel. (...)
> Escrevíamos então, Paulo e eu, um roteiro para cinema, *Capitu*, baseado no romance *Dom Casmurro*, de Machado de Assis (Telles, 2018, p. 510).

Como fica evidente, os contos do livro *Invenção e memória* não têm a pretensão de elaborar, ou sequer de esboçar, o perfil autobiográfico da escritora: em seu intenso hibridismo memória/invenção, tais contos mais se assemelham ao que Michel Beaujour (1977) chamou de "autorretrato" – modalidade da escrita de si que se caracteriza por seu teor lacunoso e fragmentário, metafórico e poético. O "autorretrato" de Lygia, no livro *Invenção e memória*, ganha outras inflexões no conto "Nada de novo na frente ocidental", que fecha o volume. O texto narra, entre outros episódios, a morte do pai, intensificando a dor da perda com sucessivos cortes temporais e expressivos avanços e recuos no relato:

> Nessa mesma tarde, enquanto a minha mãe viajava para o encontro com a santa e enquanto eu me preparava para o chá com o poeta, uma voz de homem me anunciava pelo telefone que meu pai tinha morrido subitamente num quarto de hotel onde estava hospedado na pequena cidade de Jacareí. O desconhecido telefonou, disse seu nome e entrou logo no assunto. O seu pai... ele não era o seu pai? Mas espera um pouco, estou me precipitando, por que avançar no tempo? Ainda não tinha acontecido nada, era manhã quando minha mãe se preparava para a viagem, ia ver minha madrinha e eu ia ver o meu poeta, espera! Deixa eu viver plenamente aquele instante enquanto comia o pão com queijo quente e já estendia a mão para o bule de chocolate, espera! Espera. A hora ainda era a hora do sonho (Telles, 2018, p. 538).

Nesse conto, Lygia recorda, como se fosse uma lembrança individual, um episódio que voltará a narrar num dos textos do livro *Durante aquele estranho chá* (2000). Em *Invenção e memória*, trata-se de uma recordação da autora/narradora/personagem Lygia Fagundes Telles, mais especificamente da época em que ela fora legionária, durante a Segunda Guerra Mundial:

> — O senhor aí! Queira apagar o seu cigarro! – *Adverti* a um homem de impermeável e colete vermelho, fumando tranquilamente na porta de um café. (...)
> — Mas por que apagar o cigarro? (...)
> — Estamos em guerra, senhor, e a noite é de blecaute (...). (Idem, p. 536, grifos nossos)

No outro livro, no conto intitulado "Durante aquele estranho chá", o mesmo episódio é narrado como uma história que lhe fora contada por Mário de Andrade e que teria ocorrido com o poeta e um amigo, quando passeavam uma noite pelo centro de São Paulo, durante a guerra:

> [Mário de Andrade] queria contar uma história engraçada, passeava no centro com um amigo, era noite. Começou então o som desesperado das sirenes, blecaute? Blecaute. Repentinamente as luzes foram se apagando. Pararam ambos diante de uma vitrine apagada quando surgiu da escuridão uma mocinha fardada, legionária de quepe, luvas brancas e apito. Estava muito brava quando acendeu o farolete bem na cara desse amigo que fumava: Ou o senhor apaga já esse cigarro ou considere-se detido! (Telles, 2010, p. 20)

Após a leitura dos dois contos, repetem-se as perguntas, para as quais não há uma resposta precisa: quanto de invenção? Quanto de memória? E de quem: da narradora ou de Mário de Andrade? O fato é que a livre invenção da memória atua fortemente no cruzamento dos dois contos, que, por um lado, "criam" uma lembrança da adolescência da narradora – a "personagem" Lygia Fagundes Telles –, numa espécie de autoficcionalização; e, por outro, ficcionalizam um episódio da vida de Mário de Andrade, à maneira das "ficções de autor" tão comuns na literatura contemporânea (Perrone-Moisés, 2016, p. 125).

As respostas às perguntas formuladas no parágrafo anterior – quanto de memória? Quanto de invenção? E de quem? – ficam ainda mais difíceis quando consideramos que o volume *Durante aquele estranho chá* reúne *crônicas* – assim as chama a autora, na Nota que abre a mais recente edição do livro, de 2010 –, em que a narradora é quase sempre, a "personagem" Lygia Fagundes Telles, que, desta vez, figura-se predominantemente como escritora, ainda no início da carreira ou já uma autora conhecida. E o que unifica e singulariza grande parte das crônicas é a reflexão sobre o escrever e sobre o processo de criação, ora a partir do próprio exercício da escrita, ora a partir dos depoimentos dos mais variados escritores. Pois muitos dos textos reunidos em *Durante aquele estranho chá* são lembranças de encontros e/ou celebrações de grandes amizades: com Mário de Andrade, Monteiro Lobato, Gláuber Rocha, Jean-Paul Sartre e Simone de Beauvoir, Jorge Luis Borges, Clarice Lispector, Hilda Hilst, e com o companheiro Paulo Emílio Sales Gomes. Nessas páginas de memória, as rememorações e os depoimentos são emocionados, efeito que Lygia obtém, mais uma vez, pelo constante cruzamento da memória e da invenção. No texto que abre o livro, "Onde estiveste de noite?", o título já insinua a escritora que Lygia homenageia, ao relembrar e superpor, em diferentes planos temporais, os momentos partilhados com essa escritora, culminando com a notícia da sua morte: Clarice Lispector.

> Véspera dessa viagem para Marília. E a voz tão comovida de Leo Gibson Ribeiro, a Clarice Lispector está mal, muito mal. Desliguei o telefone e fiquei lembrando da viagem que fizemos juntas para a Colômbia, um congresso de escritores, tudo meio confuso, em que ano foi isso? Ah, não interessa a data, estávamos tão contentes, isso é o que importa, contentes e livres na universidade da cálida Cali. (...)
> Um momento, agora eu estava em Marília e tinha que me apressar, (...). Quando entrei no saguão da Faculdade, uma jovem veio ao meu encontro. O olhar estava assustado e a voz me pareceu trêmula, A senhora ouviu? Saiu agora mesmo no noticiário do rádio, a Clarice Lispector morreu essa noite!
> Fiquei um momento muda. Abracei a mocinha. Eu já sabia, disse antes de entrar na sala (Telles, 2010, p. 11-16).

Revelações pessoais? Textos memorialísticos? Impressões de viagem? Ensaios sobre o escrever e sobre escritores (Machado de Assis, Carlos Drummond de Andrade, os poetas românticos da

"Escola de morrer cedo")? O livro *Durante aquele estranho chá* mescla todos esses gêneros, reunindo, ao lado da escritora, outros intelectuais que têm seus perfis desenhados com inteligência e sensibilidade.

O mesmo hibridismo já fora praticado pela autora num livro publicado, pela primeira vez, em 1980: *A disciplina do amor*. Com sua "coleção de fragmentária de fatos e invenções, pequenos contos e impressões que, aos pedaços, formam uma poética" (Jaffe, 2010, p. 206), o volume foi relançado em 2010, pela editora Companhia das Letras, que o incluiu na "trilogia da memória" da qual também fazem parte *Invenção e memória* e *Durante aquele estranho chá*, todos trazendo na capa, na nova edição, o subtítulo "Memória e ficção". Como os dois outros da trilogia, o livro *A disciplina do amor* (vou considerar a edição de 2010) vai esboçando, em seus breves relatos memorialísticos e em suas reflexões avulsas, um perfil da "personagem" Lygia Fagundes Telles – perfil este ainda mais disperso e "indisciplinado", efeito do caráter fragmentário que caracteriza o volume. Ressaltamos que, no universo contístico da autora, *A disciplina do amor* é o primeiro livro em que a escritora evoca/ficcionaliza episódios autobiográficos, como, por exemplo, os que desenham a infância, nas cidades de Sertãozinho e Apiaí. No texto "Apiaí", por exemplo, em que figuram o pai, a mãe, as pajens e suas histórias, ao referir-se à sua própria função de contadora de histórias e aos seus primeiros escritos, a narradora não esconde ser a Lygia cujo nome está na capa do livro:

> Tomei então seu lugar de contadora de histórias e assim que comecei a inventar, vi que sofria menos como narradora porque transferia meu medo para os outros, (...). Datam desse tempo meus primeiros escritos, isso depois do aprendizado com a sopa de letrinhas: aprendi a escrever meu nome com as letrinhas de macarrão que ia alinhando na borda do prato,

> me lembro que o y era difícil de achar, procurava no meu prato, ia ver no prato dos outros que acabavam me enxotando (Telles, 2010, p. 135).

Também integra o esboço da "personagem" Lygia Fagundes Teles a adolescência na capital paulista: o cotidiano difícil, ao lado da mãe, depois do falecimento do pai; os estudos para o vestibular da Faculdade de Direito do Largo de São Francisco; a estreia como escritora, marcada pela apreensão e pela frustração na tarde de autógrafos: "Me vejo solitária (...) na livraria quase vazia: a hora fluindo em câmera lenta, o pesadelo é lento e a tempestade no auge, os transeuntes passando num pé de vento, ah! como correm" (Idem, p. 107, "Tarde de autógrafos"). Há também flagrantes da maturidade, em que se destaca o convívio com o cineasta Paulo Emílio, com o filho Goffredo e com os amigos. Além de saborosos relatos de viagem, o experimental *A disciplina do amor* inclui reflexões sobre o escrever e sobre predileções literárias, como Santo Agostinho, do qual um brevíssimo trecho compõe um dos fragmentos do livro: "Tarde eu te amei, beleza tão antiga e tão nova. Eis que habitavas dentro de mim e eu lá fora a procurar-te!" (Idem, p. 71, "Confissões de Santo Agostinho").

Assim, no volume *A disciplina do amor*, o texto de nítido corte ficcional pode se metamorfosear em relato memorialístico; em registro imediato de vivências e reflexões; em impressões de viagem; e em breves ensaios literários. Chamados pela própria autora de "fragmentos", os textos híbridos de *A disciplina do amor* podem ser lidos como uma coleção de biografemas, ao modo barthesiano: ali, a vida de Lygia se resume a "alguns pormenores, a alguns gostos, a algumas inflexões, (...) cuja distinção e mobilidade poderiam viajar fora de qualquer destino e vir tocar (...) algum corpo futuro, prometido à mesma dispersão; uma vida esburacada, em suma, (...)" (Barthes, 2005, p. XVII). Reunindo "indisciplinadamente" esses biografemas, a autora esboça um "autorretrato" difuso e incompleto, cujos traços são redesenhados e ampliados, deslocados e recombinados, repetidos "em diferença" e convertidos em novos esboços, nos livros que também hibridizam mais fortemente a "memória e a ficção". Dentre estes, além da trilogia já referida, está o volume *Conspiração de nuvens* (2007), ainda não reeditado (e, portanto, não incluído na rubrica "Memória e ficção"): nele, a escritora fecha o "ciclo de memória e invenção que (...) iniciou em livros anteriores" (2007, contracapa). Em *Conspiração de nuvens*, ao lado de textos inéditos em que a escritora revisita a infância, a adolescência e a vida adulta, estão novas versões de textos já publicados. Em sua maioria memorialísticos e ensaísticos, tais textos ganham novos tons e sabores na reescrita, como é o caso do conto "Fim de primavera" – uma repetição em diferença do conto "Heffman" (de *Invenção e memória*), já comentado neste artigo. Na nova versão, o relato da frustrada experiência no teatro dá relevo à "biografia" – temperada com humor – do grupo da revista *Clima*, deslocado para a abertura do texto:

> Na Rua Marconi ficava a Livraria Jaraguá, de Alfredo Mesquita, frequentada pela jovem intelectualidade da Faculdade de Filosofia de São Paulo, aquela *São Paulo, comoção de minha vida!* – no desabafo ardente de Mário de Andrade. No entardecer lá iam conversar alguns dos fundadores da revista *Clima*, Antonio Candido, Paulo Emílio Salles Gomes, Décio de Almeida Prado (...) da geração que Oswald de Andrade apelidou de *Chato-boys*: com oito anos eles já liam Proust e com dez já discutiam Spengler, ai! não aguento tanta precocidade! – ele disparava e Alfredo Mesquita dava a sua risadinha cascateante (Telles, 2007, p. 39).

O conto "O trem", de *Conspiração de nuvens*, também constitui uma nova versão de um outro, intitulado "Geleia de maçã", que integra o volume *A disciplina do amor*. Nesta primeira versão, uma narradora em primeira pessoa recorda um episódio que com ela ocorrera numa viagem de trem de São Paulo para o Rio de Janeiro. Na viagem, uma senhora que com ela dividira a cabine, lhe fizera confidências sobre a relação incestuosa de que não conseguira escapar, no passado. No livro de 2007, o episódio no trem é precedido por uma cena que se repetia na infância da narradora: as viagens de trem, em companhia do pai, da mãe e das pajens, personagens "fixos" na ficção de Lygia, mas a cada vez inseridos em outro quadro ou em outra situação conflitiva. Nesta nova versão, de cunho acentuadamente pessoal, a confidência da velha senhora também se modifica, convertendo-se numa história de traição e de assassinato.

Além de figurarem na primeira parte do conto "O trem", o pai, a mãe, as pajens e os irmãos também contracenam em outros contos nos quais a narradora ficcionaliza a sua infância "descabelada". No conto "A quermesse", por exemplo, aqueles personagens vivem uma pequena "aventura" por ocasião da quermesse "no Largo do Jardim de Descalvado" – festa que, se já fora citada em evocações anteriores da infância, agora constitui o cenário em que a menina passa por uma situação quase tão assustadora quanto as histórias que ouvia e que passa a contar.

Episódios dos "verdes anos" da adolescência; depoimentos de sua participação política no período da ditadura militar; perfis emocionados de amigos escritores; impressões de viagens: o volume *Conspiração de nuvens,* tão marcadamente pessoal, mantém a alta voltagem estética da prosa de ficção de Lygia Fagundes Telles, à maneira de nossos mais refinados escritores, quando compuseram suas memórias, como Murilo Mendes e Cyro dos Anjos.

Dos livros em que a escritora paulista entrelaça com tanta perícia a memória e a invenção, o volume *Os contos* só incluiu *Invenção e memória*, sem indicar a rubrica "memória e ficção". Ou seja, na antologia de 2018, os contos "autobiográficos" ainda mais se misturam aos de corte acentuadamente ficcional, demonstrando que os "autorretratos" compostos por Lygia, no livro *Invenção e memória*, têm estatuto ficcional, em nada se distinguindo, em sua qualidade e relevância, dos "perfis" e episódios "inventados" que fizeram de Lygia Fagundes Telles uma das mais renomadas autoras de ficção no país.

Referências bibliográficas

BARTHES, Roland. *Sade, Fourrier, Loyola*. São Paulo: Martins Fontes, 2005.

BEAUJOUR, Michel. Autobiographie et autoportrait. In : *Poétique*. Paris, n. 32, p. 442-458, 1977.

CADERNOS DE LITERATURA BRASILEIRA. Lygia Fagundes Telles. Rio de Janeiro: Instituto Moreira Salles, n.5, março de 1998.

CANDIDO, Antonio. *Ficção e confissão*. Ensaios sobre Graciliano Ramos. Rio de Janeiro Ed. 34, 1992.

Contracapa. In: TELLES, Lygia Fagundes. *Conspiração de nuvens*. Rio de Janeiro: Rocco, 2007.

GALVÃO, Walnice Nogueira. Sobre a autora. In: TELLES, Lygia Fagundes. *Os contos*/Lygia Fagundes Telles. São Paulo: Companhia das Letras, 2018, p. 747-749.

JAFFE, Noemi. Alguma coisa não dita. In: TELLES, Lygia Fagundes. *A disciplina do amor*. São Paulo: Companhia das Letras, 2010, p. 205-11.

LUCENA, Suênio Campos de. Ficção e testemunho em Lygia Fagundes Telles. In: *Caderno de leituras*. São Paulo: Companhia das Letras, 2010, p. 35-51.

MACHADO, Ana Maria. Flagrantes da criação. Posfácio. In: Telles, Lygia Fagundes. *Invenção e memória*. São Paulo: Companhia das Letras, 2009, p. 125-131.

Perrone-Moisés, Leyla. *Mutações da literatura no século XXI*. São Paulo: Companhia. das Letras, 2016.

SANTIAGO, Silviano. A bolha e a folha: estrutura e inventário. In: *Ora (direis) Puxar conversa!* Ensaios literários. Belo Horizonte: Editora UFMG, 2006, p. 193-208.

______. Meditação sobre o ofício de criar. *Aletria. Revista de Estudos de Literatura. Rememorações/Comemorações*, nº. 18, jul./dez. 2008, p. 173-9.

STEEN, Edla van. *Viver e escrever*: volume 3. Porto Alegre: L&PM, 2008.

TELLES, Lygia Fagundes. *Conspiração de nuvens*. Rio de Janeiro: Rocco, 2007.

______. No princípio era o medo. Depoimento da autora. In: ______. *Invenção e memória*. São Paulo: Companhia das Letras, 2009, p. 135-139.

. *A disciplina do amor*. São Paulo: Companhia das Letras, 2010.

______. *Durante aquele estranho chá*. São Paulo: Companhia das Letras, 2010.

______. *Os contos*/Lygia Fagundes Telles. São Paulo: Companhia das Letras, 2018.

Do Leme ao subúrbio de Todos-os-Santos

a Grande Reforma da capital da República pelo olhar do jovem Lima Barreto

Fátima Maria de Oliveira

Ontem, dia morto. Nem uma nota, nem um pensamento. Atravessei a cidade, dei as minhas aulas. Escrevi quatro páginas do meu livro; não foram boas, ou antes, não estão firmes, vigorosas como eu as gosto. Farei o trabalho novamente.
Lima Barreto. *Diário Íntimo*, 1905

Afonso Henriques de Lima Barreto (1881-1922) viveu intensamente a Grande Reforma Urbana do Rio de Janeiro, ocorrida entre 1903 e 1906, cujo projeto incluía uma série de melhoramentos para a capital federal da República brasileira. A Grande Reforma pretendia substituir a imagem degradada da cidade por outra, civilizada e progressista, mais a contento das elites nacionais e da classe burguesa, política e economicamente no centro do poder a partir de 1889. Assumem papel de destaque, nesse contexto de obras públicas, os profissionais da Engenharia, uma vez que "a tradição monárquica no campo da política ou a tradição colonial no campo da arquitetura deveriam ser extirpadas como elementos que impediriam a ruptura que a força do progresso republicano viria estabelecer" (Azevedo, 2016, p. 89). Assim, estaria em gestação, nos primeiros anos da República, uma dimensão de futuro que superaria a época de "atraso" da Monarquia. A ideia de progresso dominante na República foi em muito induzida pela febre especulativa e abundância de crédito para aplicação em novos empreendimentos que deflagraram a esperança de "ascensão social ou de enriquecimento rápido e fácil" (Azevedo, 2016, p. 91) durante o governo do presidente Rodrigues Alves (1902-1906) e do prefeito Pereira Passos (1902-1906). Era uma época de entusiasmo com o desenvolvimento material do país, que "não se limita às obras públicas de construção civil propriamente ditas, ela também se aplica às tecnologias que eram introduzidas em novos pontos da cidade, como foi o caso da luz e da energia elétrica." (Azevedo, 2016, p. 166). Paralelo a isso, Pereira Passos pretendia fomentar uma nova ética urbana, cuja implantação exigia do cidadão enquadrar-se nos códigos burgueses de civilidade, ou seja, perceber "o espaço público como um espaço que deve ser utilizado a partir de regras estabelecidas por leis" (Azevedo, 2016, p. 190). Leis feitas pela elite urbana do Rio que desconsideravam elementos da tradição popular da "maior cidade escravista do Ocidente durante a quase totalidade do século XIX." (Azevedo, 2016, p. 201). Leis e normas civilizadoras, cujo modelo eram os padrões burgueses dos países europeus, exemplo superior do que a municipalidade entendia por civilização. Tal projeto civilizador não podia ser implantado sem dificuldades, se considerarmos que "se tentava impor um padrão de civilidade urbana burguesa e europeia a uma cidade de tradição escravista e culturalmente heterogênea –marcada por uma miríade de imigrantes e migrantes rurais, e um grande contingente de ex-escravos."(Azevedo, 2016, p. 204). É nesse cenário de tensões sociais e de pleno desenvolvimento material da capital federal – técnico, urbanístico, econômico e de nova ética urbana– na transição de finais do século XIX e início do XX, que o jovem Afonso Henriques almejava tornar-se escritor.

No ano de 1903, quando se inicia o chamado processo de Regeneração da cidade, o futuro escritor Lima Barreto era aluno do Curso de Engenharia da Escola Politécnica do Largo de São Francisco, o qual iria abandonar no ano seguinte, por conta da doença do pai e das sucessivas reprovações na cadeira de Cálculo. Tendo de arcar com a responsabilidade da família, Lima faz concurso para a Secretaria de Guerra, na qual ingressa em outubro de 1903 no cargo de amanuense. Foi também nesse ano que Lima Barreto e sua família vão morar no subúrbio de Todos-os-Santos, onde os alugueis eram mais baratos. Ainda que fizesse um esforço para adaptar-se à rotina de funcionário público de uma Secretaria do Estado, Lima não consegue se integrar àquele ambiente e procura no jornalismo dar vazão ao seu talento de escritor. Indicado por amigos, colabora em jornais e revistas de pequena circulação até conseguir ingressar no jornalismo profissional, escrevendo reportagens no *Correio da Manhã,* o famoso jornal do poderoso empresário da imprensa, Edmundo Bittencourt. É no *Correio da Manhã* que Lima irá publicar sem assinatura a série de 22 reportagens em torno das escavações dos subterrâneos do morro do Castelo, ao tempo em que eram concluídos os trabalhos de abertura da Avenida Central, na altura da praia de Santa Luzia. À reportagem sobre as escavações que a Prefeitura realizava no Morro do Castelo, Lima Barreto incorporou a narrativa folhetinesca *D. Garça* ou *O que se passou em começos do século XVIII, nos subterrâneos dos Padres da Companhia de Jesus na Cidade de S. Sebastião do Rio de Janeiro, a mui heroica, por ocasião da primeira invasão francesa ao mando de Clerc.* O enredo desta série de reportagens retoma a crença corrente, entre os habitantes da cidade, de que havia um tesouro oculto pelos jesuítas, nas entranhas do morro do Castelo, berço da cidade onde se localizava a Igreja e o Colégio dos jesuítas. A crença subsistiu até a abertura da Avenida Central, em 1905, quando foi encontrada uma galeria que confirmava a existência de uma rede de túneis sob a montanha. É esse material recolhido do imaginário popular, para cuja formação concorreram diferentes discursos e práticas – religiosos, míticos e urbanísticos – que o jovem jornalista decide ficcionalizar, ao criar o folhetim publicado no *Correio da Manhã*. A escolha dos "subterrâneos do morro do Castelo" já configurava uma preferência a ser aprofundada pelo futuro escritor em sua obra: a representação da cidade pela perspectiva do homem comum, daqueles que vivem a rua como um laboratório de observação e a conhecem pela planta dos pés. Nas muitas anotações pessoais que foram reunidas postumamente no volume "diário íntimo" pelo jornalista e historiador Francisco de Assis Barbosa, é possível, em algumas delas, interpretar as andanças pelas ruas da cidade ou, quando em percursos mais longos, as viagens de bonde ou de trem, como uma prática de formação ética e estética. A referência ao diário, neste artigo, aparecerá entre aspas pelo fato de as notas de Lima terem sido organizadas, ordenadas e compiladas, pelo biógrafo. Por meio dessa seleção de Assis Barbosa, o volume XIV, intitulado *Diário Íntimo:* Memórias, passa a fazer parte das *Obras de Lima Barreto,* composta de 17 volumes e cuja primeira edição é de 1956 e a segunda, de 1961.

É na narrativa fragmentária, descontinuada e incompleta do "diário íntimo" que se manifesta "o arcabouço de uma fabricação da subjetividade que delibera seus próprios mecanismos de confabulação e seus anseios de realização" (Jaguaribe, 1998, p. 62). É nas anotações íntimas, por exemplo, que Lima registra o seu desejo de concretizar três coisas na vida: "um amor, um belo livro e uma viagem pela Europa e pela Ásia", ou seja, desejos e ambições próprias de um rapaz de 23 anos, que vivia na capital da República do país. Mas é também em uma anotação de cunho bastante íntimo que revela, com certo constrangimento, o divórcio existente entre ele e sua família, formada pelo o pai louco, a irmã e os irmãos:

> A minha vida de família tem sido uma atroz desgraça. Entre eu e ela há tanta dessemelhança, tanta cisão que eu não sei como adaptar-me (Barreto, 1961, p.91).
> Se essas notas forem algum dia lidas, o que eu não espero, há de ser difícil explicar esse sentimento doloroso que eu tenho de minha casa, do desacordo profundo entre mim e ela;
> *É* de tal forma nuançoso a razão de ser disso, que para bem ser compreendido exigiria uma autobiografia, que nunca farei. Há coisas que, sentidas em nós não podemos dizer (Barreto, 1961, p. 77).

As duas notas trazem o tom de uma confissão, de revelação de um segredo, de uma autoanálise que devem ficar restritos ao "diário". É interessante o que ele registra na continuidade da segunda nota: "hoje, pois, como não houvesse assunto, resolvi fazer dessa nota uma página íntima, tanto mais íntima que é de mim para mim, do Afonso de vinte e três anos para o Afonso de trinta, de quarenta, de cinquenta anos" (p. 77). Ou seja, a revelação da intimidade não deveria ser o principal foco das anotações, pois ele não pretendia escrever uma autobiografia. O caderno deveria antes recolher apontamentos, observações, testemunhos e reflexões sobre o comportamento de pessoas com quem se relacionava e sobre acontecimentos sociais e vivências do cotidiano citadino. Ou ainda sobre suas leituras e pesquisas. As notas deveriam servir ao seu ofício de escritor, ainda que algumas vezes o autor abrisse espaço para a exposição de aspectos da vida pessoal e até mesmo de sua intimidade. Arquivar o privado e o íntimo não exclui o público, pois, via de regra, Lima "funde problemas pessoais com problemas sociais, preferindo os que são ao mesmo tempo uma coisa e outra." (Candido, 1985, p. 39). O jovem escritor irá, portanto, conjugar o exercício do espaço urbano com a prática de anotações em folhas soltas ou cadernetas, potencializando-as como uma espécie de arquivo pessoal em que guardasse assuntos variados ou até mesmo a falta de assunto de um "dia morto" que não lhe rendesse "nem uma nota, nem um pensamento", mas em que não deixava de atravessar a cidade e escrever "quatro páginas do seu livro".

É no contato com os diferentes espaços urbanos de uma cidade em transformação que o jovem escritor irá, em anotações pessoais, esboçar uma espécie de percurso de formação com que busca delimitar para si formas possíveis de sociabilidade e ação. Caminhar pelo centro da cidade, lugar do consumo e da exibição é atravessar e ser atravessado pela modernização em curso. É deparar-se e confrontar-se com o "*Outro* do moderno: a individualidade não branca, não masculina e não burguesa" (Oliveira, 2016, p. 226). É, portanto, no encontro com as diferenças de classe, de gênero e de raça que se constrói o moderno.

As notas do "diário", entre os anos de 1903 e 1905, deixam entrever o jovem Afonso atento à realidade do país, sem se deixar fisgar completamente pela pose europeia de suas elites burguesas, ao mesmo tempo em que procura apreender sua própria identificação como negro, em uma sociedade onde os negros eram excluídos, por um Estado restritivo e impopular, severamente controlado por grupos militares.

> É notório que aos governos da República do Brasil faltam duas qualidades essenciais a governos: majestade e dignidade. Vimos durante a masorca um ministro, o da Guerra, e um general, o Piragibe, darem ordens de simples inspetores em altas vozes e das sacadas de duas Secretarias de Estado (Barreto, 1961, p. 48).

Os sucessivos governos da Primeira República eram, segundo a avaliação de Lima em seu "diário", autoritários e violentos e assim são definidos por ele: "o do Floriano foi vermelho; o do Prudente, branco, e o Alves, incolor, ou antes de tronco e bacalhau" (p. 49), ou seja, todos esses presidentes implantaram o terror derramando sangue e excluindo os negros, conforme se pode interpretar pela definição do governo de Rodrigues Alves, à época no poder, como uma administração de "tronco e bacalhau", numa clara alusão aos castigos físicos aplicados aos escravizados": o "bacalhau" era um chicote de couro e o "tronco" eram buracos feitos em troncos de madeira, no qual os negros ficavam presos pelos pés.

Em uma anotação de 1904, Afonso Henriques relata o estado de sítio decretado por ocasião da Revolta da Vacina – a "masorca" a qual se reporta na nota anterior – quando a polícia reprimia os revoltosos de forma violenta, recolhendo-os e deportando-os para o Acre.

> Este caderno esteve prudentemente escondido trinta dias. Não fui ameaçado, mas temo sobremodo os governos do Brasil.
> Trinta dias depois, o sítio é a mesma coisa. Toda a violência do governo se demonstra na ilha das Cobras. Inocentes vagabundos são aí recolhidos, surrados e mandados para o Acre.
> Um progresso! Até aqui se fazia isso sem ser preciso estado de sítio; o Brasil já está habituado a essa história. Durante quatrocentos anos não se fez outra coisa pelo Brasil. Creio que se modificará o nome: estado de sítio passará a ser estado de fazenda.
> De sítio para fazenda, há sempre um aumento, pelo menos no número de escravos (Barreto, 1961, p. 49).

Segundo o relato arquivado no caderno, em que é notório o traço irônico, no uso ambíguo de "sítio" e "fazenda", sobressai a memória das violências cometidas ao longo dos quatrocentos anos de nosso processo "civilizatório". Como funcionário público recentemente admitido na Secretaria de Guerra, o jovem Lima convive com os militares, conhece-os de perto e sabe, portanto, que o caderno é um documento que pode ser usado contra ele e até levá-lo a perder o emprego, por isso a prudência de escondê-lo por trinta dias.

O cenário de reformas da urbe e as tensões sociais da Primeira República inscrevem-se, nas anotações pessoais de Afonso Henriques, em que se conjugam reflexões íntimas com acontecimentos públicos, para dar forma a seu lugar de cidadão e intelectual negro em uma capital dominada pela obsessão imaginária de elegância, brancura e beleza, ao mesmo tempo em que faltavam "majestade e dignidade" aos governantes e não havia uma política de inclusão social.

> Uma verdadeira batalha simbólica é então travada, quando nomes, hinos, bandeira, heróis e modelos são substituídos, com o intuito de impor uma diferença que não encontrava respaldo maior na realidade. Símbolo maior foi a 'nova avenida Central'– atual avenida Rio Branco – Exemplo do projeto urbanístico da cidade do Rio de Janeiro, com suas fachadas *art nouveau,* feitas de mármore e cristal, seus modernos lampiões elétricos, lojas de produtos importados e transeuntes à francesa [...] (Schwarcz, 2011, p. 31).

Em meio a essa "batalha simbólica", Afonso Henriques já praticava em suas anotações uma espécie de "autoexpressão emergencial" (Hidalgo, 2008, p. 22), secreta, marcada pela urgência do autor em exprimir sua crítica dissidente e escapar do sistema dominante que tentava controlá-lo. A escrita como artifício de resistência se revela em anotações feitas durante o horário de trabalho na Secretaria de Guerra: "Cá estou na secretaria; o barão, em frente, vigia-me por cima dos livros que acumulei nas minhas ventas. O dia vai correr e eu vou trabalhar um tanto." (Barreto, 1961, p. 92). O funcionário, amanuense, enquanto faz anotações pessoais, monta com os livros uma espécie de "barricada" para proteger-se da vigilância do Barão de Itaipu (1830-1909), à época diretor da Secretaria. Há outras anotações feitas durante o expediente, desse mesmo ano de 1905, em que Afonso Henriques expõe o sacrifício que era para ele o trabalho burocrático: "Estou na secretaria a aborrecer-me com os decretos; levemos a cruz ao Calvário, por amor ao meu pai." (Barreto, 1961, p. 96). O recém concursado Afonso Henriques não gostava do ambiente da Secretaria, onde tinha de conviver com a cópia de decretos e portarias militares, textos sem nenhum interesse para quem pretendia se dedicar exclusivamente à escrita literária, mas precisava do emprego para sustentar a família. O tempo na Secretaria também é ocupado rememorando e anotando fatos do dia anterior e imaginando cenas para o livro que está escrevendo:

> Último dia do mês em que, com certa regularidade, venho tomando notas diárias da minha vida, que a quero grande, nobre, plena de força e de elevação. [...] Ontem, saindo da secretaria, fui à Rua do Ouvidor, estive com alguns idiotas e fui à botica.[...] Deixando a botica, fui à Rua do Ouvidor; como estava bonita, semi-agitada! Era como um *boulevard* de Paris visto em fotografia.
> Fui de trem, meditei durante a viagem sobre o meu livro, e em casa compulsei as notas para acabar o terceiro capítulo. Agora acabo de achar uma pequena cena para o segundo, com a qual dar-lhe-ei mais força, mais vida, mais verossimilhança.
> Agita-me a vontade de escrever já, mas nessa secretaria de filisteus, em que me debocham por causa da minha pretensão literária, não me animo a fazê-lo. Fá-lo-ei em casa (Barreto, 1961, p. 96-97).

Anotar a experiência, com certa regularidade, denota o desejo de "deixar marcas pessoais numa época que começava a se divertir em apagá-las" (Süssekind, 1987, p. 97). O contato com a agitação da rua do Ouvidor, onde se concentravam os sonhos de consumo da elite carioca, depois de cumprir seu tedioso e modorrento expediente na Secretaria de Guerra, concretiza, por meio da *flânerie*, a experiência urbana da alteridade e a abertura do imaginário ao "*boulevard* de Paris visto em fotografia". A Paris que Lima Barreto só conheceu através de notícias trazidas pelos amigos que para lá viajavam ou pelos cartões postais e pelas leituras de livros e revistas franceses que compunham suas referências. O trajeto de trem até o subúrbio é compensado pela meditação sobre o livro que está escrevendo. O livro que diz estar escrevendo deve ser o *Vida e morte de M. J. Gonzaga de Sá*, cuja "Explicação necessária", assinada por Augusto Machado, o biógrafo de Gonzaga de Sá, traz data de 1906. O desejo de escrita na Secretaria é reprimido pelos colegas de repartição que já se encontram anestesiados pela obediência aos chefes e adaptados ao ramerrão burocrático. A ansiedade provocada pelo desejo de escrita literária não é anulada, mas apenas adiada para ser exercida em casa, longe das vistas dos "filisteus" da repartição pública. Lima tem consciência da transgressão praticada, quando escreve na Secretaria, e assim conhece os limites e as astúcias criativas de que precisa se valer para fazer anotações em seu caderno. Na Secretaria, faz anotações breves; as mais longas são feitas em seu quarto, onde mantém seu gabinete de leituras e escrita.

Assim como o poeta francês Charles Baudelaire (1821-1867), Afonso Henriques entendeu a importância e a relevância do flanar para a composição da paisagem urbana e as consequências deste novo comportamento no desenvolvimento dos espaços.

> O *flâneur* entra na multidão de forma crítica e, assim, determina seu próprio estado de flanância. A flanância, mesmo que de forma indireta e não explícita, traz

> nela aquilo que já chamamos de crítica moderna da própria modernidade, e, sobretudo, uma crítica ao urbanismo, à transformação autoritária das cidades e à expulsão de seus habitantes, à segregação social, à divisão de trabalho, à imposição de uma uniformização de costumes, de vias para circulação bem orientadas e cada vez mais sinalizadas, de uma velocidade cada vez mais acelerada, e, em particular, ao empobrecimento, pela recente mecanização da relação do corpo com a cidade (Jacques, 2012, p. 45).

O Rio de Janeiro é vivenciado e representado, pelo jovem escritor, como um espaço de intensas transformações, principalmente na zona central, onde "se estabelece [uma] espécie de fronteira simbólica entre a região sul e norte [...] entre o subúrbio e os bairros bem aquinhoados" (Schwarcz, 2011, p. 40). Os aspectos da cidade que desapareciam, enquanto outros surgiam, nas plantas de engenheiros, arquitetos e sanitaristas, eram registrados em notas pessoais. Entre a cidade projetada com vistas à idealidade do planejamento burguês e a vivência do escritor, no trajeto entre o subúrbio e o centro e do centro à zona sul, abria-se o interstício interpretativo, em que despontavam as críticas, ora embaladas pelo afeto ora pela ironia ou pela sátira mordaz. É o Lima Barreto *flâneur*, observador sagaz e narrador das reformas da cidade, que encontramos no seguinte fragmento do "diário íntimo", com data de 27 de janeiro de 1905:

> Ontem, ao sair da secretaria, passei pela Rua do Ouvidor [...] tomei um bonde e fui à Prainha. A rua está outra, não a conheci bem. Se os prédios fossem mais altos, eu me acreditaria em outra cidade. Estive na esquina dela com a avenida, a famosa avenida das indenizações, subi-a a pé, tomei pelo que resta de beco da Rua da Prainha,

> agora em alargamento, e segui pela Rua Larga de São Joaquim, prolongada e alargada até o largo de Santa Rita. A rua quebra um pouco do primitivo alinhamento, mas mesmo assim ficará bela. Entretanto, como vêm já de boa administração essas modificações, acredito que o Rio, o meu tolerante Rio, bom e relaxado, belo e sujo, esquisito e harmônico, o meu Rio vai perder, se não lhe vier em troca um grande surto industrial e comercial; com ruas largas e sem ele, será uma aldeia pretensiosa de galante e distinta, como é o tal de São Paulo.
> Tomei pela Rua Larga e fui à fábrica do Rink ver lá o João, o João Noronha Santos, engenheiro e subgerente lá [...]. Tomei o trem e fui pra casa, a minha espectral casa (Barreto, 1961, p. 92).

A "retórica da sedução" (Azevedo, 2016, p. 299) prevista pelos reformadores municipais e federais, por meio da arquitetura e do urbanismo buscava criar um ambiente de encanto civilizatório pelo qual Afonso Henriques não se deixava completamente enganar. Ao afastar-se do lugar mais familiar e cotidiano, a Rua do Ouvidor, ele se depara com "outra cidade" e se deixa invadir por um estranhamento inicial que vai se diluindo conforme caminha e experimenta, como se percorresse um mapa, a nova cidade. Apesar de reconhecer a beleza da reforma da rua Larga de São Joaquim, enumera as qualidades paradoxais do "seu" Rio – "o meu tolerante Rio, bom e relaxado, belo e sujo, esquisito e harmônico" – para lançar um olhar distanciado ao Rio "cartão-postal", "vitrine" do progresso, dos administradores e urbanistas e questionar de que servirão as ruas largas se não houver um crescimento industrial e comercial. A flanância pela cidade termina e atravessará de trem a fronteira que o leva de volta ao subúrbio, onde se localizava a sua "espectral casa". Os trens e os bondes participaram efetivamente do processo de expansão urbana da cidade do

Rio de Janeiro, ainda que de forma diferenciada. Os trens serviram a pontos da cidade mais distantes do centro, onde passaram a residir os que foram alijados da área central e sem condições financeiras de habitar os locais mais próximos daquela. Os bondes por sua vez viabilizaram o deslocamento dos mais ricos para novos pontos de ocupação na cidade, como a zona sul, por exemplo. Morador de Todos-os-Santos, Lima se deslocava cotidianamente de trem até o centro, onde trabalhava; no entanto, como declara em uma anotação de 1905, a viagem de trem não lhe é agradável, pois o trem mostra-se "banal como sempre, idiota e mascavado" (Barreto, 1961, p. 71). Assim como o açúcar mascavo, os usuários do trem não eram "refinados" e isso desagradava Lima. O tempo de viagem do subúrbio de Todos os Santos ao centro é dedicado a observar certas figuras que são transpostas para as páginas do "diário" com requintes de detalhes na descrição:

> Hoje, no trem, vim com o Apocalipse. É um sujeito magro, esgrouviado, sempre com a barba por fazer. As calças sujas e curtas dão o talhe exato de suas pernas, que são finas, parecendo somente de ossos. O curioso é que o Apocalipse, de fisionomia de símio velho domesticado, bondoso, etc. etc. tem três filhos: um está na Escola do Realengo; outro no ginásio, e o outro, no mosteiro de São Bento.
>
> Praticante da Secretaria da Polícia, vivendo de um ordenado exíguo e fornecendo a seus filhos essa educação exagerada, ele criará ou aduladores vis, ou desgraçados descontentes. Entretanto, ele me dizia isso com grande satisfação: "Três filhos doutores! Que honra, que nobreza!"
>
> O dia continuou morno, sem atrativo nem novidade. A secretaria, em geral tão pitoresca para despertar reflexões, esteve de uma pobreza franciscana. O ministro esteve ausente. Tenho reparado que, o ministro

> presente, vive o edifício. Não sei donde lhe vem isso, mas é verdade que verifico. [...]
> Oh! Que dia! Infame, não vale dois caracóis! (Barreto, 1961, p. 53)

Nem o trem, nem a Secretaria oferecem atrativos e a escrita da nota é o recurso para preencher o dia infame, sem atrativos. O trem e a Secretaria funcionavam como espaços pitorescos e transitórios para "despertar reflexões". A anotação também revela a aptidão de Afonso para transformar a observação corriqueira em linguagem literária, por meio das comparações inusitadas para descrever Apocalipse: pernas finas "parecendo somente de ossos" e "fisionomia de símio velho domesticado, bondoso." A nota é ainda marcada pela crítica ao status de "doutor" que será uma constante em sua obra. Para ele, o ensino superior é o caminho para usufruir de privilégios auferidos com o título, que dava ao seu portador, numa sociedade predominantemente de analfabetos, a possibilidade de ascensão social, profissional e até política. O próprio Lima Barreto frequentou a Escola Politécnica, durante algum tempo, para satisfazer o desejo de seu pai de ter um filho engenheiro. Ao abandonar o curso, já sabia do seu desejo de ser escritor e, a partir de então demonstra um certo desprezo e irritação com a atitude de reverência, o "ingênuo respeito com que o povo tolo cerca o doutor" (Barreto, 1961a, p. 118):

> Certamente o que movia Lima Barreto a tecer essas considerações não era o ódio gratuito e deliberado aos doutores ou um ressentimento que poderia ter adquirido pelo fato dele próprio não ter se formado engenheiro na Politécnica. O que o escritor criticava era o significado que "ser doutor" ia assumindo. Numa sociedade já marcada por profundas diferenças sociais, por hierarquias excludentes, incomodava-

> -o verificar que mais uma forma de exclusão ia pouco a pouco se sedimentando através dessa "superstição do doutor" (Botelho, 2017, p. 179).

É essa "superstição" que leva Apocalipse a sentir-se honrado com os três filhos futuramente doutores, enquanto Lima previa para os três um futuro de "aduladores vis", para galgarem alguns degraus acima na escala das desigualdades sociais, ou caso não fossem bem sucedidos nesse empenho, tornar-se-iam "desgraçados descontentes".

O trem assim como o bonde passam a ser frequentados por mulheres e tornam-se espaços em que "as políticas do ver e do ser visto sustentaram um poderoso *voyeurismo* masculino" (Oliveira, 2016, p. 226). Essa nova aproximação física e visual com a mulher, seja na rua ou no transporte público, transformaram-na em objeto desejado, na arena pública da modernidade carioca. A anotação de 5 de janeiro de 1905 evoca um momento de devaneio de Afonso Henriques diante da menina que viajava no trem e parece ter capturado, durante o percurso do subúrbio ao centro, toda a sua atenção:

> Hoje, no trem, vim com uma menina que me despertou a atenção. Ela não era bonita, antes feia e sardenta, porém, de corpo, apetitosa, era dessas que os franceses chamam de *fausses maigres.* Cheia de carnes, redondinha, ela despertava facilmente o furor báquico. Vinha no trem com pais e irmãos. Sentara em um banco afastado e, cobrindo-se de expressão dolorosa, repousava a cabeça sobre a mão, que, em começo, bonita, polpuda e abacial, acabava nas pontas de dedos feios, chatos. Mas o que me chamou a atenção foi um detalhe da *toilette.* Evidentemente menina pobre – mesmo as mãos denunciavam, naquelas pontas de dedos feios, os estragos do trabalho manual – pobre,

> pois, não tendo talvez um vestido decotado e querendo sair com um assim, dobrara a gola do casaco afogado para dentro na altura das espáduas. A coisa foi boa, porquanto as suas espáduas eram das melhores (Barreto, 1961, p. 78).

A imobilidade física do observador, passageiro do trem, possibilita-lhe a mobilidade do olhar e a ampliação das suas possibilidades perceptivas:

> Aquele que vê sem ouvir é muito mais inquietante do que aquele que ouve sem ver. Deve haver aí um fator significativo para a sociologia da grande cidade. As relações dos homens nas grandes cidades [...] são caracterizadas por uma preponderância marcada da atividade da visão sobre aquela da audição. E isto [...] antes de tudo, por força dos meios de comunicação públicos. Antes do desenvolvimento que atingiram os ônibus, as linhas férreas, os trens elétricos do século XIX, as pessoas não haviam tido ocasião de poder ou de dever se olhar reciprocamente durante minutos ou horas seguidas sem se falar (Simmel apud Ferrara, 2000, p.85).

As condições perceptivas do mundo moderno se alteram e acarretam transformações nas relações humanas. Diante da menina feia e pobre, que irá prender sua atenção, durante o tempo da viagem de trem, Afonso Henriques operará um exame minucioso: "as raízes da palavra *atenção* ecoam um sentido de 'tensão', de estar 'estirado', e também de 'espera'. Ela sugere a possibilidade de fixação, de manter-se em estado de fascinação ou contemplação por alguma coisa, no qual o sujeito atento está imóvel e ao mesmo tempo desancorado." (Crary, 2013, p. 32). O olhar cancela todo o entorno para fixar-se no objeto de seu interesse, a menina, cuja imagem será recriada na anotação pessoal. A anotação rememora e descreve a imagem da moça à qual se acrescentam detalhes, que revelam o olhar cobiçoso do narrador, envolvido por um imaginário em que se conjugam aspectos literários e sociológicos. Ainda que os atributos físicos da moça fossem notáveis e atraentes, Lima não deixa passar despercebido que as mãos da moça traziam as marcas dos estragos provocados pelo trabalho manual. O tipo feminino do trem, portanto, não corresponde às "encantadoras" da Rua do Ouvidor, nem à melindrosa, desenhada por J. Carlos. É uma menina pobre, feia e sardenta, mas "apetitosa" de corpo, cuja forma "redondinha" despertava o "furor báquico". O olhar transgressor é barrado em sequência pela presença do pai e irmãos da moça e pela descrição feminina que passa a corresponder a um tipo intocável, pois "sentara em um banco afastado", assumira "expressão dolorosa" e tinha mão "polpuda e abacial". O uso do adjetivo "abacial" que é relativo à abadessa ou abadia e a "expressão dolorosa" própria da imagem das santas, paralisa o "furor báquico". A atenção é desviada do corpo da moça para um "detalhe da *toilette*". Detalhe revelador da apropriação de padrões de comportamento imitativos dos modos de vestir da mulher carioca moderna e cosmopolita pela moça pobre do subúrbio: "a rua se tornara cada vez mais atraente, sobretudo para os jovens que aderiam mais rapidamente aos modos de vida cosmopolita, e instantaneamente aprenderam seus signos e usufruíram da nova linguagem." (Santucci, 2015, p. 91-92). O vestuário identificava a classe burguesa e era símbolo de seu status pessoal:

> O acesso à moda deixou de ser um privilégio de poucos e passou a ser difundido junto à classe em ascensão [...]. Com maior mobilidade e abrangência, a moda passava a atingir um maior número de pessoas, da pequena e média burguesia europeia até as

> elites abastadas do Rio de Janeiro, que tinham acesso às novidades estrangeiras. Essa espécie de democratização da moda, contudo, não significou uma uniformidade ou igualdade na aquisição e utilização dessas prerrogativas, mantendo-se as diferenças que marcavam abismos em função do domínio do dinheiro, do poder, da aparência, do prestígio e do estilo de vida. A moda passou a ser consumida por um maior contingente populacional, mas ainda estava inserida no universo dos privilegiados (Gorberg, 2013, p. 18-19).

Fora do "universo dos privilegiados", restara à moça do subúrbio desafiar as convenções e dobrar a gola do casaco, para inventar um decote, e expor os ombros que se tornam motivo de deleite do observador. O recato exigido da mulher vai sendo modificado e surgem novas possibilidades de identidade feminina, no espaço público, onde a exibição do corpo lhes autenticava a potência da sedução nas relações entre os gêneros.

Há uma longa anotação do "diário", da qual destacarei alguns trechos, que apresentam outras formas de contato com o feminino no transporte público. Desta vez, a cena passa-se no bonde, no 1º dia do ano de 1905, quando Afonso Henriques resolve dar um passeio até o Leme. De Todos os Santos até o centro vai de trem e do centro até o Leme desloca-se de bonde. Mais uma vez o transporte público é palco de contato com o feminino e espaço para exercitar o *voyeurismo:*

> Muni-me de uma ida e volta para o Leme e no elétrico voei linhas afora até o meu destino. A viagem até o Largo do Machado foi banal e corriqueira. No banco em frente a mim iam dois burgueses, desses respeitáveis, passados dos cinquenta e ainda em santa paz conjugal. O homem era dos vulgares em sua classe. A mulher tinha características fisionômicas. Uma penu-

> gem rala crescia-lhe dos cabelos até o pescoço, fazendo supor, que, como um debrum simétrico, fosse pelas pernas, o busto, até aos pés. A cintura quase lhe ficava no pescoço e os seios empinados dentro de uma blusa cor-de-rosa de seda acabavam o seu todo grotesco. Na Rua Marquês de Abrantes, embarcaram a Odete C. P. e outras. Nada de notável, a não ser a vulgaridade. (Barreto, 1961. p. 71-73).

A hipérbole do "voo", no bonde elétrico, nos remete à substituição da linearidade de valores e comportamentos tradicionais pela velocidade de um tempo, em que as mudanças ocorrem com rapidez e exigem do sujeito uma mudança perceptiva, um novo olhar, para compreender a simultaneidade de imagens de uma cidade que vai se tornando "outra", quando perde com as reformas o "primitivo alinhamento" e demanda, com a popularização e incremento do meios de transportes, via movimentação mecânica, um modo novo de olhar as coisas em volta como imagens transitórias e instantâneas em sucessão permanente. É justamente a tentativa de captar o transitório que leva o passageiro do bonde, Afonso Henriques, a concentrar-se na figura feminina sentada a sua frente. Apesar da sugestão erótica do olhar masculino que imagina o "debrum simétrico" da penugem rala que ia do pescoço até os pés da mulher, o que predomina é a descrição de um corpo disforme e de uma *toilette* de gosto burguês, cujo resultado é uma imagem grotesca. A respeitabilidade do casal de burgueses contrasta com a vulgaridade das mulheres que embarcaram na Rua Marquês de Abrantes. No bonde, desfazem-se, durante o tempo da viagem, as hierarquias de gênero, classe e raça, e ampliam-se os padrões de sociabilidade: "A gente que há é a vulgar dos piqueniques. Gente simplória que, enclausurada em casa uma semana, um mês, um ano, quem sabe, resfolegava naquele dia ao ar livre. Havia um deputado e família, o que não diminui nem altera a minha observação." (Barreto, 1961, p. 72). O bonde reserva-lhe uma experiência só possível na cidade moderna: um jogo de sedução em que a moça, uma italiana, sentada ao seu lado e acompanhada pelos irmãos, corresponde aos seus olhares e aceita até mesmo o contato corporal fortuito provocado pelo movimento brusco do veículo. O detalhamento do breve encontro, modelado pela velocidade do bonde e pela suspensão das hierarquias de classe e raça, tem a finalidade de mostrar o interesse da moça branca pelo rapaz negro. O jogo de sedução é iniciado discretamente por Afonso e tendo sido correspondido pela italiana, tem desdobramentos:

> Como era de meu dever, comecei a observar-lhe discretamente. Ela não se aborreceu e observou-me. Estendeu a mão, mirei-lhe a mão com amor e firmeza. Ela escondia. Eu fingia olhar para outro lado, ela estendia, eu olhava. E assim fomos até ao Leme. Era uma espécie de galanteio que eu tinha inventado e que agradara a italiana [...]. Já nas curvas ela avançava mais do que eu. Dava-me encontrões. Preparei o *flirt* para o botequim, mas, aí chegando, o cioso irmão, percebendo, levou-a para longe. [...] Com isso, eu adquiri uma certeza; embora mulato, os meus olhares podem interessar as damas e desconfiar os irmãos delas (Barreto, 1961, p. 73).

As transformações observadas, no espaço público, são devidamente arquivadas em notas pessoais, que guardam a experiência do confronto com alteridade e descortinam a abertura do imaginário a sonhos e desejos para a construção de uma subjetividade que procura seu lugar social e criativo na cidade que se civiliza às custas da exclusão de camadas subalternas, constituídas em sua maioria pelos negros, ex-escravizados, e seus descendentes. A autorrepresentação de Afonso Henriques, nesse episódio, busca desconstruir a imagem negativa atribuída aos negros, por meio da certeza de que "embora mulato, os meus olhares podem interessar as damas".

Os passeios de Afonso Henriques ao Leme rendem breves e curiosas anotações recolhidas no "diário" sob a rubrica de "reflexões no Leme":

> Divertimento que, tirado dos colégios, foi fazer, no Leme, as delícias dos marmanjos – o balanço.
>
> Há aqui alguns ingleses, com máquinas fotográficas, pavorosos; (parodiando) porque todos os ingleses não ficam na Inglaterra?
>
> Quando se quer divertir, deve-se andar só. Os imbecis mesmo perturbam.
>
> Se toda a humanidade desse passeios ao Leme, teria mais felicidade.
>
> A felicidade depende mais das nossas cogitações interiores do que mesmo das circunstâncias exteriores que nos envolvem.
>
> As nuvens ao correr, esgarçam-se nas pontas das montanhas, ao jeito de fumaça nas locomotivas. (Barreto, 1961, p.80-81)

Esses fragmentos conjugam diferentes aspectos da cidade – que se civiliza – e de um olhar flutuante que desliza de "cogitações interiores" para "circunstâncias exteriores". A região do Leme já era procurada no período do Império por famílias que faziam piqueniques e passeios. Por ficar em uma área de difícil acesso, até o final do século XIX somente existiam na localidade o Forte Reduto do Leme, algumas chácaras e sítios, e a pequena igreja de Nossa Senhora de Copacabana. A urbanização da área e a inauguração do Túnel Novo levou a linha de bondes da *Companhia Ferro-Carril Jardim Botânico* ao bairro, que continuou a atrair visitantes da própria cidade e do estrangeiro. É lugar de diversão de "marmanjos", atraídos pelos balanços e de "ingleses", com suas máquinas fotográficas, maravilhados com a natureza tropical. Entre eles, circula o olhar do *flâneur* Afonso Henriques, cujas reflexões exprimem-se por metáforas que aproximam a natureza e a técnica – "as nuvens ao correr" lembram "fumaças nas locomotivas". As notas surgem como registros instantâneos, tentativas de captar o transitório. Diante de uma percepção fragmentária do tempo e do espaço, a percepção não se fixa e o relato surge como flashes fotográficos ou fitas de cinematógrafo. A justaposição de elementos díspares, na seguinte anotação de Lima, explora a tensão no modo de representar o tempo e dele ter consciência como movimento acelerado, próprio das máquinas:

> Hoje, 8, domingo. Pleno Leme. Cediço. Nada novo. Não há moças bonitas. Só velhas e anafadas burguesas. Turcos mascates e suas mulheres também. O João, um imbecil do meu gasto pessoal [...] foi comigo. Fomos ao fortim. Canhão do século passado. Ruínas portuguesas. Esforço dos lusos. Povoamento do Brasil. Pedro Álvares Cabral. Bandeirantes. Jacobinos idiotas, burros, ingratos. Ipanema tal qual o Méier. Duas vezes, pelo caminho, encontrei o Serrado a cavalo. Chapéu de cortiça inglês. De branco. Pela rua, fazia o que ele tem feito sempre na vida, galopar e saltar todos e quaisquer obstáculos, fossem quais fossem. Homem águia. Volta sorna. Pavorosa vontade de urinar. Passeio com o João pela avenida a construir. Cais do beira mar.[...]" (Barreto, 1961, p. 80).

O Lima *flanêur*, em seu passeio dominical ao Leme, em busca de alguma felicidade, mostra-se irritado com a estagnação do ambiente e a falta de beleza feminina a ser admirada.. Nada novo. Além disso, a companhia do tal João, o "imbecil", não lhe era agradável. Com frases curtas e nominais, retoma em movimento acelerado aproximadamente 400 anos da história do Brasil. As "ruínas portuguesas" do Forte do Leme contrastam com a "avenida a construir", numa referência à Avenida Beira Mar, cujas obras começaram em 1903 e, em 1906, foi inaugurado o trecho da Avenida do Centro a Botafogo. Se, no passado, os bandeirantes promoveram o povoamento do interior do país, hoje, o burguês, novo "colonizador" da cidade, estende seus domínios pela orla do Rio, povoando os areais de Copacabana, Botafogo, Ipanema até chegar ao Leblon. Serrado, o "homem águia", é a metonímia do burguês capitalista, de acordo com a descrição feita por Lima: porte elegante, olha o mundo do alto de seu cavalo, numa atitude clara de "vencedor", sem para isso se importar com os meios a serem utilizados para ganhar dinheiro, preparado para "saltar todo e quaisquer obstáculos". Serrado é homem, mas é águia. Símbolo do poder capitalista americano, a águia personifica a "fé de que tudo se pode obter com dinheiro [...]. Nao há consideração de tempo, de moral, de nada – é com dinheiro!", dirá o Lima da maturidade, em uma crônica de 1919, em que considera o indivíduo americano "a mais alta expressão do espírito burguês, vencedor na humanidade, com a Revolução Francesa: 'Make money, honestly if you can; but make money'..." (Barreto, 1961b, p. 189).

A experiência corporal da cidade, o passeio pela avenida a construir, o contato com a multidão, não deixa de ser um movimento de resistência à perda, provocada pela mecanização, da fricção do corpo com a cidade e um protesto contra a homogenização de costumes e práticas sociais. Entre a imagem de cartão postal pleiteada pelas elites republicanas e as contradições, os descompassos e as ruínas escamoteados ou embelezados pelo poder público, infiltrar-se-ia a vigorosa e nada ufanista reflexão do jovem Afonso Henriques. Reflexões minuciosamente guardadas nas páginas do "diário" que "cobre o imaginário de liberdade absoluta, cobiça qualquer tema, da insignificância cotidiana à iluminação filosófica, da reflexão sentimental à paixão desatada". (Arfuch, 2010, p. 143). Não fosse o "diário", as viagens de trem de 27 de dezembro de 1904 ou a de 5 de janeiro de 1905 teriam valido menos que dois caracóis, pois "o diário cobiça um excedente, aquilo que não é dito inteiramente em nenhum outro lugar ou que, assim que é dito, solicita uma forma de salvação. De alguma maneira, contém o sobrepeso da qualidade reflexiva do viver" (Arfuch, 2010, p. 145).

O Afonso Henriques *flanêur* e colecionador de notas não busca o ornamental da cidade, que no dizer dos entusiastas da Grande Reforma urbana, se civilizava. Para ele, importava arquivar cenas corriqueiras do modo urbano de viver a cidade, potencializá-las através de seu olhar inquiridor e sagaz, cotejá-las com memórias de si mesmo e do país, para assim reunir os elementos que comporiam sua literatura - romances, contos e crônicas - prenhe de interpretações densas e vibrantes da metrópole carioca: dos subterrâneos do morro do Castelo à Avenida Beira Mar, da Rua do Ouvidor à Rua Larga de São Joaquim, do Leme ao subúrbio de Todos-os-Santos.

Referências bibliográficas

BARRETO, Lima. *Diário íntimo.* Memórias. In: Barbosa, Francisco de Assis. *Obras de Lima Barreto.* São Paulo: Editora Brasiliense, 1961, vol. XIV.

______. *Feiras e Mafuás.* São Paulo: Editora Brasiliense, 1961a, vol. X.

______. *Bagatelas.* São Paulo: Editora Brasiliense, 1961b, vol. IX.

BOTELHO, Denilson. *A pátria que quisera ter era um mito:* história, literatura e política em Lima Barreto. 1ª. Ed. Curitiba: Editora Prismas, 2017.

CANDIDO, Antonio. *A educação pela noite & outros ensaios*. 3ª ed. São Paulo: Editora Ática, 2000.

CRARY, Jonathan. *Suspensões da percepção*: atenção, espetáculo e cultura moderna.

GORBERG, Marissa. *Parc Royal*: um magazine na *Belle Époque* carioca. Rio de Janeiro: G. Ermakoff Casa Editorial, 2013.

JACQUES, Paola Berenstein. *Elogio aos errantes*. Salvador: Edufba, 2012.

OLIVEIRA, Claudia de. "O cronista e a mulher carioca moderna. In: MOREYRA, Álvaro. *A cidade mulher*. Organização Claudia Mesquita, Claudia de Oliveira, Joëlle Rouchou. 3ª ed. Rio de Janeiro: Mauad: FAPERJ, 2016.

SANTUCCI, Jane. *Babélica urbe*. O Rio nas crônicas dos Anos 20. Rio de Janeiro: Rio Books, 2015.

SCHWARCZ, Lilia Moritz. "Numa 'encruzilhada de talvezes' um grande romance aos pedaços" In: Barreto, Lima. *Triste fim de Policarpo Quaresma* / Lima Barreto. São Paulo: Penguin, 2011.

SÜSSEKIND, Flora. *Cinematógrafo de letras*: literatura, técnica e modernização no Brasil. São Paulo: Companhia das Letras, 1987.

Riso e antimodernidade em Machado de Assis

Felipe Bastos Mansur

Há ainda um erro muito em voga, do qual quero fugir como do Diabo. Refiro-me à ideia de progresso. Esse fanal obscuro, invenção do filosofismo atual, aprovado sem garantia da Natureza ou da Divindade, essa lanterna moderna projeta trevas sobre todos os objetos do conhecimento; a liberdade se esvai, o castigo desaparece.
Charles Baudelaire

Por se tratar do autor de maior reconhecimento na literatura brasileira, sabemos que a respeito de Machado de Assis existem diversas linhas de análise que atuam no intuito de *codificar* sua ironia, isto é, em demonstrar que, por meio de um discurso indireto, a escrita de Machado de Assis se destaca do conjunto de narradores do fim do século XIX. A fim de tornar tal destaque em conhecimento crítico, reconhecível e direcionado a um conjunto de significados, a crítica se debruça sobre as principais narrativas do autor de *Memórias póstumas de Brás Cubas* (1881) continuamente. Logo, debruçar-se também sobre esse tema, mais uma vez, exige alguns esclarecimentos.

O objetivo deste texto, é necessário afirmar, não seria o de *revisar* tais leituras críticas dispersas ao longo de mais de um século. As disputas em torno dos significados possíveis das narrativas machadianas, embora pertinentes enquanto exposição do *problema* em torno de sua obra, não serão abordadas aqui em suas particularidades. Em *A segunda vida de Brás Cubas* (2008), Patrick Pessoa aborda, justamente, o problema maior em se direcionar excessivamente o discurso irônico de Machado, de *estabilizá-lo*. Pois é justamente a instabilidade desse discurso irônico que nos interessa aqui.

A posição contraditória do nome Machado de Assis na literatura do século de XIX pode ser vista como um dos sintomas dessa instabilidade. Em suas narrativas de maior prestígio, sobretudo nos últimos romances, mas também em muitos contos, vê-se uma autorreflexão do fazer literário que escaparia aos esquemas romântico-realistas de seu tempo. A notória influência dos romancistas ingleses, por exemplo, ajudaria a entender esse aspecto fugidio em relação à classificação de suas narrativas dentro das tendências do oitocentos. Em outras palavras, a narrativa de Machado apresenta uma evidente e declarada preocupação com sua própria construção, problematizando a natureza e a forma do literário.

Ao mesmo tempo, Machado de Assis representará para a configuração do cânone da literatura nacional um papel central. Um dos principais idealizadores de uma Academia, em torno de seu nome será de alguma forma construída a ideia do gênio de nossa literatura, expressão máxima do cânone, e dentro dêsse modelo se adequaria sua obra à formação da identidade nacional. Um nome da *modernidade* brasileira, portanto, formada no final do Segundo Império.[1]

1 A respeito da relação umbilical entre modernidade e nacionalidade literária no Brasil, Abel Barros Baptista observa que "a consciência da nacionalidade, em território brasileiro, começou por ser forma específica da consciência da modernidade. Aliás, uma vez que se tratava de iniciar novo caminho, e não de corrigir ou alterar um percurso herdado, *a mo-*

Até aqui, deve-se reconhecer, não há nada de novo em relação à recepção desenvolvida nos últimos anos por diversos críticos. A ideia esboçada nestas páginas pretende problematizar mais uma vez o lugar da literatura de Machado dentro desse quadro de modernização. Não há aqui qualquer aproximação com discussões a respeito da relação da escrita do autor com o modernismo literário que se aproximava na forma das primeiras vanguardas do século seguinte, mas, sim, a problematização dessa escrita no quadro de formação do positivismo e da Primeira República como símbolos da modernidade brasileira. Valendo-se de uma hipótese desenvolvida por Antoine Compagnon, seria possível relacionar o estilo machadiano (e seu discurso irônico sempre destacado) com a expressão da *antimodernidade*.

O conceito de antimodernidade que se insere neste trabalho encontra-se desenvolvido pelo teórico no livro *Os antimodernos: de Joseph de Maistre a Roland Barthes*, de 2005. Nele, o autor procura estabelecer uma continuidade discursiva (específica da modernidade francesa) nascida do combate ideológico em que orbitava o pensamento francês a partir da Revolução. O espírito antimoderno, identificado por Compagnon, portanto, teria nascido no movimento da contrarrevolução, fruto de uma força assumidamente *reacionária*.

Essas observações iniciais devem nos servir de cautela, já que a experiência da modernidade francesa não pode ser confundida ou igualada em algum tipo de analogia superficial com a experiência da modernidade brasileira. Tampouco pode ser reduzida

dernidade da literatura brasileira tornava-se condição de sua nacionalidade." (Baptista, 2003, p. 28). Para ele, inclusive, o problema principal que Machado deixou para a crítica brasileira desde o século XIX se dá "porque a literatura brasileira não pode ignorar aquele que mais claramente ignorou o projeto de fundação da literatura brasileira." (Baptista, 2003, p. 33).

a uma querela entre monarquistas e republicanos. Soa, inclusive, contraditório articular o adjetivo *antimoderno* em torno do nome de Machado. Muitos são os episódios em que o autor defendeu ideias progressistas e o fortalecimento de instituições compatíveis com práticas consideradas "civilizatórias", coerentes à denominada modernidade. Sua crítica à escravidão, por exemplo, sonegada de sua história por tanto tempo, e muito bem recuperada por Eduardo de Assis Duarte em *Machado de Assis: afrodescendente* (2007), não parece adequada a um pensamento que pode ser entendido como reacionário. É preciso, então, esclarecer que a proposta aqui desenvolvida serve a um propósito de leitura crítica do texto de Machado sem necessariamente consultar algum gesto de identificação do intelectual carioca do oitocentos com os grupos políticos e ideológicos que o cercaram Não se trata, pois, de um trabalho crítico de estabilização do estilo machadiano em torno da garantia de qualquer sentido para sua obra. Não há segurança, quando se trata do sentido. Nossa proposta é a de uma leitura capaz de articular a resistência à modernidade ao estilo irônico (humorado) de Machado de Assis.

Logo, é possível relacionar o termo com a narrativa machadiana em favor de uma operacionalidade de leitura, procurando desenvolver uma possível crítica às certezas epistemológicas da modernidade a partir da percepção do seu estilo narrativo. Tal aspecto, já detalhado e interpretado por tantos críticos, pode proporcionar novas possibilidades de leitura da obra machadiana em sua relação com as questões contemporâneas ligadas à chamada *crise da modernidade*.[2] Em outras palavras, o que se tem no horizonte é a configuração de um discurso crítico que, ao analisar

2 Optou-se por tal denominação a fim de se evitar qualquer discussão acerca do conceito de pós-modernidade, sempre controverso. No entanto, o entendimento de uma série de tópicos pós-modernos nos parece adequados também a esta leitura.

os aspectos irônicos da prosa de Machado, possa contribuir para algumas discussões centrais em que gira o fenômeno literário nos desafios teóricos e críticos da contemporaneidade: a instabilidade do significado e seu contínuo deslocamento; o enfraquecimento político dos locais institucionalizados do conhecimento; e a demanda por novos papeis para o leitor na perspectiva de uma educação literária.

Para Compagnon, o "traço antimoderno e antifilosófico mais visível e sintomático será a contestação permanente da lei do progresso." (Compagnon, 2011, p. 67). Em uma crônica de 16 de outubro de 1892, publicada em *A Semana*, batizada informalmente como "Crônica dos burros", Machado de Assis apresenta uma espécie de fábula cujo mote seria o progresso. Nela, o narrador descreve estar em um bonde puxado por burros, modo de tração já em iminência de extinção com a chegada dos bondes elétricos. Explica o narrador com certo desdém que não se impressionara ainda com a invenção e que, portanto, seguia utilizando o bonde de tração animal. Sua narrativa nasce, contudo, justamente do encontro, na Praia da Lapa, em sentido contrário, dos dois tipos de bonde, em ele escuta os dois burros – o da esquerda e o da direita – conversarem. Segundo o narrador, que conhecia "um pouco a língua dos Houyhnhnms, pelo que dela conta o famoso Gulliver" (Assis, 2008, p. 926), os animais debatiam sobre o futuro de sua espécie a partir da mudança em definitivo de todas as linhas de bonde. Na verdade, divergiam. O da *esquerda* sonhava com liberdade e direitos adquiridos, como aposentadoria, o da *direita* o advertia que estava sendo ingênuo, que o destino deles era "a carroça", servindo agora não mais à Companhia, mas a um indivíduo. O que ele prevê é o excesso de trabalho, a doença e a morte. Sem nunca atingirem à liberdade, abalando totalmente as esperanças do burro da esquerda. Ao fim da viagem, ao responderem assustados ao narrador que descia do bonde e lhes falava na sua língua, o cocheiro acaba por castigar fortemente os animais, permitindo ao narrador citar o burro da esquerda no momento suas ilusões de desmancharam: "onde está a justiça deste mundo?" (Assis, 2008, p. 928).

Há nessa poderosa crônica-fábula a percepção das ilusões que geralmente acompanham os mitos da modernidade e, claro, um certo conformismo cínico também. O progresso, como valor em si mesmo, emerge com seus destroços, com aqueles que são atravessados pelo caminho, como na metáfora de Walter Benjamin sobre o materialismo histórico. O "anjo da história", na metáfora benjaminiana, vê os acontecimentos históricos se acumularem inexoravelmente no tempo, assiste o acúmulo da destruição sem nada poder fazer, sem poder "acordar os mortos e juntar os fragmentos", pois uma tempestade o impele de fechar as asas, o impele continuamente para trás, impedindo-o de chegar aos destroços da história. "Essa tempestade", nos diz Benjamin, "é o que chamamos progresso" (Benjamin, 1994, p. 226).

As forças da história, quando agem sob a perspectiva do progresso, moldam e redefinem formas de existência, mas não atuam de forma homogênea, não garantem a todos esses mesmos avanços. Assim como, é importante acrescentar, a própria Lei Áurea e a Proclamação da República não representavam profundas mudanças no quadro geral da vida política e social do país, ainda que pudessem representar, sobretudo a Lei de 1888, algum progresso na vida nacional.

A analogia com a abolição da escravidão na crônica é óbvia, inclusive. É característica do discurso irônico, como sabemos, o fenômeno da argumentação indireta. Ele não se prende ao discurso literário, como também sabemos. Na literatura, contudo, ele geralmente está articulado a uma gama maior de sentidos possíveis, capazes de dar sustentação ao eterno convite à interpretação. Conforme observamos, na extensa crítica a respeito da obra de Machado, esse traço de distinção, seu próprio estilo, em que se destaca a ocorrência de um tipo específico de humor, muitas vezes identificado a uma tradição inglesa, torna-se o problema central para a narrativa do autor.

Em outra crônica da época, anterior a "dos burros", publicada na *Gazeta de notícias* seis dias após a abolição, surge outro narrador em primeira pessoa, já mais identificado aos principais narradores machadianos. Proprietário de um escravo, o sujeito narra o ato heroico empreendido por ele ao soltar seu cativo, que atende pelo sugestivo nome de Pancrácio. Nessa crônica vê-se o teatro social idealizado pelo pai no conto "Teoria do medalhão", em que aconselha ao filho os melhores meios para ascender socialmente. Voltaremos a esse conto mais adiante. Ainda a respeito da crônica, o narrador, compreendendo que a abolição já eram favas contadas, decide alforriar Pancrácio em uma reunião social em sua casa, por meio de um discurso grandioso e pela oferta de emprego ao rapaz, por um salário de seis contos de réis. O jovem aceita imediatamente.[3]

> Pancrácio aceitou tudo: aceitou até um peteleco que lhe dei no dia seguinte, por me não escovar bem as botas; efeitos da liberdade. Mas eu expliquei-lhe que o peteleco, sendo um impulso natural, não podia anular o direito civil adquirido por um título que lhe dei. Ele continuava livre, eu de mau humor; eram dois estados naturais, quase divinos.
> Tudo compreendeu o meu bom Pancrácio: daí para cá, tenho-lhe despedido alguns pontapés, um ou outro puxão de orelhas, e chamo-lhe besta quando lhe

3 Em *Machado de Assis: afrodescendente*, Eduardo de Assis Duarte observa que este valor era irrisório para qualquer trabalhador conseguir se sustentar, demonstrando a "difícil transição do escravismo para o trabalho assalariado" (Duarte, 2007, p. 52, 53).

> não chamo filho do diabo; cousas todas que ele recebe humildemente, e (Deus me perdoe!) creio que até alegre.
> O meu plano está feito; quero ser deputado, e, na circular que mandarei aos meus eleitores, direi que, antes, muito antes de abolição legal, já eu em casa, na modéstia da família, libertava um escravo, ato que comoveu a toda a gente que dele teve notícia; que esse escravo, tendo aprendido a ler, escrever e contar, (simples suposição) é então professor de filosofia no Rio das Cobras: que os homens puros, grandes e verdadeiramente políticos, não são os que obedecem à lei, mas os que se antecipam a ela, dizendo ao escravo: és livre, antes que o digam os poderes públicos, sempre retardatários, trôpegos e incapazes de restaurar a justiça na terra, para satisfação do céu (Assis, 2008, p. 812).

A caricatura do pequeno burguês, arrivista, interessado no poder público, pernóstico, ocupa um lugar entre os dois burros da crônica anterior. O burro da esquerda, podemos dizer, enxerga a realidade orientado por certo idealismo, pela crença na justiça; o burro da direita demonstra ter uma percepção cínica das possibilidades depositadas no futuro e não as dissimula de nenhuma maneira; o senhor de Pancrácio, contudo, oferece nitidamente a forma narrativa volúvel identificada por Roberto Schwarz como marca do narrador machadiano da chamada segunda fase. Ele afirma valores em que nitidamente não acredita, mas os faz por publicidade, por necessidade de ganhos políticos, por *aparência* e *conveniência*.

Em ambas as crônicas, encontramos uma representação importante do quadro social e político brasileiro do oitocentos, o desacerto entre tópicos modernos e uma realidade excludente e concentradora de privilégios. Não há, contudo, a falsificação ou negação dos valores que sustentam alguns desses tópicos, evidentemente, há, de fato, a exposição do quanto a realidade *resiste* à modernidade. Ou ainda, o quanto a realidade social e política escravocrata se perpetua por meio do discurso moderno. A questão não seria a qualidade ou confiabilidade das ideias modernas, mas, antes, o quanto elas podem camuflar práticas sociais violentas já há muito enraizadas.

O que também reconhecemos nos dois textos é sua veia cômica. O diálogo dos burros e o relato do senhor de Pancrácio produzem efeitos cômicos, seja por meio do absurdo na fala do "escravocrata esclarecido" ou do confronto da ingenuidade com o cinismo no debate dos animais. De qualquer modo, a representação é feita pela via do humor, do recurso estilizado e amplificado da ironia. Contudo, o próprio conceito de ironia, atrelado ou não ao humor, carece de uma estabilidade conceitual e operacional. De modo geral, estudos sobre a ironia e o irônico se dividem entre duas posturas: a de sua definição como *elemento da linguagem verbal* (retórica) ou como uma forma de *atitude perante o mundo* (postura estética-filosófica). Para a análise aqui proposta, opta-se pelo caminho apontado por Beth Brait em seu estudo *Ironia em perspectiva polifônica*, de 1996. Valendo-se de conceitos oriundos das teorias de Mikhail Bakhtin, da Análise do Discurso francesa e da Pragmática, Brait aponta que o processo de significação da ironia demanda um papel ativo do sujeito (em perspectiva filosófica) ou interlocutor (em perspectiva linguística). Ou seja, a ironia pode ser entendida como uma atitude (filosófica) que se expressa por meio de uma linguagem própria (*tropo*), mas também podemos inverter esses atores, dizendo ser a ironia uma forma específica de linguagem (tropo) que ativa no sujeito uma atitude (filosófica). Ironia como intenção ou ironia como percepção.

Retornando a Compagnon, entendemos que essa divisão da ironia se identifica aos outros dois traços interdependentes do denominado "espírito antimoderno" que serve a esta leitura: o *para-*

doxismo (ou "paradoxalismo", termo usado por Paul Valery para definir a poesia de Baudelaire); e o *gesto de recusa crítica à modernidade*. Na verdade, a própria condição antimoderna e seu gesto de recusa seriam paradoxismos, como aponta Compagnon: "Há uma verve própria aos antimodernos, pois a postura antimoderna, estabelecida sobre um paradoxo [...], é uma prodigiosa engrenagem retórica." (Compagnon, 2011, p. 406). O que o autor francês indica é que a antimodernidade é uma forma da modernidade. Os antimodernos pagam tributo à modernidade apresentando-a por seu avesso, por seus destroços. Por seus próprios paradoxos. Nesse caso, torna-se mais fácil compreender o quão ideologicamente largo se apresenta o espectro da antimodernidade que nos valemos nesta leitura. Como o mesmo Compagnon afirma:

> Nem todos os antimodernos se reduzem a um único tipo, pois a liberdade pertence a seu credo, mas sua diversidade não desmente seu estatuto de duplos dos modernos, de críticos modernos da modernidade ou de modernos vistos por trás. [...]
> Eis o porquê da antimodernidade não ser em nada incompatível com comportamentos que sejam tudo exceto conservadores (o apolitismo estético, a recusa do engajamento não exclui o civismo). Há nos antimodernos uma rachadura e uma indisciplina inalienáveis que fazem deles o contrário dos centristas, pois a direita pensa que eles são de esquerda e a esquerda, de direita. Fora de lugar, eles perdem nos dois quadros, antes de transformar seu fracasso em ganho. [...]
> Sem o antimoderno, o moderno cavaria sua própria sepultura, pois os antimodernos são a liberdade dos modernos, ou os modernos mais a liberdade. [...] a reação mais a sedução, isto é, a travessia da reação, a reação contra a reação, ou a ironia da reação e a requalificação do pessimismo (Compagnon, 2011, p. 455-462).

Dentre os aspectos levantados, é importante observar que não há, no estudo de Compagnon, um recorte estilístico ou de gênero específicos para o discurso antimoderno. Seu interesse é outro. O nosso, no entanto, gira em torno do estilo narrativo machadiano, em que podemos encontrar uma concepção formal específica de um discurso literário antimoderno. Dentre as recentes obras de análise da forma literária machadiana que nos servem de base estão *Riso e melancolia* (2007), de Sérgio Paulo Rouanet, e *Machado de Assis e o cânone ocidental: itinerários de leitura* (2016), de Sonia Salomão Netto.

A partir da análise "estrutural" de *A vida e as opiniões do cavalheiro Tristram Shandy* (1759-1769) de Laurence Sterne, Rouanet mapeia os elementos discursivos dessa narrativa e sua continuidade em outros quatro romances: *Viagem em torno do meu quarto* (1794), de Xavier de Maistre, *Jacques, o fatalista* (1796), de Dennis Diderot, *Viagens à minha terra* (1846), de Almeida Garret, e *Memórias póstumas de Brás Cubas* (1881), de Machado de Assis. Da leitura minuciosa e de muitos aspectos narrativos analisados por Rouanet, extraímos duas ideias interdependentes: a de que o narrador dessas obras assume todo o controle do tempo e do espaço e de que seu discurso, invariavelmente, revela um espírito cético ou "apolítico". Nesse caso, o que nos chama a atenção, é de que se trata de uma revolta contra o tempo (ou contra a História e o Progresso) empreendida por narradores que recusam a lógica romanesca de apreensão do tempo, do mesmo modo que também se trata de uma desconfiança aos discursos ideológicos que pretendem conformar o tempo no progresso e na História. Assim, Rouanet observa que o traço distintivo dessas narrativas se dá pela via do humor: "A tese que vê em Machado de Assis um observador atento da história externa e da sociedade contemporânea é claramente verdadeira e não precisa mais ser demonstrada. Mas ela penetra em *Memórias póstumas* de um modo oblíquo, no registro da denegação e da zombaria" (Rouanet, 2007, p.191).

Se *Memórias póstumas de Brás Cubas* representaria a máxima expressão desse estilo, voltemos agora a outra narrativa curta, dessa vez o conto "Teoria do medalhão", de 1882, reunido em *Papeis avulsos*. Esse livro de contos, lançado na mesma época do romance de Brás Cubas, demonstra o aprofundamento da perspectiva irônica que será característica da chamada "segunda fase". No conto em questão, um pai conversa com seu filho a respeito do futuro, dando-lhe preciosos conselhos para que obtivesse sucesso em sua vida. O trecho abaixo se trata do final da conversa, quando o pai lhe adverte sobre os perigos de certo tipo de humor:

> [...] mas proíbo-te que chegues a outras conclusões que não sejam as já achadas por outros. Foge a tudo que possa cheirar a reflexão, originalidade etc., etc.
> — Também ao riso?
> — Como ao riso?
> — Ficar sério, muito sério...
> — Conforme. Tens um gênio folgazão, prazenteiro, não hás de sofreá-lo nem eliminá-lo; podes brincar e rir alguma vez. Medalhão não quer dizer melancólico. Um grave pode ter seus momentos de expansão alegre. Somente, - e este ponto é melindroso...
> — Diga...
> — Somente não deves empregar a ironia, esse movimento ao canto da boca, cheio de mistérios, inventado por algum grego da decadência, contraído por Luciano, transmitido a Swift e Voltaire, feição própria dos cépticos e desabusados. Não. Usa antes a chalaça, a nossa boa chalaça amiga, gorducha, redonda, franca, sem biocos, nem véus, que se mete pela cara dos outros, estala como uma palmada, faz pular o sangue nas veias, e arrebentar de riso os suspensórios. Usa a chalaça. Que é isto?
> — Meia-noite.

> — Meia-noite? Entras nos teus vinte e dois anos, meu peralta; estás definitivamente maior.
> Vamos dormir, que é tarde. Rumina bem o que te disse, meu filho. Guardadas as proporções, a conversa desta noite vale o *Príncipe* de Machiavelli. Vamos dormir (Assis, 2008, p. 275).

Todos os estudos sobre a ironia partem da definição da ironia socrática, cuja estrutura em diálogo sem narrador o conto acima recupera muito bem. Desse modo, sabemos que a fala do pai, nesse fragmento e em todo o diálogo, deve ser entendida em seu aspecto paradoxal, ou seja, em que a compreensão desse discurso depende da percepção da existência de uma argumentação indireta, destinada exclusivamente ao leitor, em que se pretende delinear as armadilhas geralmente inconscientes que permeiam a *fala do saber*, nesse caso, na forma do conselho paterno. A chalaça, defendida pelo pai, é o lado superficial, populista, se pudermos colocar nesses termos, de uma prática de humor. A ironia "do canto da boca", como define o personagem, é perigosa, já que fere o princípio da simpatia pública, da publicidade, que o pai almeja desenvolver no filho como fonte segura de sucesso na vida individual – sempre dependente do olhar do outro.

E como nós sabemos disso? No trecho citado, percebemos que há uma marca (um índice) preciso na fala do pai que desperta a atenção do leitor: a linhagem literária da ironia. Se a chalaça é a "boa" forma do humor, não foi ela que mereceu um maior desenvolvimento de análise. Dela, o pai só descreve o efeito por meio de metáforas corporais, indicando seu caráter universal e inofensivo, posto que quase natural. Contudo, da tal ironia do "canto da boca", o pai oferece uma descrição mais atenta, tratando de sua presença constante nos discursos intelectualizados (indo dos gregos até Voltaire) e identificando-a como uma forma paradoxal ("cheio de mistérios") e politicamente problemática ("típico dos céticos e desabusados"). Além disso, constrói o diálogo de tal forma que esse último conselho se revela o mais importante, ocupando o lugar de "clímax" desse conto cujo soar do relógio indicando a chegada da meia-noite confirma a passagem do filho à vida adulta.

Esse índice (termo oriundo da Pragmática do Discurso) indica, portanto, a interdiscursividade ou o dialogismo próprio à ironia verbal, sendo ele mesmo, talvez, um "movimento ao canto da boca", solicitando a cumplicidade de seu leitor. Beth Brait nos oferece uma explicação para essa relação: "O ironista, o produtor da ironia, encontra formas de chamar a atenção do enunciatário para o discurso e, por meio desse procedimento, contar com sua adesão." (Brait, 2008, p. 138).

Ainda a respeito das discussões que sempre permeiam os estudos a respeito da ironia, cabe atentar ainda para a constante separação do fenômeno como recurso retórico ou como postura filosófica. Se há uma longa tradição filosófica de análise do fenômeno da ironia, também se desenvolve na linguística moderna diversas pesquisas centradas em outra perspectiva, a do âmbito da construção da linguagem e da comunicação. Parece coerente, contudo, seguir a proposta de Beth Brait a respeito do tema, desenvolvido em *Ironia em perspectiva polifônica*. Sob orientação dos estudos em torno do dialogismo e da Análise do Discurso francês, Brait, a partir do conceito de "dimensão enunciativa", procura rearticular essa discussão em torno da ironia:

> Sem confundir enunciador/locutor e/ou narrador, entidades discursivas, com o indivíduo [...], parece curioso observar que, tanto de uma perspectiva linguística, que concebe a ironia como uma construção de linguagem, quanto de uma perspectiva filosófica, que a vê como uma atitude, como marca de personalidade, como postura estético-filosófica, o elemento

> que está no centro dos dois caminhos é o processo de enunciação, embora concebido de formas inteiramente diversas (Brait, 2008, p. 41).

Ou seja, o cenário da ironia se dá pelo processo de enunciação, em que os sujeitos se comunicam via argumentação indireta, como uma cumplicidade oriunda do entendimento entre as partes. "Enquanto texto de natureza humorística, o conjunto denota a estratégia irônica como seu elemento estruturador." (Brait, 2008, p. 94).

Sonia Netto Salomão, no recente *Machado de Assis e o cânone ocidental: itinerários de leitura*, procura também relacionar melhor as questões que giram em torno dessas duas perspectivas de leitura da ironia. De suas reflexões, merecem maior destaque algumas que contribuem para uma atualização das possibilidades de leitura para a narrativa machadiana. Nessa "atualização", contudo, não há o desejo de total reformulação das perspectivas teóricas já existentes, pelo contrário, trata-se de um desejo de rearticular diversos campos distintos de análise do texto machadiano a partir da análise de uma forma literária humorada intensificada no texto do autor.

Já é lugar-comum na crítica machadiana a identificação do recurso da interlocução na obra de Machado. Tratar do papel do leitor em seus contos e romances é retornar a essa interação declarada de seu narrador com seu destinatário. Confrontado a todo instante, o leitor é esse destinatário do texto, a quem cabe a percepção dos sorrisos do narrador, para, quem sabe, poder compartilhar desse riso. Em *Memórias póstumas*, inclusive, há notas ao crítico, ao bibliógrafo, e inúmeras provocações ao leitor.

> A complexa ironia machadiana, no final, não nos permite responder a essas e a tantas outras perguntas, senão por intermédio daquela dialética locutor-

> -receptor que leva o leitor machadiano a uma experiência lúdica e, ao mesmo tempo, de sabedoria. [...] a ironia machadiana gera uma construção que é jogo literário no seu desmascaramento da realidade. Esta a sua ética maior: a da irredutibilidade da obra em si (Salomão, 2016, p.165-166).

Ludismo e imprevisibilidade, condições para a formação do "riso do canto da boca". A representação feita por Machado de Assis da realidade brasileira, da natureza humana, assim como da própria literatura, reforça o inacabamento e a perversão da modernidade na virada para o século XX. Aliás, ao antimoderno, resta esta garantia, como um *pequeno saldo*: "O fracasso no mundo é a condição de possibilidade da continuação indefinida da empresa literária." (Compagnon, 2011, p. 459). A representação via humor, por meio do aprofundamento do recurso da ironia, apenas reforça este aspecto, como o riso do derrotado, a ética do vencido.

No estudo de Beth Brait, recuperamos o papel do leitor de forma mais intensa dentro do jogo de ironia do texto machadiano. Convidado a participar do texto, o leitor é o elo fundamental na formulação do riso da ironia: "se a ironia ridiculariza um alvo, por outro lado, ela procura, por sua engenhosidade e pelo risco de não se efetuar, o rir da cumplicidade, da convivência." (Brait, 2008, p. 68,69). Sônia Salomão ainda observa outros elementos constituintes desse discurso, como os "jogos metalinguísticos" e a forma de "comunicação oblíqua." "Pode-se falar [...] da ironia como intenção, inserida no projeto comunicativo do emitente como processo duplo a ser reconstruído e remodelado pelo receptor. [...] Alargando o conceito, pode-se considerar como parte deste processo o discurso irônico machadiano: uma comunicação oblíqua que abarca a paródia, a estilização e o pastiche." (Salomão, 2016, p.204).

A representação promovida pela ironia machadiana, portanto, torna-se problemática por se construir por via indireta, gesto próprio à toda ironia. De certa forma, ao escapar dos esquemas romântico-realistas de seu tempo, o estilo de Machado oferece um cenário de múltiplas vozes reunidas pelo irônico. O sentido, sempre fruto de uma provocação da narrativa para com o leitor, torna-se igualmente múltiplo, conforme a longa tradição da crítica machadiana indica.

Podemos dizer que a narrativa de Machado constrói uma forma crítica poderosa a partir da perspectiva do ridículo brasileiro, seja por meio de suas ilusões históricas, sua falsa erudição ou sua hipocrisia mal dissimulada. No entanto, não o faz pela forma do ataque direto, da confrontação engajada, do riso da "chalaça". Constrói, na verdade, um espaço metalinguístico e autorreferencial que exige ao leitor seu empreendimento na construção do sentido da leitura. Repensar o papel do cânone, logo, de Machado de Assis, dentro da perspectiva contemporânea de educação literária, exige que recuperemos certas premissas do envolvimento do leitor com a literatura. O sentido do texto de Machado não está garantido, nenhum sentido está, portanto, é compulsório que cada leitor adentre nos contos e romances do autor, procure as instabilidades do sentido, as múltiplas vozes que preenchem seu discurso, a fim de se repensar o sentido contemporâneo do riso machadiano. Fenômeno que não se restringe aos elementos sociais e históricos do século XIX, ao período da modernidade literária e intelectual brasileira, mas que vai além dele, percorre-o por seu inacabamento, seus fantasmas, por aquilo que não se apaga sob movimentos incessantes das máquinas da história – os frutos de sua incessante derrota.

Referências bibliográficas

ASSIS, Joaquim Maria Machado de. *Obra completa, quatro volumes.* v.3 e 4. 2ª ed. – Rio de Janeiro: Nova Aguiar, 2008.

BATISTA, Abel Barros. *A formação do nome*: duas interrogações sobre Machado de Assis. Campinas: EdUnicamp, 2003.

BENJAMIN, Walter. *Magia e técnica. Arte e política*: ensaios sobre literatura e história da cultura. Tradução: Sérgio Paulo Rouanet; prefácio Jeanne Marie Gagnebin. 7ªed. – São Paulo: Brasiliense, 1994.

BRAIT, Beth. *Ironia em perspectiva polifônica.* 2ªed. – Campinas: EdUnicamp, 2008.

COMPAGNON, Antoine. *Os antimodernos*: de Joseph de Maistre a Roland Barthes. Trad.: Laura Taddei Brandini. Belo Horizonte: UFMG, 2011.

DUARTE, Eduardo de Assis. *Machado de Assis*: afrodescendente: escritos de caramujo. Belo Horizonte: Crisálida; Rio de Janeiro: Pallas/Crisálida, 2007

PESSOA, Patrick. *A segunda vida de Brás Cubas*: a filosofia da arte de Machado de Assis. Rio de Janeiro: Rocco, 2008.

ROUANET, Sérgio Paulo. *Riso e melancolia*: a forma shandiana em Sterne, Diderot, Xavier de Maistre, Almeida Garret e Machado de Assis. São Paulo: Companhia das Letras, 2007.

SALOMÃO, Sônia Netto. *Machado de Assis e o cânone ocidental*: itinerários de leitura. Rio de Janeiro: EdUerj, 2016.

SCHWARZ, Roberto. *Um mestre na periferia do capitalismo.* 4ª ed. São Paulo: Duas Cidades, 2000.

A contemporaneidade do monstruoso na obra de Lourenço Mutarelli

Giovanna Dealtry

A obra de Lourenço Mutarelli pode ser lida pelo signo do duplo aterrador, do caráter paranoide de seus protagonistas que apontam para a incompletude como condição do sujeito e, por conseguinte, para o fracasso da própria linguagem na tentativa de representação do "real". Para além do descentramento contemporâneo do sujeito, as narrativas gráficas ou romanescas de Mutarelli partem do índice do conhecimento de si mesmo como interdito. Muitos de seus protagonistas nos são apresentados presos à imobilidade do presente. O passado, tomado como origem, e o futuro, perspectiva de desdobramento, tendem a desaparecer pouco a pouco encurralando esse sujeito na perenidade do agora ou levando-o ao próprio desaparecimento. Fantasmas de si mesmo, esses personagens são obrigados a confrontar-se com o monstruoso que os habita, e, igualmente desperta o horror nos outros.

Nas narrativas aqui escolhidas para análise, a história em quadrinho "Estampa Forjada" e o romance *Nada me faltará*, os núcleos familiares não surgem como espaço de pertencimento, de estabelecimento de algum fio identitário. Pelo contrário, a proximidade com pais, avós, esposa, amigos, parecem acelerar o processo de desintegração dos personagens. Essa condição não se restringe aos exemplos escolhidos, mas servem aqui como chaves de leitura, na impossibilidade de uma análise extensa da obra de Mutarelli, de como o núcleo familiar, mesmo quando ativado por memórias de infâncias, como em *O Natimorto (o musical silencioso)* são significativos para o autor.

É possível estabelecer um espelhamento entre essa perda de confiança do familiar, entendido aqui no sentido proposto por Freud e que será exposto mais à frente, para o "infamiliar".[1] Na tessitura dos romances e quadrinhos de Mutarelli é possível perceber a perda gradativa de confiança no outro, na própria memória, na luta constante para a identificação entre o que é "real" ou delírio como elementos que colocam em risco a própria confiança na narrativa e na estabilidade do "eu".

Essa memória em ruínas atinge diretamente o sujeito tornando-o, pouco a pouco, incapaz de se relacionar com outro, ao mesmo tempo em que testemunha seu próprio desaparecimento. Fantasmagorias de si, os personagens de Mutarelli dissolvem-se diante de nós e sugerem um diálogo com o tema do duplo expresso, em tons fantásticos ou terrificantes, como herdeiros contemporâneos da prosa de Edgar Allan Poe, E.T.A Hoffmann e Oscar Wilde, entre outros. Na impossibilidade de circunscrever o sujeito em linhas nítidas, o duplo, tratado aqui como herança de uma modernidade em crise, irá surgir como marca distintiva dos protagonistas de Mutarelli.

Esses homens de meia idade, retratados como perdedores diante do contexto social atual, habitam um território nebuloso entre biografia e desmemoria, linguagem e afasia, chegando aos limites da dissociação. Estamos aqui diante de histórias protagonizadas

1 Utilizo a tradução "infamiliar" para o conceito de "Unheimlich" proposto por Freud. Para um debate mais aprofundado sobre essa tradução, consultar *O infamiliar* [Das Unheimliche] – Edição comemorativa bilíngue (1919-2019). São Paulo: Autêntica, 2019.

por homens obcecados com o isolamento e controle do espaço-tempo como fuga do real. O outro, incontrolável, afigura-se como desejo ou ameaça e, por vezes, o próprio protagonista é obrigado a confrontar a si mesmo como espelhamento do horror. Essa síntese fica explícita na parte final de *O natimorto* (um musical silencioso).

> Você sabe o que é ver,
> nos olhos de quem você mais ama,
> medo?
> Medo
> do monstro
> que você não conseguiu
> esconder? (...)
> Somos
> o que somos,
> seremos as consequências.
> Quanto
> tentei voltar,
> minha tia fingiu
> não me conhecer.
> Me olhou da janela
> com seu olhar de terror.
> Olhar igual ao meu
> quando me avistei
> no fundo do poço (Mutarelli, 2009, p. 129).

Escritor, dramaturgo, ator, Lourenço Mutarelli começou sua carreira como criador de romances gráficos nos anos 80. Não é segredo, já que o próprio autor não se furta a narrar esses fatos em suas entrevistas, que um episódio biográfico o levou à depressão. Na intenção de promover uma festa surpresa, os amigos do quadrinista simularam um sequestro. Mutarelli foi trancado em um carro com dois homens encapuzados que rodaram pela cidade o ameaçando continuamente até chegarem ao endereço da festa. Durante três meses, ele permaneceu deitado no chão da sala, em suas próprias palavras, em posição fetal, sofrendo uma média de quinze ataques de pânico por dia.[2] Desse momento nascem os álbuns *Transubstanciação* (1991) *Desgraçados* (1993), *Eu te amo, Lucimar* (1994) e a *Confluência da Forquilha* (1997), formando um ciclo no qual predomina a figura do protagonista desenhista; o humor cáustico; a fronteira entre sanidade e o delírio; o isolamento em meio ao caos urbano. Graficamente, a saturação da massas de cor preta em contraste com o branco; os quadros em hiper close com faces distorcidas ou com muitos elementos, contribuem para uma sensação de tensão e aprisionamento crescentes.

Em 2004, é lançado *Mundo PET*, coletânea de narrativas gráficas. O quadrinho de abertura, "Estampa Forjada", apresenta o mesmo teor biográfico apresentado anteriormente. O primeiro quadro toma a página inteira e é dividido entre a imagem do autor frente a um terreno baldio e o texto de apresentação. "Olá. Meu nome é Lourenço. Faço histórias em quadrinhos." Apesar de não ser meu interesse neste ensaio explorar as relações possíveis entre Mutarelli e a escrita de si, não é possível negar o pacto imposto pelo autor ao reduplicar nomes, autorretratos, parcelas de sua autobiografia em seus quadrinhos e na ficção.

O enredo gira em torno das visitas de Lourenço e de sua avó, portadora do Mal de Alzheimer e moradora de um asilo. Pouco a pouco, a senhora passa a acreditar que seus objetos pessoais – vestido, chinelos, móveis – estão trocando sendo trocados por cópias idênticas. Um sintoma comum a doença, mas que cria a dissociação entre "real" e "cópia". Cópia de Lourenço Mutarelli, o protagonista assim reflete sobre a doença.

---

2 Entrevista concedida a Fábricio Carpinejar no programa "A máquina", transmitido pela TV Gazeta. Disponível em https://www.youtube.com/watch?v=phH8dDG6l5Q

> Sempre achei por demais sinistro um médico batizar a descoberta de um distúrbio com seu próprio nome. Batizar um mal com o próprio nome me dá a sensação não de descoberta, mas de criação. Como se Alzeheimer tivesse "criado" o seu mal. Como o Dr. Frankenstein batizou sua criatura. Seguindo esse raciocínio quando damos ao nosso filho nosso nome, o transformamos em nossa doença (Mutarelli, 2004, p. 13).

O ato fundador do batismo, da nomeação, dentro da própria gênese judaico-cristã, serve como apropriação do "outro" pelo "mesmo", aquele que detém o poder da linguagem, aqui equiparada ao discurso científico.

Pela lógica do personagem quadrinista, ao nomearmos o "mal" ou a criatura monstruosa, transferimos ao mundo nossa própria sombra. Por paralelismo, o protagonista aproxima os campos médicos e jurídicos em seus exemplos, já que a nomeação, na clave da descoberta/criação, traz o sujeito do campo familiar para o domínio do público. Nomeado, o incognoscível, o abjeto, se aproximaria do controle da ciência e da lei, não para ser incluído, mas como objeto externo a ser tratado, curado, e quando não for possível, extirpado do convívio do que é considerado normal e saudável, portanto, não ameaçador. No entanto, em "Estampa Forjada" interessa ao autor a expressão monstruosa, porque desconhecida, porque transformadora do próprio sujeito.

As substituições engendram o duplo, tratado como contágio que se prolonga da biografia do autor para o protagonista homônimo e deste se reduplica ao descobrirmos que a avó chama o neto de "Junior". Junior, o que carrega o mesmo nome/doença do pai.

O objetivo não é tratar a categoria do duplo do ponto de vista da psicanálise, mas como um linhagem da literatura da modernidade na qual o próprio Freud mergulhou, como na análise de "O Homem de areia", de E.T.A Hoffaman, e o enlouquecimento paulatino do personagem Nathanael ao ter certeza de se ver perseguido pelo dobraduras entre Homem de Areia/Coppelius/Coppola. O mesmo podemos afirmar sobre clássicos como *O médico e o monstro*, de Roberto Louis Stevenson ou o conto "William Wilson", de Edgar Allan Poe. Em comum, as narrativas fantásticas irão elaborar o horror da crise do sujeito moderno, esvaziado da sua pretensa unidade do "Eu".

Voltando à "Estampa Forjada", as imagens de tons alegóricos ou monstruosos são encabeçadas pela constatação do protagonista de que ele próprio começa a ser alvo das cópias. A reflexão caminha para o cruzamento entre o próprio desaparecimento do sujeito (qual deles? O Lourenço autor, o Lourenço personagem? Aquele contagiado pela doença?) e o estatuto da representação na arte. A palavra aqui, além do desenho, surge como fracasso. "A palavra só pode imitar as coisas, não pode vertê-las, não substitui, assim como não repõe o objeto." (Op. cit., p. 16).

O protagonista vive a crise, à semelhança de sua avó, de uma indistinção entre significante e significado, sendo que o signo permanece o mesmo, provocando a sensação do "infamiliar" como definido por Freud. O objeto se duplica em semelhanças que, ao contrário de provocarem um sentido de união, produzem a irrupção do sinistro. A partir da leitura de contos de E.T. A. Hoffman, como é notório, Freud aproxima a figura literária do conceito de *unheimlich*, a princípio oposta a *heimlich* (doméstico, familiar). No entanto, Freud vai além para acercar-se do conceito a partir da diferenciação entre o infamiliar na psicanálise e na literatura.

> A coisa é diferente, entretanto, quando o escritor se coloca, aparentemente, no interior da realidade comum. Nesse caso, ele assume também todas as condições que são válidas, nas vivências, para o surgimento do infamiliar, e tudo aquilo que, na vida, tem efeito

> infamiliar também o tem na criação literária. Mas, nesse caso, o escritor pode elevar e diversificar esse infamiliar bem além daquilo que é possível nas vivências, na medida em que ele deixa acontecer aquilo que, na realidade, raramente ou nunca chega a se tornar experiência. Em certa medida, ele trai as crenças que supúnhamos superadas, ele nos ilude, na medida em que nos promete a realidade comum, quando, de fato, vai muito além dela. Reagimos às suas ficções tal como reagiríamos às nossas próprias vivências; quando percebemos o engodo, já é tarde demais, o escritor já atingiu suas intenções, mas, devo afirmar, ele não visava a nenhum real efeito (Freud, 2019, p.138-39).

Podemos ensaiar que infamiliar situa-se, nesse sentido, no campo do "como se", "à semelhança de", provocando reconhecimento de algo como familiar, reconhecível, e horror, justamente por não *ser*, mas evocar a semelhança como estatuto do real. Ou, no caso de Mutarelli, da proliferação de duplicações em "Estampa forjada" – Lourenço autor, Lourenço protagonista; Lourenço/ Junior; a avó origem e a cópia; Lourenço origem e cópia.

Na página final da HQ vemos um plano fechado do braço de Lourenço desenhando, em um exercício metalinguístico, a próprio desfecho da narrativa. No retângulo que separa a fala do narrador da imagem, lemos: "A minha camisa não deixa de ser um pedaço de pano que enquanto camisa parece mais que um pedaço de pano." (Mutarelli, Op. cit., p. 16) O espelhamento não soluciona a relação entre mesmo e outro, pelo contrário. Cria uma situação de paralisia entre os elementos, esgotando qualquer possível solução ou produção de novos signos. A linguagem cessa. E não por acaso, o último quadro traz o desenhista – criador de Lourenço? De Junior? – caído no chão. Agora é possível ver todo seu corpo, como se de um quadro para outro se operasse um zoom out. Na prancheta, lê-se um pedido inacabado de "socorro" enquanto a voz do narrador permanece, contrastando assim texto e imagens. "Eu não passo de um pedaço de carne que desenha. Um bife que conta histórias" (Idem). Desenho inacabado no qual se inscreve o "Fim". Ciente do seu iminente desaparecimento, à semelhança da avó, resta, o mergulho na representação, na própria cópia de si mesmo, que apaga a imagem da origem em definitivo.

A filiação à linguagem dos quadrinhos nunca desapareceu por completo dos romances de Mutarelli. Hoje, publicando pela Companhia das Letras, é possível notar uma unidade no projeto gráfico que remete ao formato dos cadernos *moleskines*, usados para estudos de desenhos; cantos arredondados, desenhos na capa ou no interior lembram um *sketchbook*, assim como a ausência da convencional orelha. A maioria dos romances publicados traz autorretratos de Mutarelli no lugar dos convencionais retratos fotográficos do autor. O interessante desse gesto é que o autorretrato também adquire formas em diálogo com o próprio texto como no caso de *O natimorto* (um musical silencioso). Aqui, Mutarelli desenha-se como uma figura de baralho, um valete talvez, cuja imagem espelha-se acima e abaixo traz entre os dedos um cigarro. Tal elemento não se torna desprezível quando sabemos que o protagonista do referido romance, nomeado como O Agente, elaborou um tarot pessoal a partir de imagens de combate ao fumo inseridas nos maços.

Por sua vez, a segunda parte d'*O grifo de abdera* apresenta uma história em quadrinhos intitulada "O livro do duplo". Se as capas, vinhetas, autorretratos podem ser lidos como elementos paratextuais, seguindo a conceituação aberta por Gennete, diante da obra de um romancista-quadrinista esses elementos adquirem maior relevância e complementam ou interpelam a leitura exclusivamente textual. Se o retrato ao final do livro da a conhecer a fisicalidade do seu autor, no caso de Mutarelli esses autorretratos abrem outras portas de leitura em que o termo "à semelhança de" reivindica o caráter ilusório do conhecimento pela imagem.

Não é interesse desse ensaio, ainda que fosse um caminho válido, adotar a autoficção como caminho de leitura dos textos aqui apresentados. Interessa-me mais a sensação de "infamaliar" presente em Mutarelli e sua vinculação com a dissolução do sujeito contemporâneo. É por esse caminho que encontramos os fantasmas do autor.

Nesse sentido, não é exagero afirmar que os limites entre "real" e "cópia", beirando a dissociação e paranoia, sejam uma constante. Essas imagens e textos contaminam-se criando um terceiro espaço, por assim dizer, onde o irreal torna-se a norma, como no caso do romance *Nada me faltará* (2010).

Depois de um ano desaparecido, juntamente com sua esposa e filha, Paulo Muturello retorna inesperadamente à casa materna. A tensão se intensifica porque Muturello (Mutarelli?) não só não tem memórias sobre o ano em que esteve ausente, como também parece não se sentir preocupado com a esposa Luci e a filha Ingrid, que permanecem sumidas. Nas palavras do personagem:

> Pra mim, nada aconteceu. Eu não tenho como demonstrar esse entusiasmo que vocês demonstram ao me ver. Eu sei que isso pode parecer duro, mas, para ser honesto, nem senti falta de vocês. O que foi um ano pra vocês foi ontem pra mim (Mutarelli, 2010, p.16).

A amnésia de Paulo provoca uma ruptura na linearidade temporal envolvendo a todos que tiveram de alguma forma suas vidas interrompidas pelo acontecimento. Busca-se em Paulo o preenchimento da lacuna temporal da qual ele mesmo não se ressente. Em *Nada me faltará* a perda dos vínculos afetivos aparece associada à incapacidade de recuperar o fio condutor da memória, contribuindo para um afastamento contínuo de Paulo dos amigos, do analista, do emprego. De certa forma, o corpo presente de Paulo indica a força dos corpos ausentes, da mulher e da criança, bem como a "monstruosidade" de Paulo ao não demonstrar nenhuma emoção. O desaparecimento, nesse sentido, era menos perturbador do que o retorno. Ou como diz Dona Inês, a mãe de Muturello: "Você acha que é fácil? Você acha que é a única vítima?" (Idem. p. 49).

Mutarelli inverte aqui a equação. O sujeito sem memória, ao invés de angustiar-se, desumaniza-se em desacordo com o que é esperado dele em uma situação extrema. O crime está nessa duplicidade entre ser vítima, por ter perdido a memória do ano de seu desaparecimento, e, ao mesmo tempo, criminoso, por não sofrer pela ausência da própria família, e, portanto, não ser possível o arrependimento. A sinceridade, já que o personagem não esconde seus sentimentos, não performa o papel do pai e marido aflito, é prova inconteste de sua monstruosidade. O que deveria estar escondido é revelado. Não à toa, Paulo torna-se o principal suspeito do desaparecimento de Luci e Ingrid. A prova está justamente na sua incapacidade de reagir *como se* fosse o mesmo Paulo anterior ao desaparecimento. Transformado em outro, talvez uma cópia, ao retornar para casa, Paulo torna-se o sinistro, o estranho reconhecido a partir de sua semelhança com o Paulo "original".

Para Pascoal Farinaccio, os personagens de Mutarelli, "na esperança de se protegerem buscam refúgio em lugares fechados, muitas vezes um simples quarto que possa servir como um útero materno, uma proteção contra o mundo exterior. Mas são tentativas que sempre redundam em fracasso, as quatro paredes em fim de contas compondo um espaço claustrofóbico (2013, p. 243).

O útero para o qual Paulo acaba voltando no encerramento do livro é um quarto na casa da mãe depois de se demitir do emprego, abandonar a terapia e os amigos. Não há origem, memória, volta possível ao que era antes do desaparecimento. A quebra temporal instaura essa incapacidade de responder à sociedade em acordo com as normas. O isolamento, um novo desaparecimento, surge como resposta.

Em *As palavras e as coisas*, Foucault afirma que o pensamento moderno inicia uma nova experiência do tempo vinculada paradoxalmente ao recuo e a escavação da origem, compreendida agora como vinculada à cronologia dos homens e das coisas.

> Na experiência moderna, (...) o distanciamento da origem é mais fundamental do que toda experiência, porquanto é nela que a experiência cintila e manifesta sua positividade; é porque o homem não é contemporâneo de seu ser que as coisas vêm se dar com um tempo que lhes é próprio. E reencontra-se aqui o tema inicial da finitude. Mas essa finitude, que era primeiramente anunciada pelo jugo das coisas sobre o homem - pelo fato de que ele era dominado pela vida, pela história, pela linguagem - aparece agora num nível mais fundamental: ela é a relação insuperável do ser do homem com o tempo.(Foucault, 2000, p. 461-2).

Ora, o homem sem memória, o homem cópia, criados por Mutarelli, radicalizam na contemporaneidade o sentimento de finitude do pensamento moderno porque o tempo decorrido é suprimido da experiência e finda sobre si mesmo como um pedido incompleto de socorro ou o isolamento progressivo que encontramos em *Nada me faltará*. A representação tampouco, seguindo a clave do moderno, não restitui o sentido dado da origem - como fala Foucault sobre a representação clássica, "a imagem permitia retomar o tempo integralmente (...) e construir um saber tão verdadeiro quanto de um entendimento eterno". (Op. cit., p. 460)

Se a modernidade põe fim ao sentido de unidade, inserindo o fragmento como forma narrativa, ao mesmo tempo que ainda vivem sob a sombra conflituosa da origem, o sujeito contemporâneo duplica-se a si mesmo de tal forma que origem e representação, real e cópia perdem os elos de ligação jogando-os nessa paralisia do presente perpétuo como encena Paulo, sem memória e sem futuro.

Apenas nas sessões terapêuticas com Dr. Leopoldo, as sensações retornam, não no sentido da recuperação das memórias, mas do entendimento de que aquela defasagem do tempo entre ele e os outros torna a vida presente, compartilhada, impossível. Ou, como diz o psicanalista, "Deixe-me entender, de certa forma o que você quer dizer é que se o tempo não passou, você não tem como sentir essa ausência que elas vivenciaram, é isso?" (Mutarelli, 2010, p. 29)

A percepção de um tempo não vivenciado não se estabelece como memória, como reminiscência, impediria essa rede de afetos com o presente? O que irrita a Paulo não é ter se tornado o principal suspeito do desaparecimento de sua mulher e filha, mas a pressão para que ele sinta algo – a experiência moderna na qual cintila a origem, a identidade – que só é possível a quem vivencia o tempo como cronologia. Paulo, o retornado, o que volta não como filho pródigo, mas como duplo de si mesmo, é incapaz de afeto. "No fundo, doutor, para ser sincero, não consigo sentir afinidade ou emoção em relação a nenhuma criatura. Será que você consegue entender isso, doutor? Será que esse lugar pode suportar isso?" (Op. cit., p.79).

Não lembrar, não sentir tornam-se sinônimos. Só é possível ao sujeito ter existência se aquilo vivido é passível de ser rememorado. A memória interdita impede o sujeito de ser contemporâneo de si mesmo. O crime aqui é o desaparecimento da memória transcorrida na ausência de si mesmo. Paulo, a vítima; Paulo, o assassino.

Essa será a marca dos personagens de Mutarelli. Presos numa zona entre a compreensão formal da realidade, o que nos aproxima do outro, e delírios, paranoias, afasias, psicoses, formas singulares de leitura do mundo que os qualificam ao olhar do outro como anormais. Nessa área cinza, eles ensaiam buscar formas de entendimento de si, formas de sobrevivência. É preciso reter ainda algum controle sobre a própria mente e o isolamento surge como uma forma de proteção do outro. Separado do mundo, preso em pensamentos obsessivos, os protagonistas de Mutarelli precisam desesperadamente narrar para ainda poderem existir.

Referências bibliográficas

FARINACCIO, Pascoal. "Espaços claustrofóbicos na obra de Lourenço Mutarelli". Revista de Estudos de Literatura Brasileira Contemporânea. Número 42. Brasilia: UnB, 2012.

GENETTE, Gérard. *Paratextos editoriais*. Tradução de Álvaro Faleiros. Cotia: Ateliê Editorial, 2009.

FOUCAULT, Michel. *As palavras e as coisas*: uma arqueologia das Ciências Humanas. Tradução de Salma Tannus Muchail. São Paulo: Martins Fontes, 2000.

FREUD, Sigmund. *O infamilar*. [Das Unheimliche] – Edição comemorativa bilíngue (1919-2019). Tradução de Rogério Freitas, Ernani Chaves, Pedro Heliodoro Tavares. São Paulo: Autêntica, 2019.

MUTARELLI, Lourenço. *Mundo Pet*. São Paulo: Devir, 2004.

______. *Nada me faltará*. São Paulo: Companhia das Letras, 2010.

______. *O natimorto* (um musical silencioso). São Paulo: Companhia das Letras, 2009.

______. *Transubstanciação*. São Paulo: Comix Zone, 2019.

A identidade nacional em ruínas

José Carlos Pinheiro Prioste

O Romantismo no Brasil estabeleceu como um de seus fundamentos ideológicos a questão da afirmação de uma identidade nacional em relação à colonização portuguesa. O índio tornou-se o centro desse imaginário que encontraria nas origens dessa terra invadida pelos brancos europeus a imagem ideal que seria o símbolo da resistência à imposição colonial. De acordo com este parâmetro a pureza de nossas supostas raízes autênticas constituiu o fundamento que era demarcaria nossa identidade distanciada tanto da racionalidade europeia exploradora das riquezas nativas como da figura do negro escravizado. A identidade nacional se nutriu da construção de um imaginário urdido pelos europeus de uma terra paradisíaca e fértil a representar no mundo um futuro radiante entre as nações.

Findo o período romântico, e também do Realismo-Naturalismo e Parnasianismo, a literatura brasileira no século vinte abandonou esse mito de pureza identitária e se posiciona em um foco crítico que busca desconstruir esse imaginário. Uma investida contra esse ideário fictício é *Triste fim de Policarpo Quaresma* de Lima Barreto, obra que aborda o fracasso da afirmação nacional-ufanista que pressupunha que o Brasil seria representado por uma imagem de autenticidade impermeável ao contacto com outras culturas aniquiladoras de nossa suposta pureza original. Seja pela afirmação de uma linguagem brasileira, ou melhor, tupi, a fertilidade de nossa terra ou a defesa da República, a representação se configura satiricamente tendo em vista o fracasso desse ideário ufanista fantasioso diante de uma realidade que nega a grandiosidade construída.

A segundo obra a procurar demarcar uma distância do ideário romântico é *Macunaíma* de Mário de Andrade. Já distante de uma imagem ingênua da pureza do índio como nossa identidade autêntica, a representação ficcional modernista se ampara em uma visão multifacetária da composição étnica e cultural da formação brasileira através de um compósito múltiplo fundado no amálgama do indígena, do europeu e do negro. Ao invés de um mito rousseauniano da inocência do bom selvagem, funda-se a questão identitária através da incorporação da ideia de antropofagia devoradora que não se permite a ingenuidade da afirmação de uma identidade uniformizadora e exclusivamente nacional.

Entre o fim do governo Vargas e o golpe militar de 1964, *Quarup*, de Antônio Callado, parece querer instituir uma espécie de busca do santo Graal nativo: o centro geodésico da América do Sul. Essa aventura se funda a partir da visão mítica e mistificadora de um padre envolvido com as Ligas Camponesas e com a fundação de um parque nacional de preservação dos índios. A descoberta do centro do Brasil não repetiria a carta de Caminha, nossa certidão de batismo, a afirmar a produtividade fértil de uma terra dadivosa pois a nova descoberta não confirma a visão paradisíaca de um país destinado a ter um futuro radiante dentre as nações.

É a partir destas três obras que discutiremos a questão da representação da identidade nacional sob a perspectiva crítica da revisão da concepção ufanista, nacionalista e populista.

A voz do Brasil

A palavra *policarpo* se origina do grego *polúkarpos*, que produz muitos frutos, que frutifica várias vezes. Paradoxalmente o personagem de Lima Barreto é aquele que sequer consegue provar sua teoria ufano-nacionalista de que o Brasil é uma terra pródiga como afirmara o escrivão da frota de Pedro Álvares Cabral, Pero Vaz de Caminha. Policarpo de Esmirna foi um bispo do século II que foi condenado à fogueira e que terminou apunhalado com uma estaca mas, segundo a lenda, as chamas não o tocaram. O personagem barretiano, contudo, teve um triste fim como denuncia no próprio título. Quaresma significa em latim quadragésima, ou seja, um período de quarenta dias da quarta-feira de cinzas até o domingo da Páscoa no qual os católicos devem obedecer a preceitos como o da abstinência de carne às sextas-feiras. O nome Policarpo Quaresma não aponta nenhum traço de nacionalismo exacerbado mas uma dupla referência que configura tanto um aspecto religioso, inexistente na caracterização do personagem, como uma prodigalidade que resulta somente em fracassos sucessivos.

Antonio Candido estrutura dialeticamente o processo cultural brasileiro em uma oposição entre o localismo e o cosmopolitismo. Este se configura em uma atenção exclusiva aos procedimentos provenientes das culturas dominantes estrangeiras no Ocidente. Em 1911, data da publicação do romance de Barreto em 52 folhetins no Jornal do Comércio na edição da tarde, de 11 de agosto a 19 de outubro, a estética dominante no ambiente cultural brasileiro era ainda o finissecular Parnasianismo, cujos parâmetros artísticos se originaram na França. A epígrafe do romance se origina da obra *Marco Aurélio*, de Renan, escrita em francês. O localismo, por sua vez, se configura como uma afirmação dos aspectos identitários identificados com uma brasilidade autêntica em oposição ao aspecto imitativo de uma aparência europeia tal qual se apresentava a remodelação do centro da capital federal como uma cópia de uma grande avenida parisiense da qual se excluiria qualquer traço de cor local tropical. Lima Barreto estruturou o romance sob esta dialética na qual o personagem principal tipificaria uma posição arraigadamente nacionalista porém sob o prisma crítico e satírico.

Policarpo é um funcionário público que reside no subúrbio após a demolição do centro da cidade efetuada pelo prefeito Pereira Passos para a construção da Avenida Central, inaugurada em 1906. Embora o acervo cultural presente em sua biblioteca componha, em sua grande parte, um ideário nacionalista, não exclui qualquer autor estrangeiro que estude o Brasil. Na busca de uma autenticidade cultural e popular Policarpo passa a ter aulas de violão em sua casa, o que provoca uma reação da classe média suburbana indignada com o envolvimento de um homem sério com *malandragens*. Nessa busca, ao intentar a realização de um festejo que revivesse o folclore com o objetivo de ser preservado como um repositório de nossa nacionalidade, se depara com a figura de tia Maria Rita que já não mais se recorda das tradições culturais enraizadas no ideário popular pois todas que ainda são representadas têm origem em terras estrangeiras.

Após ter realizado um requerimento em tupi, na repartição os colegas passaram a chamá-lo ironicamente de Ubirajara, o que remete ao ideário romântico brasileiro na busca de uma identidade nacional autêntica. A assertividade de uma pretensa nacionalidade impermeável ao contacto com outras culturas o leva ao hospício. Se a língua portuguesa, na expressão de sua norma culta, foi uma imposição histórica decretada pelo Marquês de Pombal, em 1750 após a expulsão dos jesuítas, no entanto a língua dos tupi não nos representaria como nação já que ela se configurou anteriormente à invasão dos brancos.

Se o projeto da afirmação de uma língua que se caracterizaria como autenticamente brasileira falhou, este patético quixote suburbano resolve partir para uma segunda empreitada: provar que o solo nacional é superior a todos os outros em fartura. Adentra o interior do estado do Rio de Janeiro decidido a plantar em um sítio denominado ironicamente de *Sossego*. Este, no entanto, não comprova sua teoria da supremacia nacional e ao invés de produzir frutos fartos apenas materializa nossa miséria ao se configurar na imagem de um imenso formigueiro de saúvas a destruir o ideário da grandeza da pátria autêntica.

A terceira tarefa do périplo policarpiano, pretenso Héracles tropical, se origina não em seus delírios ufanistas mas nas contingências históricas. Estas o envolvem durante a revolta da armada na qual o marechal Floriano, que assumiu o governo com a renúncia do marechal Deodoro que fechara o Congresso. De acordo com a Constituição, promulgada em 1891, Floriano não poderia ter assumido pois deveria ter havido nova eleição indireta já que não se completaram dois anos da posse do primeiro presidente da República. Policarpo mais uma vez segue pela contramão pois também é vítima do arbítrio do marechal que, no entanto, é descrito de forma iconoclasta:

> Com uma ausência total de qualidades intelectuais, havia no caráter do Marechal Floriano uma qualidade predominante: tibieza de ânimo; e no seu temperamento, muita preguiça. Não a preguiça comum, essa preguiça de nós todos; era uma preguiça mórbida, como que uma pobreza de irrigação nervosa, provinda de uma insuficiente quantidade de fluido no seu organismo. Pelos lugares que passou, tornou-se notável pela indolência e desamor às obrigações dos seus cargos. (Barreto, 1997, p. 183)

O tríplice fracasso de Policarpo em sua empreitada de afirmação nacionalista, cultural-linguístico, produtor agrário e político-militar, configura uma visão crítica de Lima Barreto sobre os rumos da denominada República Velha que não representaram modificações estruturais na sociedade brasileira mas apenas uma partição de poder entre as oligarquias dominantes, a cafeeira paulista e agropecuária mineira. Assim a frase do botânico Saint-Hilaire, que postulava para a solução brasileira dos problemas sociais o extermínio das saúvas pois caso contrário estas acabariam com o país, representa o fim das ilusões perdidas em uma busca ainda romântica, e agora alienada, do personagem do romance por uma identidade pura e enraizada nas características autenticamente nacionais.

O romance de Barreto é uma espécie de balanço do Romantismo em que o ideário afirmativo da identidade nacional é criticado sob o prisma da sátira a um purismo ingênuo que tem um fim amargo diante das circunstâncias históricas. Estas não modificaram a estrutura econômica vigente sob o manto imperial, mas apenas migraram para as mãos das oligarquias rurais conduzidas ao poder por um golpe de estado militar após a determinação do fim do trabalho escravo. Machado de Assis configura esta transição não estrutural na imagem simbólica da troca de tabuletas em *Esaú e Jacó*: retira-se a do Império e a substitui pela da República...

As saúvas devorando o sítio do Sossego parecem representar não apenas o fim amargo das fantasias delirantes de uma terra abençoada e dadivosa, construídas pelos europeus, mas também o fracasso da afirmação de uma identidade caracterizada por uma concepção nacional pura e impermeável ao contacto com outras culturas. O Modernismo realizaria este diálogo com as vanguardas europeias. O triste fim de Policarpo é também uma visão de desencanto amargo com os destinos da Republica que não incorporaram as classes dominadas ao lema positivista da ordem e do progresso. O militar positivista Euclides da Cunha já anunciara esta contradição de uma República que abandonava os deserdados do Império ao desterro em sua própria terra. São os abandonados à própria sorte, tanto após o fim do trabalho escravo forçado como dos soldados que lutaram em Canudos, que formarão as denominadas favelas, arbusto encontrado no sertão da Bahia.

A visão desencantada e amarga de Barreto marca não somente um acerto de contas com o ingênuo ideário romântico mas com uma República excludente que expulsa do perímetro urbano os indesejáveis para os distantes subúrbios, como Policarpo. Os novos tempos eram de avenidas largas e aparência europeia que falsamente nos incluiriam no concerto das nações civilizadas. Daí um romance que segue na contracorrente desse ufanismo provinciano. Barreto se situa na perspectiva dos que não foram convidados para a festa republicana dos oligarcas endinheirados com as exportações do café. No banquete oligárquico, no entanto, aparece o formigueiro a denunciar que o monumento era apenas de crepom, como mais tarde ironizaria o Tropicalismo.

As (más)caras do Brasil

O nome Macunaíma provém de MAKU-, o mau, e do sufixo aumentativo IMA que significa grande. Mário de Andrade tomou conhecimento da lenda Arekuná no livro *Von Roroima zum Orinoco* de Theodor von Grümberg, publicado em 1917. O romance, ou como o define o autor uma rapsódia, se origina de uma fonte indígena publicada na Alemanha. A concepção cultural formadora do romance que intenta representar nossa mítica identidade se origina através de um processo de segunda mão. Rapsódia significa a recitação de um poema, a maneira de cantar dos velhos rapsodos gregos e uma variedade de motivos populares. É desta estrutura variada que o escritor paulista se apropria para arquitetar em apenas uma semana, de 16 a 23 de dezembro de 1926, esse repositório do nosso caldeamento cultural popular e erudito como uma espécie de rescaldo no qual se superasse definitivamente o ideário romântico de uma identidade autenticamente nacional. Alceu Amoroso de Lima o definiu como um coquetel (Proença, 1969, p. 10) e Cavalcante Proença como um aspecto de gesta que o "aproxima demais da epopeia medieval" (Idem, 11). O personagem Macunaíma teria um caráter de súmula em que configuraria tanto a especificidade brasileira como um tipo imaginário no qual se encontrariam a diversidade individual do latino-americano. Nessa "desgeografização", ou desterritorialização, em que Macunaíma tanto é brasileiro quanto latino-americano, no entanto, o repositório linguístico do romance abrange apenas o território nacional. A variedade vocabular mescla fontes oriundas de diversas procedências do país com palavras originárias do Rio Grande do Sul e regionalismos nordestinos, do Brasil central ou da Amazônia.

Esse romance do autor de *Pauliceia desvairada* busca superar a dialética do localismo e do cosmopolitismo ao integrar as duas em uma síntese na qual as influências das vanguardas europeias se integrassem ao elemento congenial de nossa cultura que é o primitivismo, base da práxis estética modernista estrangeira. Ainda assim, a perspectiva marioandradina ainda se funda no ideário romântico da afirmação nacional, porém perpassado pelo diálogo crítico com a cultura externa. O gigante Venceslau Pietro Pietra seria a configuração da apropriação dos valores representativos da cultura brasileira simbolizada no muiraquitã assim como das riquezas naturais. Macunaíma ao tentar reaver o amuleto da sorte termina por se travestir como uma francesa como a representar a ideia de um simulacro do resgate da apropriação de nossos valores através da deglutição antropofágica e metamórfica.

Se o romance se estrutura como um compósito e um mosaico linguístico em suas variedades dos falares brasileiros, estes se contrapõem à norma culta da língua portuguesa imposta pela colonização. É a esta que o capítulo central, "Carta pras Icamiabas", satiriza mimeticamente através da representação de um falso tratamento cerimonioso cujo vocabulário nobre e sintaxe rebuscada articulam uma paródia do ufanismo provinciano. Se Policarpo parecia estar em busca do tempo perdido, ou das ilusões, Macunaíma, ao intentar um retorno às fontes originárias de uma pureza linguística nacional, que seria o tupi, se apropria do código dominante da norma culta da língua e de uma linguagem rebuscada para investir contra o discurso do dominador ao parodiá-lo de modo falsamente erudito em uma pretensa supremacia verbal e de classe. Estabelece uma fenda entre a realidade e a representação através da apropriação mimética e satírica de uma linguagem que é apenas verniz decorativo, signo de distinção social enobrecedora como afirma Sérgio Buarque de Holanda. A antítese contraditória entre o registro coloquial da fala popular e a práxis verbal de aparência culta e distinta estabelece uma distinção discursiva e de classe: a utilização de uma variedade dialetal, por exemplo, ressalta o abismo cultural, político, econômico e social brasileiro no qual o leitor urbano de classe média desconhece o código não oficial da linguagem falada no Brasil periférico com seus mitos distantes do discurso dominante. A articulação de uma mitologia não eurocêntrica funda-se na ideia de contraposição estética e ideológica ao discurso dominante imposto pelo colonizador através de um nivelamento uniformizador das diferentes identidades culturais.

No meio urbano o anti-herói não urbano vê-se desarmado, desterrado, deslocado de suas origens, sem sua identidade que estaria representada na perda do muiraquitã roubada pelo gigante. A práxis malandra de Macunaíma se efetiva em uma constante metamorfose que se funda na visão de um mundo mágico do homem em contato com uma natureza "selvagem", "primitiva", "irracional", tal como fora construída e imposta pela visão etnocêntrica do colonizador europeu. Tal mundo representa a força popular da cultura oral dominada, não lógica, ou seja, avessa aos padrões dominantesvigentes nos centros civilizados, brancos e industrializados. A práxis macunaímica se funda em um *modus operandi* de uma aparente revolução permanente de fundo amoral, antropofágico, devorador do mundo maquinizado, industrial, burguês e capitalista.

O único romance de Mário de Andrade configura a antítese de dois Brasis. Um rural, primitivo, selvagem, folclórico, atrasado e de identidade múltipla. E um outro urbano, civilizado, moderno, culto e sem identidade específica. O conflito romanesco se trava entre estas duas esferas antagônicas: do homem dito primitivo, originário em confronto com o civilizado, moderno, capitalista, industrial, destruidor da identidade nacional. A luta se estabelece entre a cultura popular, que se apropria mimética e parodicamente do saber erudito das classes dominantes, através de um conhecimento de origem mágica, não racional, pragmática nem produtiva, e a nova condição histórica de um saber tecno-científico com vistas a exploração e destruição não somente da natureza mas de todo modo de produção das culturas à margem do processo de concentração de riquezas, representado pelo gigante de nome espanholizado. O embate histórico entre a civilização niveladora, fundada em uma razão iluminista, esclarecedora com fins produtivos de dominação através do saber e destruidora das identidades culturais autóctones, e um mundo alicerçado em concepções mágicas, não racionais, não acumulador de capital, aponta para o triste fim de Macunaíma. O final se constitui em mais uma metamorfose: da cultura folclórica mítica que será fragmentada pela avassaladora industrialização descaracterizadora dos aspectos identitários das classes dominadas. O anti-herói transforma São Paulo em um bicho preguiça de pedra em que se configura a inadaptação ou o fracasso de um país periférico frente à industrialização e da modernização. Macunaíma parece representar esse impasse entre a modernidade sempre adiada e uma consciência amarga da destruição e descaracterização da identidade nacional.

Se em *Triste fim de Policarpo Quaresma* a concepção ufanista se transforma em fracasso através da imagem das saúvas a negar a grandeza do Brasil, em *Macunaíma* há uma imagem similar como um leitmotiv a percorrer o romance: "muita saúva, pouca saúva os males do Brasil são". Tal mote ecoa a frase de Saint-Hilaire, como no romance de Lima Barreto, que afirmava que se o país não acabasse com a saúva esta acabaria com ele. O ideário romântico de uma pureza nativa a compor uma identidade nacional enraizada nas características autênticas é mais uma vez desconstruído. O anti-herói de Mário de Andrade ao retornar para a selva, com o muiraquitã reconquistado, leva consigo os signos da civilização: um revólver Smith-Wesson, a representar tanto o poder e força com o objetivo de conquista e domínio como a defesa diante das ameaças de destruição, um casal de galinhas legorne, que pode configurar a descaracterização nacional da perda da identidade ou o diálogo com outras culturas externas, e um relógio, signo do tempo mensurado de modo pragmático e objetivo a caracterizar o modo de produção capitalista.

Da contradição entre um mundo arcaico, primitivo, selvagem, povoado de mitos e o avanço inevitável da industrialização modernizante da civilização tecnológica do capitalismo, sobrará apenas uma sombra. A imagem do anti-herói devorado pela Iara e recomposto a partir dos pedaços que restaram em uma figura de uma perna só, após a perda definitiva do amuleto e transformado de modo mítico em uma estrela, parece configurar não somente a destruição paulatina e irreversível de um mundo em processo de decomposição, do qual somente restarão ruínas, mas apenas a sobrevivência mítico-poética em um mundo utilitarista desencantado com os mitos. O tom melancólico e nostálgico do fim do romance parece apontar para uma espécie de fim de ciclo que se iniciara não apenas no Romantismo mas desde os cronistas iniciais de nossa história a construir um ideário que se desfaz como ilusões perdidas. Os meios de produção arcaicos de subsistência serão ultrapassados pela industrialização inadiável e desse confronto restará apenas o registro das lendas orais que se se perderão frente às novas narrativas de uma mídia tecnológica. O silêncio final do romance remete ao nascimento do anti-herói que se dá, no entanto, sob o prisma do amargo e solitário fim que parece indicar o fim do ideário romântico vencido pelo processo de industrialização inadiável.

O que Mário parece compor na estrutura rapsódica do romance é a configuração de uma concepção estética similar ao da *Odisseia* homérica em que a composição multifacetada de mitos cosmogônicos e folclóricas lendas, como um mosaico multifacetado, seja a forma de resistência diante do avanço da industrialização que iria passar como um rolo compressor sobre todas as formas arcaicas. A sobrevivência do que poderia se constituir como brasileiro não se dá pela afirmação ingênua de uma pureza enraizada na autenticidade nacional, mas pela recriação do mito dentro de uma nova concepção histórica.

O umbigo do Brasil

Kwarup é o nome na língua kamaiurá que designa um ritual que se origina de um mito que narra a intenção do Pajé Mavutsinim de ressuscitar mortos. Como falhou, devido ao erro de alguém, a ressureição passou a ser somente a da alma. É uma cerimônia funerária anual que ocorre no Parque Indígena do Alto Xingu e dura dois dias em que há celebrações com comidas, lutas, cânticos, danças, rezas e lamentações. Troncos de madeira são pintados e enfeitados com faixas amarela e vermelha representando um morto. É uma cerimônia de despedida definitiva do morto e que marca o fim do período do luto

O romance de Antônio Callado denomina-se Quarup e não Kwarup, em uma transcrição fonética próxima ao português falado no Brasil. A primeira distinção não é apenas linguística nem formal, mas indica um distanciamento das fontes originárias em proveito da perspectiva do homem branco civilizado. Após as iniciativas de Lima Barreto e Mário de Andrade de demarcarem um rompimento definitivo com o ideário romântico, o romance publicado em 1967, portanto após o golpe de 1964 que instaurou a ditadura militar, permanece ainda dentro da discussão sobre a identidade nacional. Embora o tempo inicial no qual se passa o romance seja o período do suicídio de Getúlio Vargas, em 1954, e a expectativa de criação de uma reserva de preservação da cultura indígena, o Serviço Nacional de Proteção ao Índio, a extensão temporal abrange o golpe militar de 64 com um pano de fundo histórico-social que incluem as Ligas Camponesas, a ação da Igreja Católica e a intelectualidade carioca. O ideário do padre Nando é o de reconstruir um império sem fim e criar na "América uma República teocrática e comunista na base do cristianismo dos atos dos apóstolos" (Callado, 1969, p. 11). Se Policarpo procurava reinstaurar o tupi como língua oficial, o padre Nando tem por objeto o restabelecimento do Latim "com proibição de qualquer outra língua, e criar o novo império Romano, a partir de um império de bugres com sede no Brasil" (Idem, p. 19). O problema parece sempre se configurar em torno da questão da língua como centro das discussões sobre a identidade nacional, seja para afirmá-la ou para subsumi-la em um projeto imperialista anacrônico. Em ambos ideários utópicos o que se estabelece é, além de uma regressão linguística a uma condição originária incontaminada com a corrupção civilizadora, a tentativa de construção de um país idealizado de acordo com um imaginário desvinculado da realidade concreta na qual se encontra uma margem considerável de brasileiros que não apenas desconhece a norma culta da língua portuguesa como tenta sobreviver em condições miseráveis devido a uma concentração de renda causadora da enorme desigualdade social.

Embora a utopia ficcional proponha a reconstituição de um passado que não é passível de ressurreição, como no Kwarup, e o romance parece postular uma perspectiva crítica diante do anacronismo romântico, a afirmação de uma brasilidade originária é permeada por outras relações que apontam para as contradições históricas e culturais. Nesse romance há citações a Adriano, Catulo, Ovídio, *Carmina Burana*, Dante Alighieri, *O amante de Lady Chaterley*, Padre Vieira, Machado de Assis, Paulo Prado. O arco ideológico cultural-histórico é vasto e entra em contradição com a cultura ágrafa dos indígenas.

O objetivo do padre Nando é realizar uma expedição ao centro geográfico do Brasil que se encontraria a 10 graus e 20 minutos ao sul do Equador e 53 graus e 12 minutos a oeste de Greenwich. A busca desse centro, não mais como um Eldorado mítico onde a pletora de riquezas confirmaria a visão europeia de uma terra paradisíaca, se funda na ideia de demarcação da identidade nacional em suas coordenadas físicas como uma espécie de salvaguarda, ou marco zero, de uma brasilidade que necessitaria não apenas ser resgatada mas preservada. O descobrimento do umbigo do Brasil significaria a certidão de nossa identidade perdida entre um localismo mimetizador das novidades europeias para consumo das elites desidentificada com os tristes trópicos e um localismo provinciano e ingênuo a afirmar uma pureza original que trairia a condição de país periférico e dependente. O corte do cordão umbilical com estas duas paternidades culturais não transformaria o país em um bastardo no concerto das nações civilizadas, mas incorporaria à sua identidade a cara por detrás das máscaras impostas por outras culturas.

No entanto, o encontro com esse ponto fulcral, o centro geodésico, que poderia representar o símbolo de nosso reconhecimento com a verdadeira identidade a nos revelar de modo epifânico o caráter autêntico do que seja o brasileiro, já que Macunaíma era destituído dele, revela-se ao final mais uma frustração. A descoberta que se descortina aos olhos dos iludidos "desbravadores" não confirma a perspectiva fantasiosa descrita pelo escrivão da frota de Cabral, mas a constatação amarga do desmoronamento da construção mítica que nos fez, como brasileiros, a acreditar no olhar europeu que afirmava uma grandiosidade que se se desfazia ao presenciar no lugar de uma terra dadivosa, paradisíaca, abundante, fértil e magnânima, a constatação amarga e desiludida de um imenso formigueiro. Essa imagem ao lado de uma citação de Miguel Pereira que afirmou que o Brasil é um grande hospital, nos situa, como brasileiros e receptores da obra de Callado, na perspectiva de um desencantamento diante das fantasias que nos foram impostas e às quais nos acostumamos. O conflito entre a realidade e ilusão se constitui como a contradição basilar da condição de país periférico que norteia seu imaginário por um ideário que insiste em nao se confirmar. O ritual do quarup é uma espécie de metáfora representativa da purgação desse imaginário ilusório de que o país se alimentou durante sua formação para reencontrar sua real identidade no meio de um formigueiro. O imaginário identitário do país, formado pelo ideário construído pelo europeu colonizador, de uma terra dadivosa e abençoada destinada a realizações grandiosas no futuro da humanidade se desfazia e impunha à consciência uma transição amarga e desencantada para a constatação da realidade não somente de país periférico mas de subdesenvolvimento (Candido, 2000).

Fechado para balanço

Esse tríptico literário pode-se configurar como um ícone totêmico de uma dialética da desconstrução do mito edênico de uma terra dadivosa e da reconstrução de uma identidade multifacetária e não identificada a um ideal nacional mitificado unitário e aniquilador das diferenças. A imagética do formigueiro a alinhavar as três obras de épocas distintas aponta para uma espécie de linhagem crítica na literatura brasileira que se recusa a uma visão estereotipada do ideário romântico fundado no paradigma europeu de um imaginário mitificante que ao se confrontar com a realidade desfaz a falsa imagem que nos colaram ao nosso rosto e que teimávamos em acreditar. É o tríptico de um desencantamento amargo mas que se funda na dura constatação do despertar de um sonho que se tornou pesadelo: o falso paraíso tropical cujos alicerces se moldam apenas no imaginário onírico e delirante ao qual a realidade do formigueiro insiste em trazer para o terreno concreto da realidade a consciência crítica. A visada crítica sobre estas três obras nos impõe a visão desencantada da ideia de identidade nacional como um compósito unitário e unificador para instaurar uma concepção pluralista, multíplice e não uniformizadora. Essa nova concepção de identidade polimórfica e metamórfica não se funda mais na ideia da caracterização nacional como uma uniformização niveladora das diferenças em um aspecto único, mas em uma superação do que seria a própria noção de identidade repousada no nacionalismo atrelado à ideia de pureza imune ao contacto com outras culturas. Essa xenofobia nacionalista é colocada em xeque tendo em vista a incorporação crítica da informação estrangeira como um dado de contribuição para outra noção de identidade amplificada além da estreiteza da afirmação identitária imune ao contato plural com outras culturas. O ponto de vista crítico, tanto do nacionalismo ingênuo como da absorção acrítica da informação estrangeira descaracterizadora, é o centro da questão que norteia essas três obras a impor a revisão tanto do ideário romântico afirmador da pretensa identidade nacional pura como do imaginário construído pelo europeu de uma terra destinada a ter um futuro radiante no concerto das nações. A amargura resultante dessas obras em que a imagem do formigueiro destrói a imagem otimista que tínhamos de nossa pretensa superioridade, é o estabelecimento de outro patamar para que os brasileiros passem a se ver não mais através do olhar estereotipado e construído pelo outro mas pela visão própria que não mais se ilude com discursos que se desfazem à luz do sol da visão crítica.

Referências bibliográficas

ANDRADE, Mário de. *Macunaíma*. O herói sem nenhum caráter. 2. ed. Edición crítica, Telê Porto Ancona Lopez, coord. Madrid; Paris; México; Buenos Aires; São Paulo; Rio de Janeiro; Lima: Alca XX, 1996. (Colección Archivos: 6)

ASSIS, Machado de. *Esaú e Jacó*. Rio de Janeiro; São Paulo; Porto Alegre: W. M. Jackson Inc, 1946.

BARRETO, Lima. *Triste fim de Policarpo Quaresma*. Edición crítica, Antônio Houaiss y Carmem Lúcia Negreiros de Figueiredo, coord. Madrid; Paris; México; Buenos Aires; São Paulo; Lima; Guatemala; San José de Costa Rica; Santiago de Chile: Alca XX, 1997. (Colección Archivos: 30)

CALLADO, Antônio. *Quarup*. 11. edição. São Paulo: Civilização Brasileira, 1982.

CANDIDO, Antonio. *Literatura e sociedade*. 8. Ed. São Paulo: T.A. Queiroz; Publifolha, 2000.

CANDIDO, Antonio. *A educação pela noite*. E outros ensaios. 2. ed. São Paulo: Ática, 1989.

HOLANDA, Sérgio Buarque de. *Raízes do Brasil*. 26. ed. São Paulo: Companhia das Letras, 1995.

PROENÇA, M. Cavalcanti. *Roteiro de Macunaíma*. Rio de Janeiro: Civilização Brasileira, 1969.

Site: activufrj.nce.ufrj.br/ Carlos Emmanoel Tolla de Oliveira. pib. socioambiental.org.

Dor elegante
o poema de Paulo Leminski, a canção de Itamar Assumpção

Leonardo Davino de Oliveira

Tudo, nesta vida, é muito cantável.
Riobaldo (Rosa, 2001, p. 504)

Letra de canção e poema de livro são duas formas de apresentação poética da palavra. Uma pede a voz, a outra pede o papel. A mudança de suporte é fundamental para perceber e pensar as especificidades dessas linguagens tão convergentes. Dizer que letra de canção é (ou não é) poema, portanto, não deve servir nem de justificativa para quem ainda defende que o suporte legítimo do poema seja o papel, esquecendo-se que a voz, a palavra cantada está na gênese da poesia, aliás, estes, em geral, não compreenderam (não aceitam) a revolução que as experimentações vanguardistas engendraram no poema: no Brasil, destaque-se o projeto verbivocovisual dos poetas concretos; nem de subterfúgio para "elevar" o status dos letristas ao hall dos poetas eleitos por parte da elite cultural. Os dois movimentos tendem a obliterar a incompetência teórico-crítica de quem não sabe, por preguiça, preconceito, ou idiossincrasia maior, lidar com a natureza múltipla da canção popular.

Neste elitista jogo de valor entre letra de canção e poema de livro, entre música popular e literatura, há quem diga que o poema perdeu para a canção grande parte do espaço existencial que ocupava no imaginário da sociedade, na história e no cotidiano das pessoas. E que esta transferência ocorrera por volta dos anos 1960, ou seja, durante a ascensão da censura imposta pela ditadura militar no Brasil em choque com as lutas identitárias na Europa e nos EUA.

De fato, muitos poetas que naquele momento – e nos anos 1970 e 80 – usaram a voz e o corpo como suporte do poético, até porque a publicação de poemas, este gênero subversivo por tradição, estava sob a mira dos censores, anos depois renderam-se à "legitimidade" que o livro impresso ainda exerce. Mas há que se perguntar quem eram aquelas pessoas cujo espaço existencial era ocupado por poemas antes da Tropicália. "Eles não vão entender o que são riscos / E nem que nossos livros de história foram discos", diria Emicida em "Ubuntu Fristili". Como todo signo é ideológico (Bakhtin, 1997), toda valoração estética reflete a ética das estruturas sociais e históricas. Para Antoine Compagnon, "o valor literário não pode ser fundamentado teoricamente: é um limite da teoria, não da literatura" (2014, p. 250). Eis uma reflexão para quem quer "salvar o cânone da anarquia" (p. 238). E a questão do privilégio do acesso aos livros de poemas também importa para pensar a distinção entre letra de canção e poema de livro.

Letra de canção e poema de livro são unidades de vários elementos simultâneos e inseparáveis, entre eles, forma/conteúdo, som/sentido, significante/significado, entoação/ideologia, no caso da canção, e papel/ideologia, no caso do poema impresso. Isso se deixarmos de lado, por enquanto, a verbivocovisualidade concretista e a verbivocoperformance tropicalista. Porque quero chamar atenção para a defesa de que a melodia, o ritmo, a performance são elementos ideológicos tanto quanto a palavra estática, impressa. Letra de canção e poema de livro são seres orgânicos e autônomos, ao mesmo tempo em que são mistos. O significado dependerá sempre de uma série de fatores intra e extrapoéticos. Dito de outro modo, o significante literário, tão importante à elite cultural, subsiste no conjunto encapsulado pela voz, em um; e pelo impresso, no outro.

Enquanto Lucia Santaella (2011) destaca que a música é a arte mais próxima da poesia, pois ambas são artes do tempo, têm suas origens comuns na história ocidental, sendo essa arte feita por palavras, perdeu suas qualidades sonoras de expressão, visto que passou a ser escrita, num congelamento do idioma falado e a letra sendo a tradução plástica dos sons da língua (idioma); Ruth Finnegan (2008) observa que "a 'letra' de uma canção em certo sentido não existe a menos e até que seja pronunciada, cantada, trazida à tona com os devidos ritmos, entonações, timbres, pausas", e que "analisar uma canção enquanto performance evita perguntas sobre o que vem, ou o que deveria vir, primeiro, [ ] ela se realiza nas especificidades de sua materialização em performance" (Finnegan, 2008, p. 24).

> Assim como a poesia é profundamente marcada por sua afinidade com a música, no jogo de suas configurações, a música também evidencia estruturas que são características da função poética da linguagem as quais se manifestam nas mais diversas formas de projeções da similaridade sobre o eixo da contiguidade. Se a música aproxima-se da poesia, é no núcleo de suas linguagens, lá onde a música da poesia é entrelaçada com a poesia da música, que ambas as artes se irmanam. Poesia e música são construções da forma, jogo de estruturas, ecos e reverberações, progressão e regressão, sobreposição e inversão. Em suas estruturas em filigrana, uma peça musical bem como um poema são, acima de tudo, diagramas. Poetas e músicos são diagramadores da linguagem. (Santaella, 2011, p. 6)

Quem canta precisa encontrar a entonação eficaz, justa, adequada para dizer (voz) o que diz (texto); assim como quem escreve, distribui as palavras na página, trabalha sobre uma estrutura. A recepção desses trabalhos de arte não é passiva. Tanto o ouvinte quanto o leitor veem-se instados a agir junto com o eu poético e o sujeito cancional. Ou não. E isso também depende de uma série de fatores ideológicos e de formação do ouvinte e do leitor.

Substância e expressão ideológicas estão na estrutura do dito e do modo de dizer; do escrito e do modo de escrever. Métricas, rimas, dores, alegrias são matérias formais e conteudísticas da letra de canção e do poema de livro. Mesmo quando o texto da letra de canção é criada antes da melodia, esse texto tem um ritmo que deverá ser acionado e potencializado na voz do cancionista. A expressão da entoação embrionária das palavras do texto é exatamente o trabalho do cancionista. Assim como a leitura "silenciosa" de um poema de livro aciona mentalmente a melodia das palavras, base para a compreensão do ritmo engendrado pelo poeta.

Embora esteja ancorada na entonação embrionária das palavras, a adequação entre letra e voz não é exata, o que eliminaria as várias interpretações possíveis dadas a um "mesmo" texto. Ao contrário do que comumente se pensa, a letra de canção não está aprisionada à melodia; a cada interpretação é possível violentar a sintaxe através dos usos da respiração, da quebra da correlação semântica/fonologia em busca de (uma nova) intenção, da (renovada) expressão não-vulgar, costumeira das palavras. É a interpretação singular e diversa o que torna o cancionista coautor, parceiro de quem escreveu o texto, por exemplo.

Talvez seja este medo da coautoria, o medo de deixar de ser o único eleito das Musas, o que move quem se recente do poema ter "perdido espaço" para a canção. Para estes é absolutamente impensável a parceria num poema. Como se as Musas não tivessem mudado através dos tempos; como se a relação entre musa e poeta estivesse intacta desde um tempo mítico em que o poema carregava toda a subjetividade do poeta, impondo a autoria. Ou ainda como se, por ter sido feita sob encomenda, muitas vezes após a criação da melodia instrumental, uma letra de canção não carregasse a subjetividade do letrista. Para Santaella, "com a convergência das artes em gêneros híbridos, tais como as artes midiáticas e digitais, com o entrelaçamento intermidiático de todas as artes, com a reme(i)diação visual e tonal das artes literárias de um lado, e os elementos de absorção da literatura pelas artes irmãs de outro lado, o conceito de literatura e a relação entre a literatura e as outras artes mudaram profundamente" (Santaella, 2011, p. 14).

Se para Riobaldo "tudo, nesta vida, é muito cantável" (Rosa, 2001, p. 504) e para Haroldo de Campos "a musa não se medusa: / contra o caos / faz música" (Campos, 2009, p.65), sobre as novas relações musais, Paulo Leminski (2013, p. 51) escreveu:

Minha amiga
indecisa
lida com coisas
semifusas

quando confusas
mesmo as exatas
medusas
se transmudam
em musas

E sobre a poesia *inspirada* pelas Musas (Leminski, 2013, p. 92):

já fui coisa
escrita na lousa
hoje sem musa
apenas meu nome
escrito na blusa

Não bastassem estes dois exemplos de que a obra de Leminski não se limita ao lirismo narcísico e à sociabilidade do universo do consumo, temos inúmeros versos, poemas, letras do autor que dão conta dos mais variados temas da humanidade. Essa maturidade seria resultado do trânsito de Leminski entre a letra de canção e o poema de livro, diriam alguns. Mas não poderia ser exatamente o contrário? A maturidade ética e estética do autor não estaria no estímulo necessário à compreensão diversa da exploração poética da palavra? Leminski estava interessado nas novas formas de escrita e escuta de poesia.

Marcelo Sandmann (2010) anota que Leminski:

> Confirma toda uma tendência geral da época, de ruptura de limites entre a arte culta e a arte popular e de massa, entre a poesia informada e a letra de canção, entre a experimentação formal e o desejo de comunicação. Produz sua obra a partir de certas coordenadas, que delimitam um campo de boa tensão interna, coordenadas que vão da Poesia Concreta, passam pela Contracultura internacional (sobretudo na sua vertente anglo-americana: beat generation, hippies, rock) e chegam à expressão dessa mesma Contracultura em termos brasileiros, com o Tropicalismo e o Póstropicalismo. Nesse campo, a música popular surge como gênero da maior importância, seja como objeto de fruição e referência estéticas, seja como lugar de atuação criativa (Sandmann, 2010, p. 202).

Na esteira da dicção de Catulo da Paixão Cearense, Orestes Barbosa, Manuel Bandeira, Vinicius de Moraes, Caetano Veloso, Gilberto Gil, Torquato Neto, Waly Salomão, Arnaldo Antunes, entre outros, Paulo Leminski tensionou linguagem estandardizada, engajamento ético e vida urbano-industrial. Daí que limitar-se ao gosto concebido pela Academia grafocêntrica não faz mais sentido. Na introdução do livro *Caprichos & relaxos* (1983), Leminski escrevera:

> Aqui, poemas para lerem, em silêncio,
> o olho, o coração e a inteligência.
> Poemas para dizer, em voz alta.
> Poemas, letras, lyrics, para cantar.
> Quais, quais, é com você, parceiro.

O projeto é claro: os modos de usar a potência da palavra não estão mais dados a priori pelo poeta. Para Waly Salomão, contemporâneo e parceiro de Leminski:

> A língua portuguesa tem tradição na fusão entre a poesia e a letra de uma música. Existem sutis diferenças entre as duas, claro, mas elas estão muito próximas. Não há uma regra definida para o que pode ou não ser poesia. Eu não aceito quando alguns professores de Português, estrategicamente, tentam fazer uma separação entre as duas áreas. A única coisa que eles conseguem dizer é que poesia é aquele texto que se sustenta na página. Para mim, este argumento não faz o menor sentido (Salomão, 2001, p. 16).

Paulo Leminski e Waly Salomão estão na clave do "desbunde", que, para Luiz Carlos Maciel, "era uma contrapartida para aqueles jovens que não se exilaram (ou foram exilados) nem tinham a coragem ou a insensatez de pegar em armas. Era uma atitude bastante condenada, em especial pela esquerda, porque significava participar de um movimento importado dos EUA" (1997, p. 121). Ainda para Maciel, o forte do que ele chama de "geração em transe" era a poesia. Sobre a relação entre Waly, Paulo e o espírito da época, o primeiro disse:

> Eu fui a Curitiba com o único fito de conhecer Paulo Leminski. Ele chamou minha atenção, a partir da revista Invenção, por ser um erudito e um louco ao mesmo tempo, um heterodoxo, fazendo um trabalho que me interessava muito. Eu gostava da ideia de atravessar o paideuma da poesia concreta, se abeberar dela e sair pelo outro lado com uma proposta pessoal. Ninguém trabalhava como ele, nesta linha. De um modo geral, outros poetas – como o Cacaso – rejeitavam absolutamente a poesia concreta. Eu achava esta posição ignorante. Então resolvi fazer a ponte Norte-Sul. (Vaz, 2011, p. 195).

Outrossim, no jogo entre expressão e comunicação, Leminski aprofunda e embaralha o que João Cabral de Melo Neto (1956) anotara na orelha do livro *Duas águas*: "de um lado, poemas para serem lidos em silêncio, numa comunicação a dois, poemas cujo aprofundamento temático quase sempre concentrado exige mais do que leitura, releitura; de outro lado, poemas para auditório, numa comunicação múltipla, poemas que, menos que lidos, podem ser ouvidos".

É sem dúvida um desses poemas para ser relido que Itamar Assumpção decide cantar. Assinando a coautoria da obra com Leminski, Itamar dá à canção o título de "Dor elegante" (*Pretobrás*, 1998). O poema está publicado sem título no livro póstumo *La vie en close* (1991). Ao adjetivar a dor de "elegante", e não "o homem com uma dor", como sugere o poema impresso, Itamar desloca o sentido, abre o texto à plussignificação. Sobre o encontro dos dois artistas, Toninho Vaz anotou:

> Para consolidar a vivência com o mundo da música, Leminski conheceria Itamar Assumpção, 'o nego Dito', um legítimo representante do lado marginal da MPB. Eles tinham sido apresentados meses antes num show de Arrigo Barnabé, em Curitiba. Deste en-

> contro nasceria uma sólida amizade e algumas parcerias. Eles ficaram três noites conversando, na Cruz do Pilarzinho, fumando verdadeiras toras e bebendo todas – mas sempre se afinando em ideias musicais e outras linguagens pertinentes. Num certo sentido, considerando o pendor marginal de cada um, eles eram 'farinha do mesmo saco'. Itamar ganharia um exemplar do *Catatau* e, como o Descartes da história, ficaria a ver navios. De volta a São Paulo, aproveitaria a viagem de ônibus para ler os poemas que ganhara e considerava mais 'digestivos'. (Vaz, 2011, p. 195).

Tanto ao ler o poema de Leminski, quanto ao ouvir a canção de Itamar somos inclinados a refletir dançando com um sujeito cancional que sabe usar o "assim" – "caminha assim de lado" – para criar intimidade com quem ouve e presentificar-se no instante-já do dizer. Do mesmo modo como a dor que faz o homem ter elegância. "Não me toquem nessa dor", diz o sujeito poemático e cancional, afirmando a intimidade com a dor e com quem ouve, outro passível de dor: entre o trágico e a beatitude, a afirmação da alegria na experiência da dor.

Dor elegante
(Paulo Leminski)

Um homem com uma dor
É muito mais elegante
Caminha assim de lado
Como se chegasse atrasado
Andasse mais adiante

Carrega o peso da dor
Como se portasse medalhas
Uma coroa um milhão de dólares
Ou coisa que os valha

Ópios édens analgésicos
Não me toquem nessa dor
Ela é tudo que me sobra
Sofrer vai ser minha última obra

Se, conforme escreveu Paulo Franchetti (2007), "lida hoje, a poesia de Leminski se ressente da ausência do seu criador" e "a consideração objetiva dos seus gestos verbais nem de longe permite ter uma ideia da energia que os animava, e que provinha daquilo que não era texto: a construção de uma figura pública de alto poder de sedução, graças ao brilho da inteligência, ao ecletismo de princípios e procedimentos e à eficácia da carreira do poeta *pop*, capaz de transitar à vontade entre *mass media* e os redutos da cultura erudita" (p. 287-288); a canção de Itamar, cuja obra reverbera também este trânsito entre experimentação e comunicação, revitaliza a persona poética leminskiana com eficácia e beleza. Para José Miguel Wisnik, "na poética leminskiana o grande e o pequeno, o insight e o derrisório, confinam-se intimamente como aspectos da mesma matéria, seu arco e sua lira. Nela, o 'berimbau de barbante' toca música" (In: Leminski, 2013, p. 387).

O "caráter essencialmente performático", ou pelo menos oralizante da poesia de Leminski, confirmado por Alice Ruiz quando anota que, sobre os poemas do livro *La vie en close* (1991), "ele me disse, ou ao vivo ou pelo telefone, na medida em que iam sendo feitos" (In: Leminski, 2013, p. 405), ganha ânimo e revitaliza-se na vocoperformance de Itamar.

Ainda sobre *La vie en close*, Alice Ruiz registra que:

> Esses poemas, mais que quaisquer outros, estão cheios de noites e madrugadas adentro. Cheios de uma dor tão elegante que é capaz de nos fazer rir, apesar de tudo. Cheios de dias na vida de uma luz. São poemas de vitalidade, apesar do adeus. Saltam da página para

> o entendimento, como ele fazia, quando analisava que "agir é a sabedoria suprema", andando como quem pensa, pensando como quem anda, sempre pensando e andando. E principalmente, sempre doando esse agir e pensar (In: Leminski, 2013, p. 406).

A essa passionalização proposta pelo poema, Itamar justapõe um acompanhamento de cordas, um quase blues, um quase reggae. Depois da introdução instrumental, Itamar fala: "Leminski disse" e divide os vocais da canção, do poema cantado com Zélia Duncan. Assim, como o eu poemático que fala para outrem – "não me toquem nesta dor" –, o sujeito da canção precisa compartilhar a experiência e o aviso. Assumpção faz a ponta entre "dor" e "sim à vida" quando na segunda vez em que o poema é cantado introduz "Leminski disse e Zélia vai repetir pra vocês". Neste segundo momento da canção Duncan declama parte do texto, o acompanhamento continua o mesmo e alterna-se palavra cantada com palavra falada. Ecos e coros "por favor" soam aqui e ali para reforçar a partilha do sensível. "Leminski disse e a Zélia repete aqui pra vocês", diz Itamar presentificando a dor: o "aqui" da voz do cancionista amalgama-se semanticamente ao "assim" do poema.

Os versos leminskianos "carrega o peso da dor / como se portasse medalhas / uma coroa um milhão de dólares / ou coisa que os valha" confirmam o que Francisco Fábio Vieira Marcolino (2010) anota: "Através da concisão, da justaposição de imagens e da sintaxe atrativa de opostos, a poesia de Leminski faz crítica à visão linear dos fatos. O recolhimento do desprezível, através de um humor contido, revela muitas vezes uma forma de ver coisas pela ótica do sensível" (p. 118). Esses mesmos versos dialogam com os versos da canção "Luz do sol", de Caetano Veloso, gravada por Gal Costa em *Minha voz* (1982):

Marcha o homem sobre o chão
Leva no coração uma ferida acesa
Dono do sim e do não
Diante da visão da infinita beleza
Finda por ferir com a mão essa delicadeza
A coisa mais querida, a glória da vida.

Eis a dor elegante compreendida por Itamar? O sofrer promotor do amadurecimento como última obra do homem? A elegância é resultado da compreensão interna e corporal da dor de um corpo calejado da existência? No poema "Sete dias na vida de uma luz" (Leminski, 2013, p. 258), o poeta fala de uma luz (interna) que "transformou a dor em dia":

durante sete noites
uma luz transformou
a dor em dia
uma luz que eu não sabia
se vinha comigo
ou nascia sozinha

durante sete dias
uma luz brilhou
na ala dos queimados
queimou a dor
queimou a falta
queimou tudo
que precisava ser cauterizado

milagre além do pecado
que sentido pode ter
mais significado?

O poema fora escrito na Ala dos Queimados, do Hospital S. Vicente, Curitiba, no outubro de 1987, enquanto o poeta se recuperava de uma automedicação desastrosa. Segundo seu biógrafo:

> Leminski transformou-se no animador de festas da ala dos queimados, contando e ouvindo histórias com maestria. Usava de toda sua erudição e talento para alinhavar enredos adequados à ocasião, trazendo à luz as mais edificantes fábulas sobre sofrimento e dignidade humana. Era reconhecido por todos como "o poeta e músico Paulo Leminski". Ele estava mesmo iluminado, diante de uma plateia de queimados. É verdade também que passaria boa parte do tempo com os olhos cheios de lágrimas, tentando resolver os enormes sofrimentos daqueles que o cercavam (Vaz, 2001, p. 332).

"Tinha que ser dor e dor / esse processo de crescer", escreve Leminski em "Último aviso" (Leminski, 2013, p. 224).

Se, de acordo com Clément Rosset (2000), "Nietzsche não cansa de repetir que todo pensamento que não é imbuído de conhecimento trágico, que tenta desviar da evidência da morte, do efêmero, do sofrimento, dá, inelutavelmente, lugar a filosofias-remédios, como a ontologia eleata ou a metafísica platônica, chamadas menos para dar conta da existência do que, incansavelmente, para testemunhar contra ela" (2000, p. 43), a experiência da dor – sem "Ópios édens analgésicos" – situa o eu na existência: "Viver vai ser a minha única obra", canta Itamar, parodiando o "sofrer vai ser a minha única obra" de Leminski. Sofrer, enquanto afirmação da existência, *amor fati* nietzschiano, é viver.

Seguindo um preceito afirmado também por Caetano Veloso na canção "Épico" (1973) – "Destino eu faço não peço / Tenho direito ao avesso / Botei todos os fracassos / Nas paradas de sucessos"; nos trechos da gravação feita por Cesar Bond, com Leminski falando, transcritos no livro de Toninho Vaz, podemos ler:

> De sua própria vida:
> 'Não existe nenhuma experiência – das mais íntimas, eróticas, emocionais – que eu não tenha transformado em poemas e tornada pública através da literatura'.

> De literatura:
> 'Fazer literatura para mim – a esta altura do campeonato – é uma necessidade fisiológica. Quando penso 'preciso escrever', penso 'preciso colocar ideias no papel'. A partir de três ou quatro palavras eu faço um jogo. Escrever é só uma das coisas que o ser humano sabe fazer. E eu me sinto mais humano depois de fazer isso'. (Vaz, 2001, p. 360-361).

Para Barthes, "o prazer do texto seria irredutível a seu funcionamento gramatical (fenotextual), como o prazer do corpo é irredutível à necessidade fisiológica" (Barthes, 2004, p. 24). A dor é a certeza do corpo. Daí que, para Leminski "fazer literatura (...) é uma necessidade fisiológica". Especificamente sobre a escrita deste poema e o excesso de álcool, o biográfico de Leminski registra que:

> O comportamento do poeta na redação [do *Jornal de Vanguarda*] era estranho: trabalhava praticamente deitado sobre a mesa, procurando uma posição para diminuir as dores abdominais. Não reclamava de nada, mas era evidente que tinha problemas de saúde. Nestes dias, pela primeira vez, Pinduca detectaria sinais de debilidade e doença no amigo:
> — Eu dei uma carona até o Morumbi. Antes de entrar no carro, ele foi até o botequim e virou uma dose de conhaque. No caminho, quando estava dormindo, eu tive uma visão tenebrosa, e aparentemente inexplicável, olhando para ele. E pensei: 'Ih, ele está mal'.
> Em suas anotações, Leminski deixaria registrado estes sintomas [referindo-se ao poema aqui em leitura] (Vaz, 2001, p. 284).

Por sua vez, em certo sentido, a música invoca o tipo de recepção ideal da experiência estético-ritual: o do ouvinte estético, estipulado por Nietzsche (2007) em contraposição ao "crítico". O crítico é esta corrupção distanciada e afrouxada pelo socratismo científico. Por sua vez, o antigo apreciador (e participante) dos ditirambos e, após, da alta tragédia ática, o homem arrebatado pelo turbilhão dionisíaco (mas salvo pelo princípio de individuação apolíneo, que lhe permite ainda ser ele mesmo em meio ao caos extático), é o ouvinte estético que está aberto para um "além do entendimento". Este receptor ideal assume um dom de intuição que se perdeu, esmagado pela racionalidade. Não se trata de um superficial e limitado homem douto: está mais para um louco, no sentido menos pejorativo e mais criativo da palavra, que enxerga/escuta além da superfície. Talvez ele não seja propriamente um louco ainda, mas um homem em seu limiar que se mantém salvo pelo vigor equilibrado de Apolo. A grande música tem este impacto, seja em Richard Wagner, seja em Itamar Assumpção. Neste jogo entre crítica e verdade-de-si, Leminski (2013, p. 90) escreve:

> eu queria tanto
> ser um poeta maldito
> a massa sofrendo
> enquanto eu profundo medito
>
> eu queria tanto
> ser um poeta social
> rosto queimado
> pelo hálito das multidões
>
> em vez
> olha eu aqui
> pondo sal
> nesta sopa rala
> que mal vai dar para dois

Por sua vez, "não me toque nessa dor", diz o eu poemático e cancional de "Dor elegante" – ela é canto consolador, entendido este termo pela nomenclatura nietzscheana sobre a experiência trágica. Essa "única obra", que é o "sofrer" do eu poético, evoca o diagnóstico quase autoindugente e, ao mesmo tempo, lúcido da famosa ode de Ricardo Reis (Pessoa, 1946, p. 133):

Sim, sei bem
Que nunca serei alguém.
  Sei de sobra
Que nunca terei uma obra.
  Sei, enfim,
Que nunca saberei de mim.
  Sim, mas agora,
Enquanto dura esta hora,
  Este luar, estes ramos,
Esta paz em que estamos,
  Deixem-me me crer
O que nunca poderei ser.

Ao contrário de Reis, Leminski faz da impossibilidade de ter uma obra a obra possível. Isso porque, também ao contrário de Reis que afirma "nunca saberei de mim", Leminski sabe de si na afirmação do real, "que é justamente o que evoca, sem descanso, o canto das sereias" (Rosset, 2000, p. 51). O eu poético de "Dor elegante", à revelia do que "nunca poderei ser" de Ricardo, transvaloriza a dor, não se compraz com uma realidade ilusória e mentirosa – "Enquanto dura esta hora, / Este luar, estes ramos, / Esta paz em que estamos". Do "Deixem-me me crer" do heterônimo ao "Não me toquem nesta dor" do homem, há "o peso da dor" e não "esta paz em que estamos". "A dor é minha em mim doeu / A culpa é sua o samba é meu", cantou João Gilberto em "Saudade fez um samba", de Carlos Lyra e Ronaldo Bôscoli.

Voltando às parcerias, Caetano e Leminski, cada um a seu modo, identificados com o desbunde, incorporam em suas obras reflexões profundas e complexas sobre o estar no mundo. Um gesto característico de uma geração que diz "sim" à vida, à revelia da dureza de viver. A propósito, Caetano canta "Verdura", canção de Leminski, no disco *Outras palavras* (1981). Para Luís Carlos de Morais Junior (2004):

> É outra peça condensada, que canta o "verde" como "a cor mais alegre / a cor mais triste", no constraste entre "o verde que vestes", que tanto pode ser um resquício da ditadura military, ou o dólar dolorífico do capitalism internacional, quanto o que resta da mata primitive, e "o verde que vestisse", a floresta original, a pureza do brasileiro, quando ele ainda era verde, isto é, imaturo, a cor da bandeira e do nacionalismo. "Verdura" é um sintagma ironic e plurissignificativo, que pode ser a qualidade do verde, a coisa que se come, e a dureza que se vê. O eu lírico, ao dizer: "De repente vendi meus filhos / Para uma família americana" (para que eles tenham conforto), refere-se tanto à pobreza de indivíduos que vendem os próprios filhos, quanto à nação que permite a entrega de suas riquezas e o emprobrecimento do país (como na transformação paranomásica grana/grama) (Morais Junior, 2004, p. 171).

"Existirmos, a que será que se destina?", pergunta Caetano em "Cajuína". Veloso, Itamar e Leminski são bons exemplos dos letristas que no Brasil não se restringem à recepção fácil, ao mero entretenimento. Eles tensionam subjetividade (eu, público específico) com cultura de massa (canção para tocar no rádio). Caetano, Paulo e Itamar sabem que distinguir quem deve ou não comer o "biscoito fino" é gesto classicista, repressor, cafona.

Se, "o tempo da música é assimilado a um tempo de retiro ganho sobre o mundo, um 'tempo de respirar' diante da urgência do real" (Rosset, 2000, p. 53), Itamar cria uma melodia que não dilui o pensamento, ao contrário. Ele compreende que o eu do poema está em trânsito, caminhando "de lado / como se chegando atrasado andasse mais adiante". Por isso o blues, o reggae para figurativizar o movimento (o fazer) do eu. Itamar incorpora a sinestesia sugerida no poema: o ritmo do caminhar, o diálogo interno, a experiência partilhada, o humano. Questões que não se esgotam na primeira leitura do poema, nem na primeira audição da canção. Itamar prova que o poema não é um texto autônomo, depende do leitor, depende das condições de leitura (mesmo silenciosa) para ter e fazer sentido. O homem do poema é um e é todos, na clave daquilo que Ana Cristina César chamou de "desbiografização" (Cesar, 1999). Para Fátima Oliveira:

> O extremo interesse de Leminski pela relação arte/vida fá-lo, por exemplo, rejeitar a perspectiva de Décio Pignatari, quando este afirma que o signo é contra a vida: "discordo do mestre / a vida não é contra os ícones nem contra os índices / vida é ícone (dança, sexo, guerra) / e índex (caminhos, direções, roteiros) / é o símbolo que é contra a vida", dirá a Régis em uma carta, datada de 1979. Para Leminski, a vida é um signo icônico e os ícones dizem sempre mais que as palavras (símbolos) com que tentamos descrevê-los (Oliveira, 2008, p. 110).

No texto "No corpo da voz: a poesia-música de Paulo Leminski", Ricardo Aleixo (In: Dick e Calixto, 2004) anota que "a canção popular, o processo que leva à sua criação, sobretudo quando esta envolve parceira, parece atrair Leminski pelo que contém de convite à alteridade. (...) Músico ou 'meio músico', Leminski quer que seus textos – transformados ou não em canções – transcendam a mudez da página" (p. 290). Para Aleixo, "por mais que 'especialistas', 'letristas', literatos e bicões entreguem-se a discussões bizantinas sobre as diferenças qualitativas entre poesia e música, é fato inquestionável que no Brasil a canção popular atingiu um nível de excelência raro, mesmo quando confrontada com a de outros contextos" (p. 292).

Antes de encerrar, importa registrar que, além de "Dor elegante", a parceria entre Paulo e Itamar foi registrada em "Vamos nessa", no LP de Itamar Assumpção *Sampa Midnight* (1983); "Custa nada sonhar", também com voz de Itamar no disco *Bicho de sete Cabeças* (1993); e "Filho de Santa Maria", gravada por Zizi Possi no disco *Mais Simples* (1996). Depois desta versão de Itamar Assumpção e Zélia Duncan (1998), a canção "Dor elegante" já foi cantada por Edvaldo Santana (*Edvaldo Santana*, 2000), Zélia Duncan e Naná Vasconcellos (*Pré-pós-tudo-bossa-band*, 2005), Estrela Leminski (*Leminskanções*, 2014) e Chico César (*Aos vivos agora*, 2012).

> Ver
> é dor
> ouvir
> é dor
> ter
> é dor
> perder
> é dor
>
> só doer
> não é dor
> delícia
> de experimentar

Os versos de Paulo Leminski em *Caprichos & relaxos* dão a notícia de que "só doer / não é dor", não basta, tem que dizer "sim" à "delícia / de experimentar" viver. Afinal, "viver vai ser a nossa última obra", como parodiou Itamar Assumpção parceiro de Leminski.

Referências bibliográficas

BAKHTIN, Mikhail. *Problemas da poética de Dostoiévski*. Trad. Paulo Bezerra. Rio de Janeiro: Forense Universitária, 1997.

BARTHES, Roland. *O prazer do texto*. São Paulo: Perspectiva, 2004.

CAMPOS, Haroldo. *Entremilênios*. São Paulo: Perspectiva, 2009.

CESAR, Ana Cristina. *Crítica e tradução*. Rio de Janeiro: Instituto Moreira Salles; São Paulo: Ática, 1999.

COMPAGNON, Antoine. *O demônio da teoria*. Trad. Cleonice Paes Barreto Mourão e Consuelo Fortes Santiago. Belo Horizonte: Editora UFMG, 2014.

DICK, André; Calixto, Fabiano (Org.). *A linha que nunca termina: pensando Paulo Leminski*. Rio de Janeiro: Lamparina, 2004.

FRANCHETTI, Paulo. Pós-tudo: a poesia brasileira depois de João Cabral. In: *Estudos de literatura brasileira e portuguesa*. Cotia, SP: Ateliê Editorial, 2007.

LEMINSKI, Paulo. *Toda poesia*. São Paulo: Companhia das Letras, 2013.

MACIEL, Luiz Carlos. *Geração em transe: Memórias do tempo do tropicalismo*. São Paulo: Nova Fronteira, 1997.

MARCOLINO, Francisco Fábio Vieira. *Oriente ocidente através: a melofanologopaica poesia de Paulo Leminski*. João Pessoa: Ideia, 2010.

MELO NETO, João Cabral. *Duas águas*. Rio de Janeiro: Jose Olympio, 1956.

MORAIS JUNIOR, Luís Carlos. *Crisólogo / O estudante de poesia Caetano Veloso*. Rio de Janeiro: HP Comunicação Associados, 2004.

PESSOA, Fernando. *Odes de Ricardo Reis*. Notas de João Gaspar Simões e Luiz de Montalvor. Lisboa: Ática, 1946.

NIETZSCHE, Friedrich. *O nascimento da tragédia ou helenismo e pessimismo*. Trad. Jacó Guinsburg. São Paulo, SP: Companhia das Letras, 2007.

OLIVEIRA, Fátima. "O negro branco: vida e verso de Cruz e Souza na escrita biográfica de Paulo Leminski". In: Chiara, Ana; Rocha, Fátima Cristina Dias. *Literatura brasileira em foco: o eu e suas figurações*. Rio de Janeiro: Casa Doze, 2008.

ROSA, Guimarães. *Grande Sertão: Veredas*. Rio de Janeiro: Nova Fronteira: 2001.

ROSSET, Clément. *Alegria: a força maior*. Trad. Eloisa Araújo Ribeiro. Rio de Janeiro: Relume Dumará, 2000.

SALOMÃO, Waly. "Poetas e compositores expõem as diferenças entre o poema e a canção". In: Revista *Continente Multicultural*. Recife: CEPE, 2001.

SANDMANN, Marcelo. "Na cadeia de sons da vida": Literatura e música popular na obra de Paulo Leminski. In: *A pau a pedra a fogo a pique: dez estudos sobre a obra de Paulo Leminski*. Org. Marcelo Sandmann. Curitiba, PR: Imprensa Oficial, 2010.

SANTAELLA, Lúcia. "Poesia e outras artes". In: *Cadernos de Semiótica Aplicada*. Vol. 9.n.2, dezembro de 2011.

VAZ, Toninho. *Paulo Leminski: o bandido que sabia latim*. Rio de Janeiro: Record, 2001.

Formas de representação no jornalismo da *Belle Époque*
a crônica brasileira em 1907

Marcus Vinicius Nogueira Soares

Em 11 de agosto de 1907, com o pseudônimo Joe, João Paulo Emílio Cristóvão dos Santos Coelho Barreto, mais conhecido como João do Rio, dava início, na *Gazeta de Notícias*, a uma série de crônicas intitulada "Cinematógrafo". Ocupando a primeira página da edição dominical de uma das mais importantes folhas cariocas da época, a série assinalava o momento em que João do Rio era promovido ao posto de principal cronista da *Gazeta*. Como se sabe, após a aposentadoria de Machado de Assis, em 1897, o cargo vinha sendo ocupado por Olavo Bilac. Naquela oportunidade, a *Gazeta* parecia interessada no processo de renovação de sua diretriz jornalística. Além de investir em novos aparatos tecnológicos – a data de início do "Cinematógrafo" foi também a de estreia da publicação de gravuras coloridas em suas páginas –, o jornal empenhava-se em mudar os seus quadros de redatores. João do Rio havia feito um grande sucesso com as reportagens realizadas anos antes, especialmente "As religiões no Rio" (1904) e "O momento literário" (1905). Sobretudo na primeira, é possível perceber a configuração de um campo inédito para o jornalismo da época, mais voltado para a notícia e a investigação jornalística com a presença efetiva do repórter em cena. É bem provável que o desempenho apresentado pelo autor de *A bela madame Vargas* o tornasse, aos olhos dos proprietários da *Gazeta*, a figura mais representativa desse novo jornalismo que começava a se impor no início do século XX.[1]

Além disso, a proposta da série "Cinematógrafo" coadunava-se com as mudanças ocorridas nas práticas culturais do período, especialmente no campo do entretenimento. A representação imagética do movimento por meio de dispositivos mecânicos era um fenômeno que vinha se desenvolvendo no Brasil pelo menos desde 1894, quando os primeiros aparelhos de Thomas Edison desembarcaram no Rio de Janeiro. Dois anos depois, com a entrada em cena do equipamento dos irmãos Lumiére, a cinematografia adquiriu autonomia e amplitude. Em aproximadamente uma década, os pequenos espetáculos cinematográficos espalhados pela cidade, apresentados em salas ou teatros alugados, passaram a ocupar grandes espaços destinados unicamente a esse fim e quase todos concentrados, a partir de 1907, na recém-inaugurada área nobre da cidade: a avenida Central. A mais emblemática obra da administração do prefeito Pereira Passos no Rio de Janeiro tornou-se o principal palco da cinematografia, recebendo, apenas entre agosto e dezembro de 1907, sete novos estabelecimentos: o Grande Cinematógrafo Parisiense, o Cinematógrafo Pathé, o Cinematógrafo Paraíso do Rio, o Pavilhão Universal, o Cinematógrafos Modernos e o Universal Animatógrafo.[2] Como veremos mais adiante, João do Rio procurou captar, em sua série na *Gazeta*, essa nova dinâmica cultural da reformulada capital da República.

Nesse sentido, 1907 pode ser visto como um ano significativo para o desenvolvimento da crônica no Brasil. Daí o nosso interes-

---

1 Vale lembrar que João do Rio tinha apenas vinte e três anos quando a série "As religiões no Rio" foi publicada.

2 Não apenas os cinematógrafos como também as empresas jornalísticas estavam mudando as suas sedes para a nova avenida: *O País*, em 1904; *Jornal do Brasil* e *Jornal do Commercio*, em 1910.

se em investigar a produção do período por meio da comparação entre os exemplares do gênero divulgados em cinco grandes jornais da época: além da *Gazeta de Notícias*, o *Correio da Manhã*, o *Jornal do Brasil*, *O País* e *A Notícia*.[3] Em face da importância, já aqui assinalada, da série "Cinematógrafo", optamos por tomá-la como base comparativa.

Como se pode perceber na lista dos periódicos selecionados, não incluímos as revistas ilustradas, como *A Rua do Ouvidor*, *Kosmos*, *Fon-Fon*, entre outras, embora elas também publicassem crônicas. O privilégio concedido à chamada grande imprensa[4] deve-se, em primeiro lugar, ao fato de ela ser diária, consequentemente se encontrava mais próxima da cronologia dos acontecimentos que apareciam divulgados em suas páginas; em segundo, à grande variedade discursiva encontrada nela, com especial destaque ao discurso noticioso que, como veremos mais adiante, tinha uma articulação direta com a crônica; por fim, à possibilidade de se considerar a maior amplitude do público leitor, menos especializado do que, em geral, o público das revistas.

A crônica oitocentista

Antes de analisar o conjunto das crônicas do início do século XX, gostaríamos de apresentar, sumariamente, para efeito de comparação, duas amostras do gênero do século XIX. A primeira é o texto de estreia da série "A semana", publicado a 12 de dezembro de 1852, no rodapé do *Jornal do Commercio*, sob a rubrica

3 Embora o *Jornal do Commercio* fosse um dos mais importantes periódicos da época, não o incluímos no *corpus*, pois a Hemeroteca Digital da Biblioteca Nacional não possui a parte referente ao período por nós analisado.

4 "Grande imprensa", segundo Juarez Bahia (2010), "corresponde aos maiores jornais e revistas, publicados empresarialmente e solidamente estabelecidos, com influência política e social" (p. 177).

folhetim. O autor, o poeta e advogado Francisco Otaviano, era um dos principais homens de letras do período. O artigo aparecia dividido em seis partes numeradas. Logo na primeira, Otaviano procurava sintetizar a sua proposta com certa dose de lirismo: "Céu azul, manhã serena, coração folgado... Conversemos. Conversemos sobre modas, bailes, teatros, romances, salões, música, poesia. Conversemos sobre política" (Otaviano, 1852, p. 1). Os outros cinco itens abordavam, na ordem, os seguintes temas: as eleições gerais; os bailes de fim de estação; a inauguração, em Botafogo, do Hospício dos Alienados; a apresentação de *Lúcia de Lammermoor*, de Donizetti e Cammarano, juntamente com o "furo" de Mme. Stoltz; e, por fim, uma reflexão lírica que culminava com a transcrição de um poema chamado "Fugido".

Em cada item, Otaviano utilizou diferentes estilos para se adequar ao tema abordado. Na política, apesar de uma ironia aqui e ali, o tratamento do texto foi mais grave, assim como na notícia da inauguração do Hospício. Na esfera do mundo elegante, o estilo desanuviado prevaleceu, dando margem a digressões sentimentais em um tom quase confessional. Publicado aos domingos, o texto, como o título da série sugeria, tinha caráter hebdomadário, logo pretendia dar conta dos acontecimentos mais relevantes da semana – alguns deles com a presença do próprio folhetinista em cena, como no caso da ópera de Donizetti e Cammarano. No entanto, podia também incluir temas mais subjetivos, sem comprometimento com os fatos semanais, como se observa no último item, no qual o folhetinista transcreve um poema do "volume inédito de poesias de um estudante que conheci em S. Paulo" (Otaviano, 1852, p. 1). José de Alencar, defendendo-se da crítica de Joaquim Nabuco em renhida polêmica travada no ano de 1875, talvez tenha fornecido a melhor síntese do que era o folhetim-crônica até aquele momento: "o meu crítico, dando ainda uma vez prova de sua ingenuidade, chama o folhetim uma salada, e taxa-

-lhe como defeito seus maiores realces: a variedade do assunto e a volubilidade do estilo" (Alencar, 1978, p. 81).[5]

Esse padrão de escrita folhetinesca permaneceu durante quase toda a segunda metade do século XIX nas penas de José de Alencar, Machado de Assis, Joaquim Manuel de Macedo, Joaquim de França Junior, entre outros. Nas décadas de 1880 e 1890, com o aparecimento das séries "Bons dias!" e "A semana" na *Gazeta de Notícias*, ambas de Machado, é que se percebe certa mudança no referido padrão, na qual se destacam o encurtamento do texto e a maior ênfase nos comentários em uma dicção mais ensaística, com significativa redução da quantidade de temas abordados pelo cronista. Um texto tematicamente menos variado e estilisticamente menos volúvel, segundo terminologia alencariana.

Para exemplificar essa mudança, que corresponde à segunda amostra referida, gostaríamos de apresentar uma crônica de Machado de Assis de "A semana", série que saiu na *Gazeta de Notícias* entre 1892 e 1897, sendo a última escrita pelo autor de *Dom casmurro*. Nesse período, Machado já era um escritor consagrado. Os textos da série vinham estampado na edição de domingo, dispostos na primeira coluna da página de abertura do jornal. A crônica escolhida foi impressa em 26 de novembro de 1893. O assunto que dominava a opinião pública naquele momento era a Revolta da Armada.[6] Desde 7 de setembro, um dia após o início do episódio, a *Gazeta* dedicava uma rubrica diária exclusivamente ao tema, "A revolta", procedimento também adotado por outros grandes jornais da época, como *O País* e o *Diário de Notícias*.

5 Neste momento da polêmica, a discussão girava em torno da série folhetinesca "Ao correr da pena", produzida por Alencar no *Correio Mercantil* entre 1854 e 1855.

6 Rebelião deflagrada em 1893 por setores da Marinha brasileira contra o governo do então presidente da República, o marechal Floriano Peixoto.

No texto, o cronista se mostrava enfastiado com a ausência de novidades, reiterada pelos jornais que estavam à sua disposição para leitura e que traziam "as mesmas notícias locais e estrangeiras, os furtos do Rio e de Londres, as damas da Bahia e de Constantinopla, um incêndio em Olinda, uma tempestade em Chicago, as cebolas no Egito, os juízes de Berlim, a paz de Varsóvia, os *Mistérios de Paris*, a *Lua de Londres*, o *Carnaval de Veneza*" (Assis, 1893, p. 1).

Apesar do fastio, o cronista prosseguiu a leitura dos diários até se deparar com uma notícia inusitada: na Grécia, um deputado foi preso por fazer parte de um grupo de salteadores. O cronista iniciou então uma reflexão extremamente mordaz acerca da contradição do exercício simultâneo de ambos os ofícios: ser ao mesmo tempo aquele que legisla e infringe as leis. Sem nos aprofundarmos na leitura da crônica, convém assinalar que Machado, apesar da quantidade de notícias que ele poderia abordar, inclusive sobre a histórica Revolta, optou por desenvolver um texto monotemático e reflexivo, distante da orientação hebdomadária característica da produção da segunda metade do século XIX.

Talvez essa nova forma de escrita se deva à percepção machadiana de uma mudança na própria dinâmica do jornalismo, especialmente a partir da década de 1870. Com o incremento industrial proporcionado pelas novas tecnologias (telégrafo, máquinas rotativas, etc.), possibilitando o aumento do número de páginas para além das quatro tradicionais; a ampliação exponencial das tiragens; o crescimento da especialização do trabalho jornalístico, com a atuação cada vez mais central dos repórteres; a afirmação de novos domínios discursivos, como o noticiário e a reportagem; o crescente uso de ilustrações, inclusive fotografia, o jornalismo finissecular deixava de ser artesanal, doutrinário e opinativo para se tornar paulatinamente empresarial, informativo e noticioso. A crônica de meados do século XIX, apesar de apresentar viés preponderantemente opinativo, tinha também caráter noticioso, sobretudo quando discorria sobre assuntos de entretenimento, abordagem que muitas vezes dependiam da presença do cronista em cena para o seu registro, como vimos no texto de Otaviano. Machado de Assis acabou por forjar um novo espaço para a crônica, no qual, despojada da finalidade noticiosa – tarefa então plenamente exercida pelo repórter –, a crônica passou a lidar com a notícia como objeto de leitura e interpretação.

Pode-se dizer que a escrita machadiana, manifestada em grande parte da série "A semana", instaurou um novo modelo que seria seguido por alguns dos principais cronistas do período, como Olavo Bilac. Apesar de a série ter terminado em 1897, e Machado ter praticamente deixado de contribuir para o jornalismo desde então, a sua escrita se manteve influente por muito tempo, reverberando ainda no ano que nos interessa destacar, o de 1907.

1907: o jornalismo noticioso

Retornando ao "Cinematógrafo", vimos que a data de estreia foi 11 de agosto de 1907. Para efeito comparativo, escolhemos as crônicas que foram publicadas em outros jornais cariocas em torno da mesma data. Como as publicações cronísticas do período mantiveram em linhas gerais a mesma prática oitocentista da cobertura hebdomadária dos eventos, o recorte temporal por nós estabelecido contempla a semana entre os dias 4 e 11 de agosto. O nosso interesse é analisar como os diferentes cronistas lidavam com as notícias que circulavam em destaque na grande imprensa.

Podemos começar apresentando algumas das notícias mais representativas estampadas nos jornais daquela semana:[7] (1) missa de 7º dia pelo falecimento de Mário Soares, reconhecido repórter que trabalhou nos mais importantes veículos de imprensa da

7 A lista poderia ser maior, mas selecionamos apenas as notícias de maior incidência nos jornais escolhidos.

época; (2) prisão, em Turim, da mãe de Carleto (Giustino Carlo), criminoso que havia se notabilizado por latrocínio cometido no ano anterior; (3) naufrágio, na baía de Guanabara, do barco "Andorinha", no qual faleceu uma jovem pertencente a uma família da elite carioca; (4) chegada ao Rio de Janeiro de Henri Turot, conselheiro municipal de Paris e redator do jornal *Figaro*; (5) incêndios na rua General Câmara, no centro da cidade; (6) incêndio em uma loja de fazenda na Voluntários da Pátria, em Botafogo; (7) manobra de tropas militares na praça da República com a presença do então presidente Afonso Pena; (8) intervenção militar europeia no Marrocos; (9) reforma ortográfica, aprovada pela ABL, em 13 julho; (10) segunda Conferência de Paz, em Haia, na qual teve destacada atuação o jurista Rui Barbosa.

Dos dez assuntos listados acima, apenas três não foram contemplados pelo noticiário na referida semana por todos os cinco jornais do nosso *corpus*: o número 8 não foi tratado pelo *Jornal do Brasil*; o 9 não apareceu na *Gazeta*, *A Notícia* e *Jornal do Brasil*; e não houve nenhuma notificação do número 10 na *Gazeta* e *A Notícia*.

O tratamento conferido às notícias pelos diversos jornais seguia mais ou menos o mesmo padrão. Diferentemente do que ocorria no século anterior, o jornalismo, na primeira década do Novecentos, era francamente noticioso, e o repórter era o seu mais importante profissional, como assinalou Pangloss, redator da coluna "O dia" de *O País*, em 1906.[8]

> O rei do jornalismo moderno é o repórter. A importância do repórter cresceu tanto, que hoje o que decide dos jornais é a sua capacidade, a sua atividade, a sua competência. A princípio, não havia nos jornais funções mais modestas que as suas: ele era pouco

8 Pangloss era pseudônimo de Alcindo Guanabara.

> mais do que o moço de recados, era apenas o veículo das notícias oficiais das secretarias d'Estado para a sala das redações (Guanabara, 1906, p. 5).

O primado da reportagem pode ser percebido no modo como os jornais dispunham as notícias em suas páginas. Como exemplo, enfatizemos a cobertura dos incêndios ocorridos na rua General Câmara. Em 6 de agosto de 1907, a *Gazeta de Notícias* apresentou o acontecimento na primeira página com a seguinte intitulação:

> O FOGO
> Dois incêndios
> Na rua General Câmara – Num restaurante – Na rua do Hospício – Numa torração de café – Um prédio destruído e quatro danificado[sic] – O serviço dos bombeiros – Famílias em perigo – Pela madrugada – De dia – Os seguros – A polícia (*O Fogo*, 1907, p. 1).

Na sequência, aparece o texto com entretítulos não necessariamente coincidentes com os subtítulos que se encontravam no encabeçamento principal: "Era o incêndio", "Era o pânico", "Os prédios incendiados", "Os seguros" e "A polícia". Na verdade, o encabeçamento dos artigos funcionava como sumário e chamariz para despertar no leitor o interesse pelo prosseguimento da leitura.

Todos as outras folhas seguiam o mesmo formato de notícia, variando a quantidade de títulos e subtítulos empregados – *O País* era o mais parcimonioso enquanto a *Gazeta* e o *Correio da Manhã* eram os mais imoderados – e o modo de abordagem dos fatos. Em relação a este aspecto, um dado que apareceu em todas as coberturas jornalísticas do evento se referia à possibilidade de que o incêndio teria começado no restaurante Central logo após uma ceia na qual participaram dois casais, entre os quais estava o proprietário do estabelecimento, Antônio Cancellos. Se *O País*, a *Gazeta* e o *Correio* apresentaram as circunstâncias da ceia de modo um pouco mais objetivo, sobretudo o primeiro, que não foi além da menção a quatros pessoas que "ceavam na sala do estabelecimento" (Incêndio, 1907, p. 3), o *Jornal do Brasil* e *A Notícia* apelaram para o lado mais sensacionalista da pequena reunião: para aquele teria sido "um encontro de amor [...]", acompanhado de um "repasto, composto de boas iguarias e regado a vinhos capitosos" (Violento..., 1907, p. 4); para este o "último ato de uma orgia" (Fogo, 1907, p. 2).

Com o passar dos dias, à medida que nenhum fato novo surgia, a quantidade de títulos ia minguando até o desaparecimento de qualquer registro do evento. No caso específico do episódio da rua General Câmara, que, no dia 7 de agosto, só apareceu noticiado em pequena nota na página três do *Correio da Manhã*, a ausência de cobertura possa ser creditada a um novo acontecimento que de imediato chamou a atenção da imprensa: o incêndio na rua Voluntários da Pátria. Na mesma data do ocorrido, 7 de agosto, a *Gazeta de Notícias*, sob a rubrica "Notícias de última hora", já anunciava o incêndio em breve comunicado no canto inferior da segunda página. O jornal voltaria ao assunto em reportagem mais minuciosa no dia 8 e ainda no dia 9, quando a matéria seria acompanhada pela publicação de uma foto que permitiu a visão do trecho da rua onde se encontrava o prédio incendiado.

É importante salientar que a diretriz noticiosa do jornalismo de então não ficava restrita apenas aos fatos que irrompiam como acontecimentos (incêndios, guerras, naufrágios, etc.), ou seja, como fenômenos que se caracterizam pela capacidade de romper com o fluxo "normal" da vida cotidiana da cidade. Conjuntamente a esses fatos, havia aqueles que, ao contrário, se baseavam na rotina, na repetição, na expectativa de sua notificação diária, porque pautados na periodicidade de suas ocorrências. Seções jornalísticas como "Esporte", "Boletim do Congresso", "Anúncios", "Palcos e salas", "Avisos marítimos", dentre outras, remetiam a esse tipo de fato que supunha um acompanhamento constante e bastante previsível; previsibilidade que, uma vez quebrada, deslocaria a matéria para a esfera do grande noticiário. O encontro de famílias da elite carioca em um passeio dominical de barco pela baía de Guanabara (o terceiro assunto da nossa lista) poderia muito bem figurar em uma coluna como "Binóculo", da *Gazeta de Notícias*, uma vez que se tratava de evento de lazer habitual que caberia a uma seção típica do chamado mundanismo dar conta; no entanto, o naufrágio, ainda mais acompanhado do "inesperado da morte", como anotou a *Gazeta* em sua manchete, seria um acontecimento noticiado na primeira página com grande aparato jornalístico.

Em face da centralidade do noticiário no jornalismo da época, qual seria o lugar da crônica em suas páginas?

1907: a crônica da Belle Époque

O *Correio da Manhã*, fundado em 1901 por Edmundo Bittencourt e ainda dirigido pelo seu fundador em 1907, destinava pouco espaço à crônica. Embora publicasse textos de personalidades ligadas ao universo literário que também se ocupavam com a escrita cronística, como Coelho Neto, Carmen Dolores, Osório Duque-Estrada, entre outros, o jornal parecia mais interessado em uma produção ensaística voltada para o debate de questões candentes no momento. Na semana que estamos analisando, o tema do divórcio, em destaque há algumas semanas na imprensa devido às discussões encetadas no Instituto dos Advogados,[9] continuava em pauta no *Correio* e contou especialmente com as penas de Carmen Dolores e Adão Berthold.

9 Após as discussões, o Instituto dos Advogados aprovou, em 7 de agosto de 1907, o envio de uma representação ao poder legislativo em favor da decretação do divórcio.

"Crônica rimada", assinada por O. DE., provavelmente Osório Duque-Estrada, era a única seção da folha de Bittencourt direcionada ao gênero. Estampada às segundas-feiras, era escrita em prosa rimada. A modalidade não seria propriamente novidade, visto que a *Gazeta de Notícias* já havia publicado, em 1903, uma série com o mesmo recurso poético, intitulada "Cousas rimadas", cuja autoria também pode ser creditada a Duque-Estrada. Vale ainda lembrar outra série, também da *Gazeta*, só que em versos rimados, denominada "Gazeta de Holanda". De autoria de Malvólio, um dos pseudônimos de Machado de Assis, ela foi impressa entre 1886 e 1888.

Como a "Crônica rimada" saía às segundas, destacamos o texto de 12 de agosto. Seguindo o padrão hebdomadário, foram cinco os temas apresentados nesse dia: o acidente do Andorinha, a suposta renúncia do senador Barata Ribeiro, a participação de Rui Barbosa na conferência de Haia, a criação de uma nova associação artística chamada "A caravana" e a decisão do Instituto dos Advogados a favor do divórcio. Sobre o desastre do Andorinha escreveu o cronista:

> Tristeza, sensaboria...Como sabe toda gente, começou bem tristemente a história dos sete dias. A mocidade, o talento, a graça, o riso, o frescor, soçobraram num momento, num só instante de horror. Foi um drama tenebroso em que o Mal crispou a unha no coração amoroso do dr. Leitão da Cunha (Crônica..., 1907, p. 1).

Seguindo a "volubilidade de estilos" típica da crônica oitocentista, a cada mudança de tema a dicção era alterada, como se vê no caso da suposta renúncia no senado: "Não foi o drama somente nesta semana a imperar; também a farsa indecente teve nela o lugar. Queres que eu te dê denúncia da quixotesca bravata? Não leste acaso a *renúncia* da *renúncia* do Barata?" (Crônica..., 1907, p. 1, grifo do autor).[10]

10 Cândido de Barata Ribeiro havia desistido de renunciar ao cargo de senador.

Dirigido por Fernando Mendes de Almeida, o *Jornal do Brasil* também pouco se dedicava à crônica. O mais próximo do gênero em suas páginas era a coluna "Colaboração" cujo viés era ensaístico e opinativo, com textos pautados na discussão de temas em evidência no momento, semelhantes aos artigos que prevaleciam no *Correio da Manhã*. A rubrica contava com a participação de diferentes redatores, cabendo a Carlos de Laet a contribuição dominical. No dia 11 de agosto, Laet publicou "Paz!", texto em que ele discutia a atitude contraditória dos países europeus que, enquanto participavam da conferência de paz em Haia, desencadeavam um violento bombardeio, capitaneado pelos franceses, a Casablanca, no Marrocos, um dos assuntos mais comentados naquela semana. Segundo a reflexão do autor, a paz só seria possível quando o símbolo da Cruz estivesse estampado em todas as bandeiras:

> Não o veremos nós, esse formoso dia...Sabemos, porém, que Deus no-lo dará. Não demoreis vós outros, que governais a terra. Sobre vossas cabeças alçai a Cruz adorável. Ela a todos congraça, ela a todos aplaca, ela a todos fraterniza, porque é o símbolo do Amor" (Laet, 1907a, p. 2).

Ao contrário do *Correio da Manhã* e do *Jornal do Brasil*, *O País* destinava grande espaço à crônica, publicando semanalmente três séries: aos domingos, "A semana", de Carmen Dolores; às segundas, "Dois dedos de prosa", de Júlia Lopes de Almeida;[11] às quintas, "Microcosmos", de Carlos de Laet.[12] Todas saíam na colu-

11 Em face do recorte temporal por nós estabelecido, entre 4 e 11 de agosto, não abordaremos a contribuição de Almeida, pois, no dia em que a série sairia, 12 de agosto, provavelmente tematizando algum fato da semana anterior, a autora publicou um conto, "Reflexões de uma esposa", que mais tarde apareceria no seu livro *Eles e elas* (1910), com o título "Ninguém poderá dizer".

12 Laet já tinha publicado "Microcosmos" no *Jornal do Commercio* entre as décadas de 1870 e 1880.

na do canto esquerdo da primeira página do jornal, espaço tradicionalmente destinado ao artigo de fundo.

Como o título mesmo sugere, a série de Dolores era a que melhor se coadunava com a diretriz hebdomadária, bem ao gosto do século precedente. Os textos eram geralmente divididos em três partes, nas quais as duas primeiras tratavam de notícias e a última de resenhas de livros. No dia 11 de agosto, a cronista discorreu sobre a representação aprovada no Instituto dos Advogados a favor da lei do divórcio, assunto já debatido por ela em artigo anterior no *Correio da Manhã*, e sobre a prisão de um falso messias na estação da Piedade. Por fim, resenhou dois livros: *Paris*, de Luiz da Câmara Reis, e *Amor, tragédia e farsa*, de Armando Erse.

O artigo de 15 de agosto do "Microcosmos", de Carlos de Laet, ocupou-se da relação, segundo o autor, brasileira e republicana, entre gastronomia e política externa, como ficava bem evidente na atuação do país em geral e no Congresso de Haia especificamente. Daí a ironia do cronista ao afirmar a importância do cozinheiro como "arma diplomática":

> Desde que, e isto já nem se discute, o repasto se faz *instrumentum regni*, arma diplomática, meio de convicção, elemento de governo, aparelho da república, eu não sei por que se haja de ocultar o cozinheiro, quando se exalta o diplomata ou o ministro do exterior (Laet, 1907b, p. 1).

Apesar do título, *A Notícia* era um periódico que abria relevante espaço para textos opinativos. Além de Vieira Fazenda, que fazia considerações historiográficas em artigos semanais, havia duas colunas de recenseamento crítico, "Teatro" e "Crônica literária", assinadas, respectivamente, por A.A. (Artur Azevedo) e J. dos Santos (Medeiros e Albuquerque). Por sinal, este último autor era também o responsável pela principal série cronística da folha, intitulada "Notas", só que com outro pseudônimo: Rufiufio Singapura. No texto de 11 de agosto, ele se debruçou sobre um único tema, com base na notícia da criação de uma nova agremiação artística, capitaneada por Coelho Neto e sem programa definido, cujo nome era "A caravana". Como as reuniões seriam sempre em hotéis – a primeira foi no Hotel Paris –, o texto descambou para uma reflexão sobre a hospitalidade nas cidades brasileiras e a necessidade de se construir uma rede hoteleira, sobretudo nas capitais, com intuito de estimular o turismo, mesmo que, naquele momento, a demanda turística fosse baixa: "O supérfluo é às vezes o mais necessário" (Albuquerque, 1907, p. 5). Com boa dose de ironia, o cronista justifica essa necessidade supérflua, utilizando o exemplo da construção da avenida Central:

> [A avenida Central] não corresponde a uma necessidade imediata do nosso tráfego [...], mas, apesar disso, nada nos terá feito tão bem. Como reclame, como espalhafato para semear o renome do Brasil pela Europa, nada foi mais útil (Albuquerque, 1907, p. 5).

A contar de sua fundação, em 1875, a *Gazeta de Notícias* investia na divulgação de crônicas. No prospecto de inauguração de 2 de agosto, avisava: "além de um folhetim-romance, a *Gazeta de Notícias* todos os dias dará um folhetim de atualidade" (Prospecto, 1875, p.1). Já no dia seguinte, no rodapé, aparecia o *Folhetim da Gazeta de Notícias*, assinado por S. Saraiva. Desde então, o jornal sempre contava com os mais proeminentes escritores do momento na produção de crônicas, como Machado de Assis, Raul Pompeia, Coelho Neto, Figueiredo Pimentel e Olavo Bilac. Este, como vimos, ocupava, desde 1897, após a saída de Machado, o lugar de destaque na folha. Em 1907, no entanto, João do Rio assumiria o posto, embora Bilac ainda permanecesse nos quadros da *Gazeta*.

No dia 11 de agosto, a seção "Crônica", de Bilac, que até a semana anterior podia ser encontrada na primeira página da edição dominical, passou para o interior do exemplar. O texto, em forma de diálogo, apresentava o encontro de dois amigos na avenida Central, debatendo os acontecimentos notáveis da semana, com base no eixo civilização/barbárie. De um lado, as manifestações civilizatórias:

> — Estamos em plena civilização material. E também em plena civilização moral: o Brasil está fazendo uma bela figura em Haia, passou por aqui o Turot, vem por aí o Doumer,[13] temos Academia de Letras, temos conferências literárias,[14] temos *A Caravana* (Bilac, 1907, p. 5, grifo do autor).

De outro, a barbárie: "– Entretanto, ali adiante, em São Paulo, na Lagoa dos Patos, poucos quilômetros além de Bauru, uma turma de engenheiros e de operários foi há poucos dias chacinada por uma tribo de índios Coroados" (Bilac, 1907, p. 5).[15]

Enquanto Bilac aparecia na quinta página do exemplar de domingo, João do Rio, com o pseudônimo Joe, inaugurava, na primeira página, juntamente com grandes ilustrações coloridas, a série "Cinematógrafo". O texto era quase sempre subdividido em itens, cada qual abordando um tema distinto, correlacionado com o dia da semana, o qual também funcionava como rubrica. Na referida data, a distribuição foi a seguinte: domingo, o acidente da lancha "Andorinha", cuja curiosidade pública pela morte da jovem Maria José Rodrigues Pereira levou o cronista a refletir sobre

13 Paul Doumer (1857-1932), político francês que se tornaria presidente da França em 1931.

14 Referência à moda das conferências com os principais escritores da época as quais vinham ocorrendo no Instituto Nacional de Música desde 1905.

15 Coroados era outra designação para o povo indígena Caingangue.

como "[era] superficial para a maioria o desaparecimento de uma vida" (Rio, 1907a, p. 1) – vale lembrar que o mesmo fato foi tema da gravura do dia; segunda-feira, o enfastio por mais uma reprise da revista "Cá e lá...", no Teatro Recreio Dramático, produzida pela companhia do ator Dias Braga, e o encontro no camarim da "boa camarada dos jornalistas" (Rio, 1907a, p. 1), a atriz Helena Cavaller; terça, o ciclo de conferências na Associação Cristã dos Moços que, versando sobre o funcionamento das mais variadas carreiras profissionais, primava pela inteligência e utilidade, contrapondo-se à frivolidade que em geral grassava nesse tipo de atividade em grande voga à época; quinta, conversa com Carmem Dolores sobre a importância de visitar São Paulo, uma vez que, segundo o cronista, "se há Estado que lhe dê impressões de civilização, de país civilizado, é S. Paulo" (Rio, 1907a, p. 1); sexta, relato de um episódio boêmio, com certa dicção poética tipicamente decadentista, como se percebe na descrição do Mercado Municipal:

> À luz equívoca de candeias imundas, rodeados de vasilhames enferrujados, homens cabeludos abrem ostras, gritando, zombando, berrando. Das barracas de comida sai o morno bafo dos restos deteriorados. Em algumas, silva um bico de gás. Em frente, a rampa com a sua água lodosa, escura, cheia de reflexos dúbios, onde se perdem as catraias, as chalas, os barcos, as faluas – guarda o mistério (Rio, 1907, p. 1, grifo do autor).

É possível perceber na nova série de João do Rio a presença de diversidade temática assim como de variabilidade da moldura discursiva assumida em cada item: da deliberativa ao diálogo, passando pela resenha, encomiástica e crônica de costumes. Além disso, a dinâmica hebdomadária do século anterior foi mantida, entretanto sem a unidade textual e noticiosa visada pelos cronistas oitocentistas.

Como se pode observar, em 1907, a crônica tinha o seu espaço assegurado no jornalismo. Lidando sempre com a notícia, em uma conjuntura discursiva na qual o noticiário ocupava posição central, o gênero buscava um modo de representação que lhe fosse próprio, dando, por um lado, prosseguimento aos modelos finisseculares, sobretudo o machadiano, como se vê em Laet, Bilac e Medeiros de Albuquerque, nos quais imperava a dicção mais ensaística, ou, por outro, retomando a revista hebdomadária de meados do século XIX, como se observa em Carmen Dolores, embora ainda mesclada com o ensaísmo, e na crônica rimada de Duque-Estrada, em que prevalecia a notação dos fatos segundo exercícios técnicos bem ao gosto de uma época de poetas oradores.[16] No "Cinematógrafo" de João do Rio, havia, sem dúvida, elementos da tradição oitocentista, especialmente no que diz respeito à adequação da divisão em partes com os diferentes assuntos tratados pelo cronista, como vimos em Francisco Otaviano. Entretanto, a diferença principal se encontrava na forma: ao distribuir, sob a rubrica "Cinematógrafo", os diversos assuntos encabeçados por subtítulos designando os dias da semana, João do Rio criou uma estrutura textual homóloga à estrutura social enquadrada, no caso, a do universo da cinematografia, e, mais especificamente, a das salas de exibições cinematográficas, nas quais distintos quadros eram projetados sem que ao menos houvesse conexões temáticas entre eles. Em João do Rio, a passagem do tempo parecia se constituir de momentos contíguos, como em uma sessão do cinematógrafo, na qual vistas transcorriam em uma sequência sem elos aparentes, como no cotidiano de uma cidade que, rápida e confusamente, crescia.

A série "Cinematógrafo" continuou circulando até 19 de dezembro de 1910. Àquela altura, eleito aos vinte e nove anos de ida-

---

16 Nunca é demais recordar que Duque-Estrada é o autor da letra do Hino Nacional Brasileiro.

de para a Academia Brasileira de Letras, João do Rio se tornaria um dos escritores mais aclamados da *Belle Époque* carioca.

Referências bibliográficas

ALBUQUERQUE, José Joaquim de Medeiros e. Notas. *A Notícia*, Rio de Janeiro, ano 14, n. 190, p. 5, 11 ago. 1907.

ALENCAR, José de. Às quintas 2. In: Coutinho, Afrânio (org.). *A polêmica Alencar-Nabuco*. Brasília: Unb; Rio de Janeiro: Tempo Brasileiro, 1978. p. 77-81.

ASSIS, Machado de. A semana. *Gazeta de Notícias*, Rio de Janeiro, ano 19, n. 328, p. 1, 26 nov. 1893.

BAHIA, Juarez. *Dicionário de jornalismo*: século XX. Rio de Janeiro: Mauad X, 2010.

BILAC, Olavo. Crônica. *Gazeta de Notícias*, Rio de Janeiro, ano 33, n. 223, p. 5, 11 ago. 1907.

CRÔNICA RIMADA. *Correio da Manhã*, Rio de Janeiro, ano 7, n. 4201, p. 1, 12 ago. 1907.

FOGO. *A Notícia*, Rio de Janeiro, ano 14, n. 185, p. 2, 6 ago. 1907.

GUANABARA, Alcindo. O dia. *O País*, Rio de Janeiro, ano 22, n. 7801, p. 5, 11 fev. 1906.

INCÊNDIO. *O País*, Rio de Janeiro, ano 23, n. 8342, p. 3, 6 ago. 1907.

LAET, Carlos de. Paz! *Jornal do Brasil*, Rio de Janeiro, ano 17, n. 223, 11 ago. 1907a. Colaboração, p. 2.

LAET, Carlos. Microcosmos. *O País*, Rio de Janeiro, ano 23, n. 8351, p. 1, 15 ago. 1907b.

O FOGO. *Gazeta de Notícias*, Rio de Janeiro, ano 33, n. 218, p. 1, 6 ago. 1907.

OTAVIANO, Francisco. A semana. *Jornal do Commercio*, Rio de Janeiro, ano 27, n. 342, 12 dez. 1852. Folhetim, p. 1.

PROSPECTO. *Gazeta de Notícias*, Rio de Janeiro, ano 1, n. 1, 2 ago. 1875.

RIO, João do. Cinematógrafo. *Gazeta de Notícias*, Rio de Janeiro, ano 33, n. 223, p. 1, 11 ago. 1907.

VIOLENTO INCÊNDIO. *Jornal do Brasil*, Rio de Janeiro, ano 17, n. 218, p. 4, 6 ago. 1907.

A temporalidade gótica em *Céu escuro* (1940) e "História de Cristiana (2)" (1944), de Lúcio Cardoso

Marina Sena[1]

1. Uma poética do desencanto

Bandas de *rock* gótico, filmes e livros sobre vampiros, monstros e fantasmas, séries televisivas com uma poética tétrica e soturna, um estilo de moda contemporâneo caracterizado por seu apreço por vestimentas negras e sombrias: a diluição do Gótico ocorre nas mais diferentes áreas da cultura ocidental. Como Fred Botting (1996, p. 55) afirma, "o gótico do século XX está em todos os lugares e em lugar nenhum". Por isso, o termo correria o risco de se tornar um conceito vazio, sem significação ou sentido real.

No campo dos estudos literários, haveria duas maneiras essenciais de se compreender o Gótico. A primeira acepção entende o Gótico como um fenômeno histórico-literário, que teve seu auge na segunda metade do século XVIII e no início do XIX. Esta visão não exclui a possibilidade de outros revivalismos góticos nos séculos posteriores, pois, como David Stevens (2000) sugere, o Gótico setecentista, em si, foi um revivalismo da preocupação com temáticas medievais e fantasiosas. A segunda maneira é compreender o Gótico como uma tendência do pensamento humano,

---

1 Este trabalho foi realizado com apoio da FAPERJ – bolsa nota 10.

de sentimentos e de modos de expressão que não é limitada nem a tempo nem a espaços específicos. Nesta visão, o Gótico seria um fenômeno transistórico – ou, ao menos, que permeia toda a história moderna ocidental. Seria uma faceta da natureza humana que daria origem a uma vasta variedade de formas artísticas através das épocas. Para Stevens, as duas formas de compreensão não seriam necessariamente incompatíveis.

Na visão de Júlio França (2017b), o Gótico seria a consubstanciação de uma visão de mundo em uma linguagem artística altamente estetizada que, surgida no contexto cultural de fins do século XVIII, teria se adaptado, em seus diversos revivalismos, às ansiedades e aos desafios da sociedade moderna. Tal consubstanciação caracterizar-se-ia por um conjunto de aspectos literários essenciais para a estruturação da narrativa gótica: I) a construção de espaços narrativos, exóticos ou familiares, que são descritos como *loci horribiles*; II) a relação fantasmagórica com o passado, que ressurge para assombrar o presente; III) a caracterização de personagens como monstruosidades, por conta da própria natureza humana ou de psicopatologias (cf. França, 2017b).

O autor que será estudado no presente artigo, Lúcio Cardoso, é central para se compreender a produção literária gótica no Brasil. Alfredo Bosi já apontava (2017, p. 441): "Desde *Maleita* [...], Lúcio Cardoso revelava pendor para a criação de atmosferas de pesadelo". A utilização da expressão "atmosferas de pesadelo" aponta a influência de uma poética específica na obra do autor: o Gótico. Tal hipótese vem sendo comprovada, nos últimos anos, com trabalhos como "O gótico 'masculino' e a tese do feminino como destruição em *A luz no subsolo*, de Lúcio Cardoso" (2004), de Fernando Monteiro de Barros. Ademais, como aponta França (2017b, p. 122), *A crônica da casa assassinada* (1959) seria um dos "mais bem acabados romances góticos brasileiros" juntamente com *Fronteira* (1935), de Cornélio Pena.

Este artigo centrar-se-á em um dos três aspectos literários essenciais do Gótico: *o passado fantasmagórico*. O objetivo é analisar a construção da temporalidade gótica nas seguintes obras de Lúcio Cardoso: *Céu escuro* (1940) e "História de Cristiana (2)" (1944). Tais narrativas fazem parte de um mesmo universo diegético (cf. Lamego, 2012) e serão aqui analisadas em conjunto. Buscarei comprovar a hipótese de que três categorias temporais – a anacronia, a desaceleração e a pausa – são essenciais para compor o passado fantasmagórico, na novela e no conto acima mencionados. Para refletir sobre o tempo narrativo, utilizarei os estudos de Gérard Genette (2017) e Mieke Bal (1999) sobre narratologia. Além disso, o passado gótico será caracterizado na próxima seção, com base nos estudos de Reinhart Koselleck (2006) e Júlio França (2017).

2. Pesadelos do tempo

A imbricação entre as narrativas góticas e o passado está diretamente relacionada às transformações sociais e de mentalidade trazidas pela chegada da modernidade (cf. França, 2017a). Entre as modificações em questão, estão aquelas que dizem respeito à forma como o homem lida com a passagem do tempo, isto é, com o passado, o presente e o futuro. Até o século XVIII, havia uma percepção de que o tempo era algo contínuo, e de que as três instâncias temporais – passado, presente e futuro – eram intimamente ligadas umas às outras. O homem era regido pelas estações, pelo clima e por outras forças naturais e previsíveis; e o passado, experimentado recentemente ou por seus antepassados, previa aspectos da vida presente e futura. Desta forma, nem o presente rompia com o passado nem o futuro era completamente imprevisível, pois as mudanças "impunham-se com tamanha lentidão que não provocavam nada capaz de promover uma ruptura na vida. As pessoas se adaptavam a elas sem que o arsenal da experiência anterior se modificasse" (Koselleck, 2006, p. 314-5). Em outras palavras, o tempo era vivenciado como algo estático (cf. França, 2017a).

O mundo moderno impôs uma forte diferenciação entre as experiências já vividas e o futuro. A ideia de "progresso", surgida em fins do século XVIII, em conjunto com os inegáveis avanços científicos e tecnológicos que principiavam a surgir, gerou a percepção de que o futuro era algo inédito. Consequentemente, o *continuum* entre as três instâncias desfez-se: se o futuro é imprevisível, o passado é inútil, pois não pode dizer nada sobre o que virá, e o presente é potencialmente perturbador.

Na medida em que o futuro deixa de ter precedentes, o passado torna-se, também, desconhecido. Assim, surge o que podemos chamar de obscuridade do passado, que não apenas impossibilita suposições sobre o futuro, como também projeta sombras sobre o presente. Tal obscuridade transforma o passado em uma fonte contínua de horror e ansiedade para o homem moderno.

Ao tematizar o passado, a narrativa gótica teria resistido aos encantos do progresso propalados pelo Iluminismo, buscando no passado a compreensão do mal-estar do presente e a ansiedade causada pelo futuro moderno. Assim, o Gótico "constituiu-se como um modo discursivo capaz de interpretar ficcionalmente esse passado obscuro, face às incríveis transformações do presente setecentista" (França, 2017a, p. 2499).

A obra seminal da literatura gótica, *O castelo de Otranto*, já teria, como uma das suas principais temáticas, o passado. *Otranto* teria inaugurado uma estrutura simbólica para representar incertezas sobre outras épocas: "Walpole dá origem a um gênero em que as atrações do passado e do sobrenatural se tornam intimamente conectadas e em que, além disso, o sobrenatural se torna um símbolo do passado se levantando contra nós [...]" (Punter, 1996, p. 47). Os aspectos sobrenaturais passam, assim, a ser um meio utilizado para se falar, ficcionalmente, sobre o passado e sua permanência incômoda no presente. Ao reunir, pela primeira vez, ambos os elementos, Walpole faz com que o sobrenatural venha a ser a própria manifestação do passado obscuro que ressurge para assombrar o presente. Esta tendência poderá ser observada ao longo da tradição gótica, desde romances clássicos como os de Ann Radcliffe, até narrativas mais recentes, como *A assombração da casa da colina* (1959), de Shirley Jackson.

O tempo, enquanto categoria narrativa, também é explorado de forma particular nas narrativas góticas. Em *Otranto*, por exemplo, sabemos que a história se passa na Idade Média, nos séculos XII ou XIII, mas é difícil precisar o ano. Para David Punter, Horace Walpole estaria pouco preocupado em retratar fielmente detalhes da vida medieval em seu romance, ou ser historicamente preciso: o que estaria em jogo seria "conjurar um senso de 'passado' [*past-ness*], pela ocasional inserção de detalhes de vestimentas ou de coisas equivalentes" (Punter, 1996, p. 46).

Tal característica, de imprecisão temporal, será ainda mais patente no Gótico do século XX – período a que pertencem as narrativas deste *corpus*. Daniel Silva, a respeito das obras decadentes do fim do século XIX e início do século XX, que dialogam com a poética gótica, comenta:

> Em geral, elas [as obras decadentes] adotam uma perspectiva menos linear, em uma narração mais digressiva [...]. Longe de ser um tempo cronológico, ele é pautado por uma perspectiva subjetiva e íntima dos protagonistas. Mesmo quando há marcações de datas e épocas do ano, elas não costumam ser mais que recursos de verossimilhança, pois não se transformam em instrumentos úteis para se determinar a progressão e o ritmo dos eventos narrados (Silva, 2019, p. 82).

Ainda que o comentário se refira à Decadência, ele também pode ser aplicado ao Gótico novecentista. Sofrendo a influência das vanguardas literárias do começo do século, e também das obras decadentes, as obras góticas a partir de 1930 mostrar-se-ão prolíficas no uso experimental da linguagem e na utilização das "estratégias do fluxo de consciência e do monólogo interior" (Silva, 2019, p. 82).

Para se refletir sobre o tempo narrativo, as reflexões de Gérard Genette (2017) mostram-se extremamente relevantes. O teórico analisa a obra *Em busca do tempo perdido* (1913-1927), de Marcel Proust, tendo em vista as mais diversas categoriais temporais. Para isso, Genette (cf. 2017, p. 91-3) estabelece uma diferenciação entre "tempo da história" e "tempo da narrativa", na qual o primeiro seria a ordem cronológica dos acontecimentos e o segundo seria a ordem em que esses mesmos acontecimentos são narrados.[2] As relações entre esses dois tempos podem ser dos seguintes tipos: i) de ordem, que se refere à sucessão de acontecimentos na narrativa; ii) de duração, relacionado à velocidade em que se dão os acontecimentos; e iii) de frequência, que se refere à repetição de um ou mais acontecimentos na narrativa e na história.

Cada uma das três categorias temporais possui subcategorias, que não serão aqui listadas devido à grande variedade e extensão de termos. Aquelas que se mostram relevantes para o presente artigo são a *anacronia*, pertencente à ordem; a *desaceleração* e a *pausa*, relativas à duração. A anacronia consiste em uma "discordância entre a ordem da história e da ordem da narrativa" (Genette, 2017, p. 94). Tal discordância pode ocorrer quando um evento acontece antes na história e depois na narrativa, e então temos o fenômeno chamado analepse, que tem uma função de retrospecção. Quando se dá o contrário – a narração de um evento

2 Para Genette, história – ou "diegese" – denominaria "o significado ou conteúdo narrativo" (Genette, 2017, p. 85), e não possuiria materialidade, enquanto a narrativa seria "o significante, o enunciado, discurso ou texto narrativo ele mesmo" (Genette, 2017, p. 85), ou, em outras palavras, a forma como a história é textualmente contada.

que acontece depois na história e antes na narrativa, caracterizando uma espécie de antecipação – temos o fenômeno chamado prolepse (cf. Genette, 2017, p. 98). A subcategoria que interessa para este trabalho é a *analepse*, uma vez que há uma grande recorrência de fatos pretéritos que acontecem antes na história e depois na narrativa.

A analepse pode ser de duas ordens: externa e interna (cf. Genette, 2017, p. 109). A analepse externa caracteriza-se por possuir uma amplitude que é totalmente exterior à narrativa principal. Nesse sentido, ela faria referência a um acontecimento que não está compreendido dentro do período de tempo da história. Um exemplo desse recurso é quando o narrador precisa indicar os antecedentes de determinado personagem, mas tais observações são anteriores ao tempo diegético. Já a analepse interna é um movimento retrospectivo que está compreendido dentro dos limites temporais da história. Se o narrador precisasse indicar os antecedentes de um personagem, mas tais antecedentes estivessem dentro do tempo diegético, teríamos, então, uma analepse interna.

Além disso, Genette faz uma diferenciação entre analepses internas homodiegéticas e analepses internas heterodiegéticas. As primeiras são "situadas na mesma linha de ação que a narrativa primeira" (Genette, 2017, p. 111) e ocorrem, por exemplo, quando o narrador refere-se a um acontecimento passado da própria história que está sendo contada. Já as analepses internas heterodiegéticas apresentam um conteúdo diegético distinto da história primeira (cf. Genette, 2017, p. 110). Temos, por exemplo, as narrativas emolduradas que tratam de acontecimentos exteriores à linha de ação principal, mas que podem ocorrer dentro do período de tempo de história.

A segunda subcategoria que me interessa é a da *pausa*, pertencente à duração. A duração refere-se à velocidade em que os eventos acontecem na narrativa, e a quanto espaço – em termos de linhas e parágrafos – são dedicados a tais eventos no texto. Para Genette:

> Teoricamente, de fato, existe uma gradação contínua desde a *velocidade infinita que é a da elipse*, na qual um segmento nulo de narrativa corresponde a uma determinada duração de história, até a lentidão absoluta que caracteriza a *pausa descritiva*, na qual *um segmento qualquer de discurso narrativo corresponde a uma duração diegética nula*. (Genette, 2017, p. 160. Grifos meus.)

No trecho acima, o teórico destaca dois tipos diametralmente opostos de duração: a elipse, na qual a narrativa avança e poucas palavras ou linhas são dedicadas ao tempo da história; e a pausa, na qual a narrativa não avança, e o tempo da história fica estacionado enquanto o narrador se dedica à descrição de um elemento ou evento específico.[3] O teórico, entretanto, não fornece descrições mais detalhadas sobre a pausa nem um estudo mais profundo.

Mieke Bal (1999) dedicou-se a sistematizar, desenvolver e criticar o trabalho sobre narratologia de Gérard Genette. A autora comenta as diversas categorias propostas pelo estudioso – inclusive ordem, duração e frequência.[4] Ao contrário do que acontece nos estudos de Genette, Bal dedica-se um pouco mais à pausa. A pesquisadora afirma:

> Este termo [pausa] inclui todas as seções narrativas nas quais nenhum movimento do tempo de fábula[5] está implícito. Dá-se muita atenção a um elemento e, enquanto isso, a fábula permanece estagnada. Quando ela é retomada, nenhum tempo se passou. Nesse caso, estamos lidando com uma pausa. Não é

3 Os outros dois tipos de duração apontados por Genette (2017) são a cena e o sumário.

4 Bal utiliza o termo "ritmo" e não frequência.

5 Termo correspondente ao tempo de história, de Genette.

> preciso dizer que a pausa possui um forte efeito retardatário. Por outro lado, o leitor facilmente se esquece de que a fábula fora parada, ao passo que, em uma desaceleração, nossa atenção é direcionada para o fato de que a passagem de tempo foi retardada (Bal, 1999, p. 108).

No trecho acima, a pesquisadora destaca a característica principal da pausa: estagnar o tempo de fábula – ou de história, nos termos de Genette.[6] Ela também faz a diferenciação entre a pausa e outra subcategoria relevante para esta análise: a *desaceleração*. Nessa última, o tempo de história não permanece estacionário: a narrativa apenas se torna um pouco mais lenta, destacando detalhes de objetos, personagens ou espaços enquanto a ação permanece acontecendo. Assim, a desaceleração teria o efeito de uma lente de aumento (cf. Bal, 1999).

Destaca-se o fato também de que a pausa geralmente é construída de forma que o leitor não note que a narrativa está estacionada: ele só perceberá depois, quando houver a retomada das ações. Na desaceleração, ao contrário, a diminuição de ritmo narrativo é destacada propositalmente para o leitor. Essa seria a principal diferença entre os dois procedimentos. Considero que as três categorias descritas são as mais utilizadas por Lúcio Cardoso nas narrativas selecionadas para construir o passado fantasmagórico, conforme veremos a seguir.

3. Entrando em Desterro

A publicação da novela *Céu escuro* deu-se de duas formas: a primeira foi como folhetim e a segunda como um livreto da revista *Vamos Ler!*, pertencente ao jornal *A Noite*, no ano de 1940.

6 O termo utilizado no presente artigo será "fábula".

Entretanto, como aponta Valéria Lamego (cf. 2012, p. 198), a narrativa estreara em 1938 com o conto "A morte de Mateus", que se configura como um trecho de *Céu Escuro*.

A prática de Cardoso de publicar trechos de seus romances e novelas em revistas e jornais não é desconhecida. Ele fizera isso com a novela *Inácio* (1944), por exemplo. A partir dessa constatação, Lamego (2012) inclui mais três contos que são referentes ao universo de *Céu escuro*: "Diante do rio" (1944), "História de Cristiana (1)" (1944) e "História de Cristiana (2)" (1944), todos publicados no suplemento Letras e Artes, do jornal *A manhã*. A pesquisadora acredita que havia um desejo, por parte de Lúcio, de ampliar sua novela para uma segunda edição.

Diante da análise das narrativas, a precisão do comentário de Lamego fica evidente. Há a existência dos mesmos personagens, do mesmo espaço, dos mesmos conflitos dramáticos, e, se quiséssemos ir mais longe, poderíamos incluir todas as quatro narrativas dentro de uma mesma história – que se inicia com a doença de Mateus e se encerra com a aproximação entre Manuel e Bárbara.

Destaco, também, o fato de que "História de Cristiana (2)" nada mais é do que uma continuação direta e temporalmente imediata de "História de Cristiana (1)". Como foram publicados separadamente, entretanto, tratarei como contos distintos. Além disso, apenas as narrativas *Céu Escuro* e "História de Cristiana (2)" mostram-se pertinentes para a presente análise, uma vez que são os textos em que o passado e a temporalidade assumem papel central para o desenvolvimento da trama.

Céu escuro conta a história da morte de Mateus e da relação de seu irmão, Manuel, com a fazenda Desterro, que pertence à família. Eclipsado por Mateus durante toda a sua vida, Manuel deseja ser o senhor de Desterro, e vê no falecimento de seu irmão a oportunidade para tal. Há, entretanto, entre o protagonista e seu objetivo de possuir a fazenda, a sua irmã, Mariana, e todo o passado dos antigos senhores. A narração se inicia com o protagonista, Manuel, na casa de Bárbara, que mais tarde descobriremos ser uma prostituta. Subitamente, ele se perde em lembranças:

> (1) Com um brusco movimento de impaciência, [Manuel] fechou as venezianas e foi se atirar na cama de Bárbara, os olhos fechados, as mãos sobre os ouvidos, para não ver nem ouvir a surda manifestação de vida que nascia daquele mundo amaldiçoado. [...] *Durante um minuto* subiu ao seu pensamento a lembrança de Mateus; insensivelmente, os olhos fixos na veneziana que ia escurecendo aos poucos, *pôs-se a rememorar* os derradeiros dias do irmão, extraindo os mínimos detalhes da *confusa massa de acontecimentos* que bruscamente (2) *havia alterado* para sempre o curso tranquilo do seu destino. (*Céu Escuro*7, 2012, p. 200-1. Grifos meus.)

A princípio, temos dois segmentos temporais: a linha 1, que se apresenta como o tempo mais recente da história, onde Manuel "pôs-se a rememorar"; e a linha 2, na qual "uma confusa massa de acontecimentos [...] havia alterado" o destino de Manuel. Analisando o uso do pretérito perfeito, podemos supor que 1 é o segmento em que a história se encerra e, por isso, configura-se como o tempo diegético mais recente. Entretanto, esse tempo não é marcado de forma objetiva – por datas ou ano – há apenas a indicação "[d]urante um minuto".

Ainda neste parágrafo, temos a primeira analepse interna homodiegética com a locução verbal "havia alterado". A locução caracteriza-se como um pretérito mais-que-perfeito composto e, por isso, indica que a ação ocorreu em um lugar incerto do passado.

7 Por motivos de clareza, especificarei não o autor, mas a narrativa que está sendo analisada.

É interna no sentindo de que o tempo da história *inicia*-se com a doença de Mateus e *encerra*-se com a presença de Manuel na casa de Bárbara. É homodiegética na medida em que os fatos que alteraram o destino de Manuel se ligam diretamente à ação da narrativa primeira, que é a morte de Mateus. Nesse sentido, teríamos a seguinte progressão do tempo de história: Doença de Mateus → Morte de Mateus → Manuel na casa de Bárbara, relembrando.

Além disso, toda a construção verbal desse parágrafo colabora para a imprecisão temporal e para um estabelecimento subjetivo do tempo, que serão essenciais para o desenvolvimento da narrativa. Temos também a expressão "confusa massa de acontecimentos", que reforçará ainda mais essa ideia. É a partir desse tempo impreciso que Manuel voltará a um passado indeterminado e observará, em retrospecto, o processo de morte de seu irmão, isto é, o período em que ele esteve doente até seu falecimento. No terceiro parágrafo, o protagonista passa a se lembrar da fazenda onde crescera, Desterro:

> (1) "Desterro", a sombria fazenda em que sempre habitara, *emergiu vagarosamente na sua lembrança.* E reviu Mateus na larga sala de jantar, adormecido sobre a mesa de madeira escura, um dos poucos móveis (3) *que tinha sobrado do tempo do avô Silvestre.* (2) A luz de uma lâmpada solitária *iluminava* escassamente a sua figura desalinhada, tombada para a frente, uma das mãos roçando o assoalho empoeirado, como se aproximasse mais, atraído por aquela estranha imobilidade, reparou em duas coisas que lhe chamaram particularmente a atenção: o pescoço carnudo, vermelho, cheio de grossas veias inchadas e *o cinturão de couro* que *conservava* fortemente seguro na mão pousada sobre a mesma. (2) *Via*-se pelo coldre vazio que não estava destinado a transportar o revólver; ao contrário, era outro, bem outro, o destino daquele

> cinturão. (3) *Mateus tinha herdado do avô Silvestre o costume de bater nas negras, se bem que já estivessem longe do tempo dos escravos.* (*Céu escuro*, 2012, p. 201-2. Grifos meus.)

O trecho acima dá continuidade à analepse interna homodiegética iniciada no parágrafo anterior. Nele, lemos que Desterro "emergiu vagarosamente" na lembrança de Mateus. Logo em seguida, temos o emprego do verbo "reviu". O uso do pretérito perfeito indica que essas duas ações pertencem ao segmento 1 do excerto anterior, onde Manuel "pôs-se a rememorar" (*Céu escuro*, 2012, p. 201). Identificamos, então, a presença do segmento 2. Esse último é anterior ao 1 no tempo de história, mas posterior quando pensamos no tempo de narrativa. Destaca-se pelo uso do aspecto verbal durativo como acontece em "iluminava", "conservava" e "via-se". Tal uso tem o propósito de demonstrar que as ações mencionadas não ocorreram apenas uma vez na história, mas se realizaram ao longo do tempo em que Manuel esteve em Desterro.

Temos também o segmento 3, que aparece primeiro na caracterização dos móveis "que tinha[m] sobrado do tempo do avô silvestre" e aparecerá novamente em "Mateus tinha herdado do avô Silvestre o costume de bater nas negras". Podemos ver que esse segmento possui dois marcadores importantes: i) o uso do pretérito-mais-que-perfeito; e ii) a presença do avô Silvestre. É fácil supor que avô Silvestre viveu muito antes do tempo diegético, pois o narrador menciona: "[...] se bem que já estivessem longe do tempo dos escravos". O segmento 3 marcará outra analapse, desta vez externa, pois é anterior à temporalidade da história. Tal analepse tem a função de apresentar o passado da família, sem se ligar diretamente à narrativa primeira.

Esse passado retornará frequentemente, e será reforçado pela presença do cinturão de couro que Mateus "conservava fortemente seguro" junto a si. Apesar de ser um objeto desejado e utilizado pelos personagens da narrativa primeira, ele é uma forte marca da presença do *passado fantasmagórico*, uma vez que também representa o avô Silvestre. O cinturão mostrará novamente sua relevância e sua ligação com o passado quando Manuel reflete sobre a importância da morte do irmão:

> Uma estranha impressão obrigou-o a respirar profundamente: é que lhe parecera estar presenciando o fim de alguma coisa e que uma nova vida ia começar. *Nesse rápido momento lembrou*-se de um desejo há muito escondido no fundo do seu coração: se Mateus morresse, seria ele o senhor de "Desterro", das suas aleias graves plantadas de mangueiras e cajueiros, da sua cacimba seca, dos seus quartos esquecidos, de tudo enfim, como até aquele minuto o irmão o tinha sido. *Todos os maus-tratos, pancadas, gritos e opressões que tinham feito dele um ser inofensivo e assustado retornavam ao pó das suas lembranças, para se reerguerem inteiramente transformadas num desejo absoluto de domínio e impiedade. Pensou* no cinturão de couro roçando o tapete esfiapado e ocorreu-lhe a ideia de que também poderia usá-lo, caso fosse preciso. (*Céu escuro*, 2012, p. 204. Grifos meus.)

Num "rápido momento", Manuel lembra-se de que deseja ser o senhor de Desterro e, em seguida, dos maus-tratos e injustiças que sofrera durante a sua vida. Em seguida, no longo trecho grifado, temos uma pausa, na qual nenhum tempo de história decorre: o tempo só será retomado no período que se inicia com o verbo "pensou". Nesse sentido, a pausa aqui tem a função de descrever os horrores do passado de Manuel, que se transformaram "num desejo absoluto de domínio e impiedade". Pode-se supor, além disso, que as opressões sofridas pelo protagonista foram causadas pelo cinturão, uma vez que se caracterizam como violência física.

Assim, mais uma vez o cinturão está ligado a um passado obscuro e de transgressões.

A narrativa "História de Cristiana (2)", por sua vez, desenrola-se após a morte de Mateus. Nela, é relatado um curto episódio no qual Manuel rouba objetos pertencentes à Cristiana, a criada. Depois de uma breve discussão, Mariana obriga-o a devolver os objetos. Já no início da narrativa, os personagens têm a sensação de que Mateus teria retornado à casa, como um fantasma:

> Cristiana escondera o rosto nas mãos, sem poder dominar o pranto que subia de novo. Depois tudo voltou a tomar no silêncio primitivo. De repente *Manuel julgara ver Mateus* abrir a porta e se aproximar. Fora como se uma onda da antiga atmosfera de terror invadisse mais uma vez a velha sala. Também Mariana devia ter sentido alguma coisa, pois *os seus olhos tinham-se dilatado, fixos na porta que abrira. Já não eram mais três pessoas as que estavam ali, mas uma quarta se introduzira, sentara-se na cadeira, fitava-os da quietude em que tinham mergulhado para sempre. Quanto tempo tinham permanecido sob o domínio da misteriosa aparição? O vento agora mal sacudia as vidraças.* Lá fora Luzerna deixara escapar um uivo prolongado. Então Mariana fizera um gesto, rompera o encantamento:
> — Manuel – dissera com tranquilidade –, vá buscar os objetos de Cristiana. ("História de Cristiana (2)", 2012, p. 244. Grifos meus.)

No excerto que se inicia com "Já não eram mais três pessoas [...]" e se encerra com "[...] misteriosa aparição?", temos uma desaceleração, com a função de inserir um passado fantasmagórico. As ações decorridas são simples: "Manuel julgara ver Mateus" e os olhos de Mariana "tinham-se dilatado". A princípio, temos a impressão de que nenhum tempo transcorre e de que apenas a fantasmagoria da presença de Mateus é descrita. Entretanto, chama atenção o trecho: "Quanto tempo tinham permanecido sob o domínio da misteriosa aparição?", onde fica evidente que algum tempo de fato decorreu, ainda que não seja possível mensurá-lo. Além disso, há uma marcação temporal em "[o] vento *agora* mal sacudia as vidraças" – o advérbio indica uma mudança de tempo. Nesse sentindo, ainda que a presença de Mateus tenha desacelerado a narrativa, o tempo de história continuou transcorrendo enquanto os personagens observavam a aparição. A vinda espectral de Mateus será, ainda, reforçada pela seguinte passagem:

> [Manuel] Hesitara, pensara ainda em rebelar-se. Mas tudo lhe parecia diferente, como se de fato um novo senhor tivesse penetrado na Fazenda. Era impossível fugir à impressão quase física deixada pela sombra do irmão – e de repente compreendeu que tinha renunciado à Desterro para sempre, não porque temesse a vinda do Dr. Batista ou o poder de Mariana, mas sim porque jamais o espectro do passado se afastaria daquelas salas. ("História de Cristiana (2)", 2012, p. 244-5)

A ação se condensa no trecho "[h]esitara, pensara ainda em rebelar-se". Em seguida, temos uma digressão por parte do protagonista, que se caracteriza como uma pausa. Tal pausa tem a função de mostrar a permanência Mateus, mesmo depois de morto, em Desterro. Percebemos, também, que o desejo de Manuel de se tornar senhor da fazenda não será concretizado, uma vez que "jamais o passado do espectro se afastaria daquelas salas". Se o passado gótico é terrível e sombrio, o futuro não oferece melhores perspectivas (cf. Silva, 2019).

A importância da analepse para as narrativas selecionadas é a apresentação de como o passado retorna – certas vezes elas são internas ao tempo da história, e outras externas. Tal retorno, porém, nunca é feito de forma pacífica: é um passado opressivo, repleto de horrores que o protagonista gostaria de esquecer, sem sucesso.

Já a pausa mostra-se relevante por possibilitar a descrição do passado dentro da diegese. Ela é feita, entretanto, de modo que o leitor não perceba que nenhum tempo de história decorreu. A desaceleração, ainda que seja similar à pausa, possibilita a manifestação do passado sem que, para isso, necessite haver uma estagnação na linha de ação principal. Nesse sentido, as três categorias narrativas são essenciais na prosa cardosiana para a construção da temporalidade gótica.

Por fim, ressalto que a ficção gótica, de modo geral, está repleta de recursos relacionados a categorias narrativas: sem eles, a construção da temporalidade, do espaço, dos personagens e do discurso não seria possível. Assim, a análise desta tradição por meio da narratologia mostra-se extremamente relevante.

Referências bibliográficas

BAL, Mieke. *Narratology; introduction to the theory of narrative.* 2nd ed. Toronto: University of Toronto Press, 1999.

BOSI, Alfredo. *História concisa da literatura brasileira*. São Paulo: Cultrix, 2017.

BOTTING, Fred. *Gothic*. London: Routledge, 1996.

CARDOSO, Lúcio. *Céu escuro*. In.______. *Contos da ilha e do continente*. Rio de Janeiro: Civilização brasileira, 2012. pp. 200-235.

______. História de Cristiana (2). In.______. *Contos da ilha e do continente*. Rio de Janeiro: Civilização brasileira, 2012. pp. 244-7.

FRANÇA, Júlio. O Gótico e a presença fantasmagórica do passado. In. *Anais da XV Abralic*. Disponível em < http://www.abralic.org.br/anais/arquivos/2016_1490918496.pdf >2017a. pp. 2492-2502. Acesso em 01 de dezembro de 2019.

______. O sequestro do Gótico no Brasil. In.______. Colucci, Luciana. (Orgs.) *As nuances do Gótico: do Setecentos à atualidade*. Rio de Janeiro: Bonecker, 2017b. pp. 111-124.

GENETTE, Gérard. *Figuras III*. São Paulo: Estação Liberdade, 2017.

KOSELLECK, Reinhart. *Futuro passado; contribuição à semântica dos tempos históricos*. Rio de Janeiro: Contraponto – PUC-RJ, 2006.

LAMEGO, Valéria. Nota introdutória. In. Cardoso, Lúcio. *Contos da ilha e do continente*. Rio de Janeiro: Civilização brasileira, 2012. pp. 197-9.

PUNTER, David. *The literature of terror; a history of Gothic fictions from 1765 to the present day*. v. 1. Essex: Longman, 1996.

SILVA, Daniel Augusto Pereira. *A prosa de ficção decadente brasileira e francesa (1884-1924); uma poética negativa*. 2019. 132 f. Dissertação (Mestrado em Teoria da Literatura e Literatura Comparada) – Instituto de Letras, Universidade do Estado do Rio de Janeiro, Rio de Janeiro, 2019.

STEVENS, David. *The Gothic tradition*. Cambridge: Cambridge University Press, 2000.

Nacionalidade, modelo para a(r)mar

(Por uma imagologia dos "personagens históricos" no Brasil)

Nabil Araújo

Nos 30 anos de publicação de *Nation and Narration* (1990).

"O Estado-nação tem uns duzentos anos de existência e já começa a dar sinais claros de esclerose", constatava, no limiar do novo milênio, José Murilo de Carvalho, nome maior da nossa historiografia política, então convidado a refletir sobre a propalada crise do Estado-nação. "Outros formatos de convivência social e política começam a ser inventados", prosseguia Carvalho (2003, p. 397), arrematando: "No entanto, o que virá será, como sempre, influenciado pelo que foi. Daí caber ainda, ao final do século XX, examinar nossa experiência de Estado-nação".

No exame então proposto, Carvalho focava "o lado nação da dobradinha", observando que "a maior ou menor força do ingrediente nacional poder[á] favorecer ou dificultar a imaginação das novas formas sociais que estão por vir" (Ibid., p. 397). Passadas duas décadas, o paradoxal recrudescimento do nacionalismo, no auge, dir-se-ia, da crise do *Estado*-nação no Brasil, nos leva a querer retomar, por vias e com interesses próprios, os termos do programa de investigação outrora traçado por Carvalho:

> Uma forma de observar o ingrediente nacional é examinar como enxergamos a nossa nação, como construímos a nossa memória nacional e como olhamos para o nosso futuro. [...] Mais do que qualquer outra comunidade, as nações requerem para sua sobrevivência a construção de uma identidade coletiva, para contrabalançar os muitos elementos divergentes que todas têm de enfrentar. Essa identidade é uma construção composta de diferentes ingredientes, geralmente carregados com componentes altamente emocionais. [...] Esquecer e reescrever a história geralmente envolve a criação de memórias e heróis nacionais, símbolos, alegorias, mitos e rituais. Fatos e personagens históricos são reinterpretados, frequentemente pelos próprios historiadores, para tornar possível a coexistência de contrários e a junção de elementos díspares (Ibid., p. 397-398).

Tomemos, aqui, a categoria dos "personagens históricos", metonimizados por Carvalho na subcategoria dos "heróis nacionais": "Os heróis nacionais fazem parte do panteão cívico de todas as nações. Eles servem de imagem e de modelo para a nação", observa o autor, e acrescenta: "No processo de construção de um herói, é possível detectar qual o tipo de personalidade e quais os valores mais altamente considerados pelo povo, tal como um espelho ou como uma aspiração" (Ibid., p. 398). Eis aí, portanto, o personagem histórico tanto como *imagem* quanto como *imaginário* da nacionalidade. A criação imagética em questão está ligada, para Carvalho, ao trabalho de escrita e de reescrita da história – já que os personagens históricos "são reinterpretados, frequentemente pelos próprios historiadores".

O fato, contudo, é que a criação de imagens via (re)escrita da história não é apanágio dos historiadores, sendo frequentemente levada a cabo por poetas, dramaturgos e romancistas – o que nos remete à clássica problemática da distinção entre história e literatura. Qual é a diferença de natureza entre ambas, e, mais especificamente, da contribuição de cada uma à (re)criação de imagens e imaginários da nacionalidade?

Voltemo-nos para uma tentativa concreta de enfrentamento dessa questão, paradigmática posto que perpetrada no auge do ideário desenvolvimentista do Estado-nação no Brasil: *História poética do Brasil*, volume organizado pelo poeta Jamil Almansur Haddad e publicado em 1943, em plena vigência, portanto, do Estado Novo varguista. "Obra indispensável para um melhor conhecimento do Brasil, é uma verdadeira síntese representativa da evolução da nacionalidade brasileira", lê-se na orelha do livro; e ainda: "Jamil Almansur Haddad conseguiu reunir [...] uma produção de autoria de nossos maiores poetas, de maneira a poder dar, com todas as suas minúcias, numa sequência harmoniosa, [...] uma História do Brasil narrada pelos poetas" (cf. Haddad, 1943).

Buscando obedecer "ao esquema da *História do Brasil* de João Ribeiro" (Haddad, 1943, p. 44), a obra é composta por nove partes sequenciais, à guisa de capítulos, assim intituladas: I – O descobrimento; II – Tentativa de unidade e organização da defesa; III – Franceses e holandeses; IV – Formação do Brasil; V – Definição territorial do país; VI – O espírito de autonomia; VII – A independência e o império; VIII – O Segundo Reinado; IX – Abolição e República. Por via de regra, cada uma das partes é composta por subseções, cujos títulos referem-se seja a momentos e/ou eventos históricos específicos dentro do bloco maior (p. ex.: I.5 – Primeiras explorações; I.9 – A colonização. Capitanias hereditárias; III.6 – Holandeses em Pernambuco; IV.4 – Entradas e bandeiras; VI.4 – Inconfidência mineira, etc.), seja a tópicos gerais como "A terra" (I.7), "O índio" (I.8), "As três raças – A sociedade" (II.3), seja a personagens históricos marcantes, como "Felipe dos Santos" (VI.3), "D. João VI" (VII.1), "D. Pedro I" (VII.3), "Rio

Branco" (IX.10). A cada um desses subtítulos da obra corresponde um ou mais poemas, na maioria narrativos, num total de 147, selecionados por Haddad de nosso repertório literário (num arco que vai de José de Anchieta e Gregório de Matos a Guilherme de Almeida, Cassiano Ricardo e Carlos Drummond de Andrade), de modo a tornar "presente a nossa História, não só a política como ainda a cultural, social e econômica, em suma uma verdadeira síntese da nossa civilização" (Ibid., p. 44).

Com isso, buscava-se apresentar, segundo Haddad (Ibid., p. 9), "[u]ma história do Brasil que não seja apenas a aridez do fato objetivo", já que: "A poesia, ao narrar a história, *acrescenta*, ao relato frio do pesquisador erudito, alma e sangue, coração e nervo", explica o autor, "porque vive, no poema que glosa um momento de nossa ascensão de povo, a própria Pátria, com todo o segredo de seu espírito, a Pátria melhor compreendida em todas as suas tendências, pensamentos e gestos" (Ibid., p. 10); e ainda: "A imaginação poética *acrescenta* à narrativa do historiador frescura maravilhosa, beleza superior. A sensibilidade poética dá a essa narrativa um ritmo de intensidade e vida" (Ibid., p. 9; grifos nossos).

O que num primeiro momento é apresentado em termos de um "acréscimo" [de frescor, beleza, intensidade, vida] à narrativa do historiador, logo se reveste, contudo, de uma declaração a um só tempo de especificidade e de superioridade do poeta em face do historiador, do discurso poético em face do historiográfico: "porque é maior no poeta o poder de compreensão e interpretação, é mais acentuada a sua capacidade de apreender um momento histórico em seu significado e repercussão", sentencia, com efeito, Haddad (Ibid., p. 9), arrematando:

> A virtude da seleção, eminentemente poética, sabe desbastar os contornos, despojar o fenômeno de suas peculiaridades acidentais ou efêmeras, e faz resplandecer,

> na sua pureza ingênita, o que esse fenômeno possui de essência perene e imutável. O poema de assunto histórico atém-se menos ao fato histórico que à sua ideia. Difere ainda do relato do historiador por, uma vez tendo apreendido essa ideia essencial, libertá-la de todas as contingências cronológicas, desalgemando-a de presente, passado e futuro, fazendo com que paire e brilhe no âmbito do intemporal (Ibid., p. 9).

Reconhece-se facilmente neste trecho uma paráfrase livre da célebre passagem da *Poética* na qual Aristóteles, comparando o historiador e o poeta, a história e a poesia, postula o traço de distinção do segundo par (poeta-poesia) em face do primeiro (historiador-história), passagem esta, aliás, citada na íntegra, em tradução francesa, por Haddad (Ibid., p. 10). "Com efeito, o historiador e o poeta diferem entre si não por descreverem os eventos em versos ou em prosa", afirma, com efeito, Aristóteles, na referida passagem, "mas porque um se refere aos eventos que de fato ocorreram, enquanto o outro aos que poderiam ter ocorrido. Eis porque a poesia é mais filosófica e mais nobre do que a história: a poesia se refere, de preferência, ao universal; a história, ao particular" (Aristóteles, 2017, p. 97).

Por "universal", Aristóteles compreende aí "o que se apresenta a tal tipo de homem que fará ou dirá tal tipo de coisa em conformidade com a verossimilhança ou a necessidade", sentenciando: "eis ao que a poesia visa, muito embora atribua nomes aos personagens"; já o "particular" é "o que fez Alcibíades ou o que lhe aconteceu" (Ibid., p. 97). Partindo do postulado aristotélico da universalidade da poesia (em contraposição à particularidade da história), Haddad defenderá sua natureza cognitiva específica. "A poesia é uma forma de conhecimento tanto quanto a ciência, tanto quanto a história", defende o autor, arrematando: "A poesia nasce da realidade, é mesmo a realidade transfigurada pela *refração* no espírito do artista.

Tem a sua lógica e é à sua maneira uma procura de princípios, uma revelação de verdades, mais essenciais e profundas, mais verdadeiras em suma [...]" (Ibid., p. 10; grifo nosso).

A tese da literatura como "refração" da realidade proporcionando um tipo específico de conhecimento dessa mesma realidade distinto do conhecimento histórico ressurge contemporaneamente na obra de um crítico literário do porte de Franco Moretti. Moretti define o tema de seu estudo *O burguês: entre a história e a literatura* (2014) como sendo "[o] burguês *refratado* pelo prisma da literatura" (Moretti, 2014, p. 13; grifo nosso). Tratando da "relação entre o estudo da literatura e o da história *tout court*", Moretti (Ibid., p. 23) se indaga: "Que espécie de história... que espécie de evidência é aquela apresentada pelas obras literárias? Evidentemente, jamais uma que seja direta", responde (Ibid., p. 23). Os personagens dos romances estudados em *O burguês* não se confundiriam com indivíduos burgueses empíricos ("particulares", no sentido aristotélico), antes, esclarece Moretti (Ibid., p.23), "pertencem a uma série histórica paralela, a algo como uma dupla hélice cultural na qual os espasmos da modernização capitalista são correspondidos e remodelados pela configuração literária" – ou seja: a literatura *refrata* a realidade. Assim:

> [...] se aceitarmos a ideia da forma literária como os fósseis remanescentes daquilo que certa vez foi um presente vivo e problemático e se recuarmos no tempo, submetendo a forma literária a uma "engenharia reversa" para compreender o problema que lhe couber resolver, então a análise formal pode descerrar [...] uma dimensão do passado que de outro modo permaneceria oculta. Eis a possível contribuição dela para o conhecimento histórico: ao compreendermos a opacidade das alusões de Ibsen ao passado, ou a semântica oblíqua dos adjetivos vitorianos, ou até [...]

> a função do gerúndio em *Robinson Crusoé*, ingressamos em um reino de sombras onde o passado recobra sua voz e ainda fala conosco (Ibid., p. 23).

Dito isso, Moretti reconhece: "Porém, fala conosco *apenas* por intermédio da forma. Enredos e estilos: foi aí que percebi o burguês" (Ibid., p. 24); "mais em estilos do que em enredos", acrescenta o autor, "e com 'estilos' quis dizer sobretudo duas coisas: prosa e palavras-chave" (Ibid., p. 26). Sobre aquela, especifica: "Foi uma grande conquista, a prosa burguesa – e bastante *laboriosa*. A ausência em seu universo de qualquer noção de 'inspiração' [...] indica quão impossível é imaginar o recurso da prosa sem logo pensar em *trabalho*" (Ibid., p. 26). Sobre estas: "são palavras reais, empregadas por escritores reais e perfeitamente rastreáveis neste ou naquele livro" (Ibid., p. 26); "palavras-chave pragmáticas e construtivas como 'útil', 'eficiência' e 'sério' – para não mencionar grandes mediadores como 'conforto' ou 'influência'" (Ibid., p. 27). Em suma: "Por meio delas [prosa e palavras-chave], as peculiaridades da cultura burguesa vão avultar da dimensão implícita e mesmo enterrada da linguagem: uma 'mentalidade' composta mais de padrões gramaticais e associações semânticas inconscientes do que por ideias claras e distintas" (Ibid., p. 27).

Moretti atenta, pois, para o modo como a figura do burguês (mas também uma certa "mentalidade" a ela associada) toma forma por meio de procedimentos estilísticos inerentes ao trabalho de escrita de romances, dramas, poemas. Ele não atenta, contudo, para o fato de que isso que aí chama de "estilo" é inerente tanto à narrativa dita literária quanto à narrativa dita histórica; não atenta, portanto, para a própria problemática do "entre", enunciada no subtítulo de seu livro: "*entre* a história e a literatura". Se o que permite a separação entre ambas não é o "estilo", o que seria, afinal?

Há mais de meio século Roland Barthes enfrentou a questão num texto que se tornaria um marco fundamental do debate acerca do caráter retórico-literário da historiografia, e ao qual vale a pena voltar: "Le discours de l'histoire" [O discurso da história] (1967). Nele, Barthes postula uma "linguística do discurso" à qual caberia decidir "se é legítimo opor sempre o discurso poético ao discurso romanesco, a narrativa de ficção à narrativa histórica", e, ainda, quanto a este último ponto, se "a narração dos acontecimentos passados [...] difere realmente, por algum traço específico, por uma pertinência indubitável, da narração imaginária, tal como se pode encontrar na epopeia, no romance, no drama" (Barthes, 1988, p. 145).

Analisado o discurso histórico do ponto de vista de sua enunciação, de seu enunciado e de sua significação, Barthes conclui que, nele, (I) "o referente é destacado do discurso, fica-lhe exterior, fundador, é considerado como seu regulador"; (II) na sequência, "o referente entra em relação direta com o significante, e o discurso, encarregado apenas de *exprimir* o real, acredita fazer a economia do termo fundamental das estruturas imaginárias que é o significado" (Ibid., p. 155). Isso definiria, então, o que Barthes chama de *efeito de real*, ao qual se veria associada, em suma, certa especificidade discursiva da historiografia: "A eliminação do significado para fora do discurso 'objetivo', deixando confrontar-se aparentemente o 'real' e sua expressão, não deixa de produzir um novo sentido [...] – extensivo a todo o discurso histórico e que finalmente define sua pertinência" (Ibid., p. 156). Esta, contudo, não seria exclusiva da historiografia, já que, como reconhece Barthes:

> Há um gosto de toda a nossa civilização pelo efeito de real, atestado pelo desenvolvimento de gêneros específicos como o romance realista, o diário íntimo, a literatura de documento, o noticiário policial, o mu-

> seu histórico, a exposição de objetos antigos, e principalmente o desenvolvimento maciço da fotografia, cujo único traço pertinente (comparada ao desenho) é precisamente significar que o evento representado *realmente* se deu" (Ibid., p. 156).

Fica, assim, excluída, portanto, a possibilidade de "algum traço específico", de "uma pertinência indubitável" da "narração dos acontecimentos passados" em face da "narração imaginária". Não surpreende, pois, que, em texto surgido no ano seguinte, o não menos célebre "L'effet de réel" [O efeito de real] (1968), Barthes trate indistintamente de Flaubert e de Michelet, de romance e de história, sob a rubrica do "realismo" – "todo o discurso que aceita enunciações só creditadas pelo referente" (Ibid., p. 164) –, ao qual associa, então, um "novo verossímil":

> a própria carência do significado em proveito só do referente torna-se o significante mesmo do realismo: produz-se um efeito de real, fundamento desse verossímil inconfesso que forma a estética de todas as obras correntes da modernidade. Esse novo verossímil é muito diferente do antigo, pois não é nem o respeito das "leis do gênero" nem sequer a sua máscara, mas procede da intenção de alterar a natureza tripartida do signo para fazer da notação o simples encontro de um objeto e de sua expressão (Ibid., p. 164-165).

Bem entendido, a diferença entre o "verossímil antigo", aristotélico, e o "novo verossímil" de que fala Barthes não diria respeito apenas à natureza de ambos, mas também à *abrangência* de cada um: enquanto o primeiro verossímil, como vimos, caracterizaria a obra do poeta *em contraposição à do historiador*, o segundo verossímil, por sua vez, caracterizaria, "todas as obras correntes da modernidade". O "*parecer* verdadeiro" (vero-semelhança) que em Aristóteles se revestia do caráter positivo da possibilidade que transcende o meramente factual (postulado retomado por Haddad em sua afirmação da superioridade da poesia em face da história), em Barthes se revestirá do caráter negativo da "ilusão referencial" de que padeceriam, indiferentemente, na "época realista", o discurso histórico tanto quanto o romanesco:

> A nível de discurso, a objetividade – ou carência dos signos do enunciante – aparece assim como uma forma particular de imaginário, o produto do que se poderia chamar de ilusão referencial, visto que o historiador pretende deixar o referente falar por si só. Essa ilusão não é exclusiva do discurso histórico: quantos romancistas – na época realista – imaginam ser "objetivos" porque suprimem no discurso os signos do *eu*! (Barthes, 1988, p. 149).

Ao estender, também ao discurso do historiador, a título de ilusão referencial, o "*parecer* verdadeiro" outrora reservado ao discurso do poeta, Barthes reafirma, inadvertidamente, generalizando-a, certa restrição conceitual perpetrada por Aristóteles em sua teorização da verossimilhança, justamente aquela que institui a "verdade" como fundamento e/ou baliza da criação verbal.

Karlheinz Stierle enfoca a referida restrição ao tratar daqueles "conceitos estéticos fundamentais, originários do pensamento grego e romano, cuja valia, na literatura pertencente ao círculo cultural europeu, permanece até hoje inalterável" (Stierle, 2006, p. 9) – a saber, os conceitos de *poiesis* e de *fictio*. "*Poiesis* significa a produção de um criador, seja a produção do Criador originário, seja a feita segundo protótipos", observa Stierle (Ibid., p. 11), acrescentando:

> Em Aristóteles, a *poiesis* só é *poiesis* estética quando está a serviço da *mímesis*, da imitação. [...] O prazer

> estético [...] é gerado não pela própria criação, mas por sua imitação. Para Aristóteles, uma poesia sem imitação é impensável. Nesta medida, em suma, o poeta é apenas poeta enquanto se põe sob a lei estética da produção que imita. Assim, o amplo campo da *poiesis* se estreita pela faculdade da *mímesis* como a faculdade de imitação particularmente de homens em ação (Ibid., p. 11-12).

Ora, é justamente essa *restrição* do "amplo campo da *poiesis*" pela "faculdade da *mímesis*" – isto é, da criação verbal, em sua dimensão originária e plena, pela "lei estética da produção que imita" – que se verá doravante dissimulada pela superposição semântica operada pelo conceito de *fictio*: "O que, em grego, se separa como *poiesis* e *mímesis*, reúne-se no conceito latino de *fingere* e *fictio*. [...] uma superposição de ambos os sentidos, de modo que, a cada momento, um deles se pode atualizar no horizonte do outro" (Ibid., p. 12).

A restrição da *poiesis* pela *mímesis* (e, consequentemente, pela verossimilhança) pode, ainda, ser flagrada em Aristóteles, porque faltava no vocabulário aristotélico justamente o termo que a dissimularia: "A correspondência grega a *fictio* não seria nem *poiesis*, nem *mímesis*, mas sim *plasma*. Enquanto tal, ela é usada nos textos da Antiguidade tardia e bizantina para a descrição do gênero romance" (Ibid., p. 12). Esta a diferença fundamental, aliás, entre Aristóteles e Horácio, que, ao postular o princípio da verossimilhança em sua *Ars poetica*, já dispunha do léxico em questão:

> Na *Ars poetica*, o protótipo da produção artística é a pedra-de-toque, sobre a qual a ânfora atinge sua configuração. Redonda e em si fechada como o cântaro deve ser a obra de arte [...]. Para Horácio, a condição essencial para esse fechamento é a consistência

> na realização da personagem e de seu discurso. Se o poeta se desvia da matéria pré-dada, que então ouse fingir, no sentido próprio; assim a consistência, mas também a proximidade com a realidade da experiência são condições essenciais: "*Aut famam sequere, aut sibi convenientia finge*" (*Ars Poet.*, 119). Assim como Aristóteles restringe o espaço de manobra da *poiesis* pelo princípio da *mímesis*, assim também em Horácio a verossimilhança é uma condição essencial do prazer estético: "*Ficta voluptatis causa sint proxima veris:/ne quodcumque volet poscat sibi fabula credi*" (*Ars Poet.*, 338-9) (Ibid., p. 18-19; grifos meus).

As considerações de Stierle nos impelem a pensar, pois, no "amplo campo da *poiesis*" anteriormente à sua restrição pela faculdade da mímesis e pelo princípio da verossimilhança; em outras palavras, na criação verbal ainda não balizada pela distinção entre o *ser* verdadeiro e o *parecer* verdadeiro; entre o dizer a verdade e o *fingir* dizer a verdade. É à *poiesis* assim concebida que nos remete Eugenio Coseriu quando postula que, "como unidade de intuição e expressão, como pura criação de significados (que correspondem ao 'ser das coisas') [...], a linguagem é equiparável à poesia"; que ambas "ignora[m] a distinção entre o verdadeiro e o falso e entre existência e inexistência", porque "são 'anteriores' (prévias) a essas distinções"; em suma, que: "A linguagem absoluta é, portanto, poesia" (Coseriu, 1982, p. 148).

Essa dimensão criativa, *poiética* da linguagem pode ser compreendida nos termos do que certo pensamento linguístico contemporâneo chama de *referenciação*, isto é, "uma construção de objetos cognitivos e discursivos na intersubjetividade das negociações, das modificações, das ratificações de concepções individuais e públicas do mundo" (Mondada; Dubois, 2003, p. 20), a partir de uma "instabilidade constitutiva das categorias por sua vez cognitivas e linguísticas, assim como de seus processos de estabilização" (Ibid., p. 19). Essa perspectiva desmobiliza a própria noção de *referência* (e de *referente*) na qual se apoiava Barthes em sua discussão do "realismo", já que, "quer se trate de objetos sociais ou de objetos 'naturais', observa-se que o que é habitualmente considerado como um ponto estável de referência para as categorias pode ser 'decategorizado', tornado instável, evoluir sob o efeito de uma mudança de contexto ou de ponto de vista" (Ibid., p. 26-27). A "estabilidade", nesse caso, "resulta, de fato, de um ponto de vista realista que relaciona as categorias às propriedades do mundo – como se a objetividade do mundo produzisse a estabilidade das categorias – no lugar de relacioná-las aos discursos sócio-históricos e aos procedimentos culturalmente ancorados" (Ibid., p. 27).

Voltando mais diretamente à discussão acerca da nacionalidade que aqui nos move, parece-nos claro que a construção identitária em torno da "nação" de que fala José Murilo de Carvalho também se dá no âmbito da "instabilidade constitutiva das categorias por sua vez cognitivas e linguísticas" e dos "processos de estabilização" de que falam Mondada e Dubois. "O 'vir a ser' de uma nação como um sistema de significação cultural, como a representação da *vida* social, [...] enfatiza essa instabilidade do conhecimento", afirma, com efeito, Homi Bhabha (1990, p. 1-2), propondo:

> Se a figura ambivalente da nação é um problema de sua história transicional, de sua indeterminação conceitual, de sua oscilação entre vocabulários, então que efeito isso tem sobre narrativas e discursos que denotam um senso de "nacionalidade": os prazeres *heimlich* do coração, o terror *unheimlich* do espaço ou da raça do Outro; o conforto do pertencimento social, as ocultas feridas de classe; os costumes do gosto, os poderes da afiliação política; o senso de ordem social,

> a sensibilidade da sexualidade; a cegueira da burocracia, a percepção estreita das instituições; a qualidade da justiça, o senso comum da injustiça; a *langue* da lei e a *parole* do povo (Ibid., p. 2).

O programa de investigação enunciado por Carvalho, e que aqui retomamos, se vê, assim, consideravelmente reconfigurado: "Estudar a nação através de seu discurso narrativo não apenas chama a atenção para sua linguagem e sua retórica; isso também intenta alterar o próprio objeto conceitual", adverte Bhabha (Ibid., p. 3), defendendo uma abordagem que exponha "a ampla disseminação através da qual construímos o campo de significados e símbolos associados à vida nacional" (Ibid., p. 3); que explore "a ambivalência bifronte da própria linguagem na construção do discurso bifronte da nação", investigando "o espaço-nação no *processo* da articulação de elementos": onde "os significados podem ser parciais porque estão *in media res*"; "a história pode estar semiacabada, posto que no processo de ser feita"; "a imagem de autoridade cultural pode ser ambivalente porque é flagrada, incertamente, no ato de 'compor' sua poderosa imagem" (Ibid., p. 3).

Passadas três décadas da formulação original de Bhabha, seu alerta continua válido: "Apesar do avanço considerável que isto representa, há uma tendência em se ler a Nação bastante restritamente", observa: seja "como o aparato ideológico do poder do estado", seja "como a expressão incipiente ou emergente do sentimento 'nacional-popular' preservado numa memória radical" (Ibid., p. 3). Há um claro resquício disso no projeto historiográfico de José Murilo de Carvalho de "explorar a alma da nação brasileira por meio da análise de algumas partes de sua memória, de alguns de seus mitos e heróis" (Carvalho, 2003, p. 398). Quanto ao projeto defendido por Bhabha, ele "tem uma certa circulação dentro daquelas formas de crítica associadas a 'estudos culturais'"

(Bhabha, 1990, p. 3) – diagnosticava o autor na última década do século passado.

Gostaríamos de aproximar aqui o programa de Homi Bhabha do que vem sendo pensado e produzido no âmbito de uma área de estudos originariamente concebida, na França, como subdisciplina da Literatura Comparada: a imagologia. Outrora combatidos como resquício indesejado do paradigma historicista do comparatismo ocidental, os estudos de imagologia são hoje "reconhecidos pelo *establishment* comparatista como uma das bases dos estudos culturais, e até mesmo do 'multiculturalismo'. Eles estão consolidados e não mais precisam de qualquer defesa ou esclarecimento", observa um dos maiores nomes dos estudos imagológicos hoje, Daniel-Henri Pageaux (2011, p. 109). Mas o que é uma *imagem*, no sentido comparatista?

Segundo Pageaux, "a imagem ou representação do estrangeiro é um conjunto de ideias recolhidas no âmbito de um processo de literarização, mas também de socialização"; conduzindo a "cruzamentos problemáticos", aí ela "aparece como elemento revelador, particularmente esclarecedor do funcionamento de uma sociedade em sua ideologia, em seu sistema literário (quem escreve, o que e como se escreve sobre o Outro) e em seu imaginário (que não pode ser outro senão o imaginário social)" (Ibid., p. 110). Assim: "toda imagem procede de uma tomada de consciência, por mínima que seja, de um Eu em relação a um Outro, de um aqui em relação a um alhures. [...] é a expressão, literária ou não, de um distanciamento significativo entre duas ordens de realidade cultural" (Ibid., p. 110); e ainda:

> A imagem é a representação de uma realidade cultural estrangeira por meio da qual o indivíduo ou o grupo que a elaborou (ou que a partilham ou que a propagam) revelam e traduzem o espaço social, ideológico,

> imaginário nos quais querem se situar. Tomado como horizonte de estudo, esse espaço é o palco em que se expressam, com a ajuda de imagens e de representações, as modalidades segundo as quais uma sociedade, uma cultura se vê, se pensa, se sonha – pensando e observando o estrangeiro, também tomado como objeto de uma fantasia. [...] Toda alteridade revela uma identidade – ou vice versa (Ibid., p. 111).

Eis o que poderíamos chamar de construção recíproca da alteridade e da identidade, do Outro e de Si, no discurso, pelo discurso, de maneira indissociável. Não pode haver, assim, identidade nacional fora de uma performance de demarcação daquilo que seria externo ou estrangeiro a essa pretensa identidade, o que, paradoxalmente, instala o "fora" no próprio coração do "dentro": "O 'outro' nunca está fora ou além de nós; ele emerge forçosamente, dentro do discurso cultural, quando *achamos* que estamos falando o mais autóctone e intimamente 'entre nós mesmos'" (Bhabha, 1990, p. 4). Em suma:

> A "localidade" da cultura nacional não é unificada nem unitária em relação a si mesma, nem deve ser vista simplesmente como "outro" em relação ao que está fora ou além dela. A fronteira é bifronte como Janus, e o problema do fora/dentro deve sempre ser ele próprio um processo de hibridismo, incorporando novos "povos" em relação ao corpo político, gerando outros locais de significação e, inevitavelmente, no processo político, produzindo zonas não tripuladas de antagonismo político e forças imprevisíveis para a representação política. O que surge como um efeito dessa "significação incompleta" é uma conversão de fronteiras e limites nos *entre-lugares* [*in-between spaces*] através dos quais os significados da autoridade cultural e política são negociados" (Ibid., p. 4).

Em nenhum ponto essa dimensão de "antagonismo político" requerendo *negociação* dos "significados da autoridade cultural e política" há de se tornar mais aguda do que naquele processo de construção (e de desconstrução, de reconstrução...) de personagens históricos, sobretudo de heróis nacionais, de que fala José Murilo de Carvalho; e nenhum exemplo disso é mais paradigmático, no caso brasileiro, do que o do Tiradentes, "única figura que se aproxima do *status* de herói nacional no Brasil", segundo Carvalho (2003, p. 411).

"Na segunda metade do século XIX, sua memória foi resgatada por grupos republicanos para contrabalançar os esforços de tornar D. Pedro I o fundador da nação", observa Carvalho (Ibid., p. 411), sintetizando: "O esforço dos republicanos acabou sendo bem-sucedido, mas por outras razões. [...] Tiradentes foi transformado em herói cívico pela incorporação da imagem de um mártir religioso". Assim:

> Ele foi um herói-mártir que nunca havia derramado sangue algum, que foi uma vítima e não um praticante da violência. Certamente, essa foi a característica que o tornou aceitável como herói para todos os setores da população e para todas as correntes políticas. Inúmeros poemas, peças, romances, cantigas de carnaval e filmes [...] contribuíram para consolidar ao longo dos últimos cem anos o seu *status* de herói nacional. Ele foi aceito por republicanos e monarquistas no século XIX, pela esquerda e pela direita após 1930. Cada grupo enfatizaria uma faceta diferente da imagem do herói: o republicano, o libertário ou o místico. O fascínio exercido como mártir cívico e religioso evitou que sua imagem fosse desmembrada e possibilitou a transformação de Tiradentes no único herói nacional aceito por todos (Ibid., p. 412).

Bem diferente tem sido o destino de um personagem como Antônio Conselheiro, o qual, desde o início, despertou o mais acirrado antagonismo político, seja entre republicanos e monarquistas, seja entre esquerda e direita, sem a benesse do consenso na diferença que se concedeu à imagem de Tiradentes. O episódio da Guerra de Canudos (1896-1897) manteve-se como uma ferida aberta na memória sócio-política brasileira, tendo a imagem de seu protagonista sofrido as mais diversas reinterpretações e refigurações na arena discursiva em torno da identidade nacional – nenhuma delas mais célebre (e polêmica) do que a de Euclides da Cunha em *Os sertões* (1902).

No capítulo IV de "O homem", painel central do tríptico que compõe *Os sertões*, Euclides reconstitui biograficamente a trajetória pela qual Antônio Vicente Mendes Maciel, "moço infeliz de Quixeramobim", vem a se tornar Antônio Conselheiro, o célebre líder sertanejo que entrará para a história como personagem principal da Guerra de Canudos. A narrativa de Euclides tem seu ápice numa seção significativamente intitulada "Como se faz um monstro", na qual se relata, nos seguintes termos, o surgimento do Conselheiro:

> E surgia na Bahia o anacoreta sombrio, cabelos crescidos até os ombros, barba inculta e longa; face escaveirada; olhar fulgurante; monstruoso, dentro de um hábito azul de brim americano; abordoado ao clássico bastão em que se apoia o passo tardo dos peregrinos... [...] Tornou-se logo alguma coisa de fantástico ou *mal-assombrado* para aquelas gentes simples. Ao abeirar-se das rancharias dos tropeiros aquele velho singular, de pouco mais de trinta anos, fazia que cessassem os improvisos e as violas festivas. Era natural. Ele surdia – esquálido e macerado – dentro do hábito escorrido, sem relevos, mudo, como uma sombra,

> das chapadas povoadas de duendes... (Cunha, 2018, p. 266-267).

Numa tradição imagética posterior, Antônio Conselheiro figurará sobretudo como líder sertanejo revolucionário, quiçá um herói, "chefe de um povo que preferiu a morte à submissão a uma ordem social injusta" (Martins, 2001, p. 17). Segundo Edmundo Moniz, no já clássico *Canudos: a guerra social* (1978): "Ninguém melhor do que Antônio Conselheiro representa a corajosa obstinação, a sabedoria intuitiva, o espírito combativo e a resistência heroica do sertanejo brasileiro" (Moniz, 1987, p. 15). Em relatos anteriores a *Os sertões*, Antônio Conselheiro fora figurado sobretudo como um "fanático", seja um "benemérito fanático", como em *O rei dos jagunços* (1899), de Manuel Benício, seja "Um fanático sem crença nem fé", que "Com capa de santo enganava / Ao bom povo d'aquele sertão", como em *Canudos, história em versos* (1898), de Manuel Pedro das Dores Bombinho. Mas nunca como "monstro", nos termos em que o faz Euclides.

O caso paradigmático de Antônio Conselheiro e suas (re)figurações ao longo do tempo lança uma luz fundamental sobre o programa de uma imagologia dos "personagens históricos" no Brasil, a qual, atenta à "performatividade da linguagem nas narrativas da nação" (Bhabha, 1990, p. 3), venha a efetivamente contribuir para "a imaginação das novas formas sociais que estão por vir" (Carvalho, 2003, p. 411).

Referências bibliográficas

ARISTÓTELES. *Poética*. Edição bilíngue. 2. ed. Trad. de Paulo Pinheiro. São Paulo: 34, 2017.

AZEVEDO, Sílvia Maria. *"O Rei dos Jagunços de Manuel Benício"*: entre a ficção e a história. São Paulo: EdUsp, 2003.

BARTHES, Roland. *O rumor da língua*. Trad. de Mario Laranjeira. São Paulo: Brasiliense, 1988.

BOMBINHO, Manuel Pedro das Dores. *Canudos, história em versos*. Transcrição, apresentação e notas de Marco Antonio Villa. São Paulo: Hedra/Imprensa Oficial SP/EdUFScar, 2002.

BHABHA, Homi K. Introduction: narrating the nation. In: ______ (Ed.). *Nation and narration*. London/New York: Routledge, 1990. p. 1-7. [Ed. bras.: Bhabha, Homi K. Narrando a nação [1990]. Trad. de Glória M. M. Carvalho. In: Rouanet, Maria Helena (Org.). *Nacionalidade em questão*. Rio de Janeiro: Cadernos da Pós/Letras (UERJ), 1997. p. 48-59.]

CARVALHO, José Murilo de. Nação imaginária: memórias, mitos e heróis. In: Novaes, Adauto (Org.). *A crise do Estado-nação*. Rio de Janeiro: Civilização Brasileira, 2003. p. 395-418.

COSERIU, Eugenio. Teses sobre o tema "linguagem e poesia". In: ______. *O homem e sua linguagem: estudos de teoria e metodologia linguística*. Trad. de Carlos A. da Fonseca e Mário Ferreira. Rio de Janeiro/São Paulo: Presença/EdUsp, 1982, p. 145-149.

CUNHA, Euclides da. *Os sertões* (Campanha de Canudos). Edição, prefácio, cronologia, notas e índices de Leopoldo M. Bernucci. 5. ed. rev. amp. Cotia (SP): Ateliê; São Paulo: SESI-SP, 2018.

HADDAD, Jamil Almansur (Org.). *História poética do Brasil*. São Paulo: Letras Brasileiras, 1943.

MARTINS, Paulo Emílio. *A reinvenção do sertão*: a estratégia organizacional de canudos. Rio de Janeiro: Editora da FGV, 2001.

MONDADA, Lorenza; Dubois, Danièle. Construção dos objetos de discurso e categorização: uma abordagem dos processos de referenciação. Trad. de Mônica M. Cavalcante. In: Cavalcante, M. M.; Rodrigues, B. B.; Ciulla, A. (Orgs.) *Referenciação*. São Paulo: Contexto, 2003. p. 17-52.

MONIZ, Edmundo. *Canudos*: a guerra social. 2. ed. cor. aum. Rio de Janeiro: Elo, 1987.

MORETTI, Franco. *O burguês*: entre a história e a literatura. Trad. de Alexandre Morales. São Paulo: Três Estrelas, 2014.

PAGEAUX, Daniel-Henri. Elementos para uma teoria literária: imagologia, imaginário, polissistema. Trad. de Katia A. F. de

Camargo. In: ______. *Musas na encruzilhada*: ensaios de literatura comparada. Frederico Westphalen (RS) / São Paulo / Santa Maria (RS): EdURI/Hucitec/ EdUFSM, 2011. p. 109-127.

STIERLE, Karlheinz. *A ficção*. Trad. de Luiz Costa Lima. Rio de Janeiro: Caetés, 2006.

Vivendo autobiograficamente

a contribuição de Paul John Eakin aos estudos autobiográficos

Sergio da Silva Barcellos

Estudos fundamentais para a pesquisa autobiográfica, produzidos por pesquisadoras estrangeiros, recebem muito tardiamente suas traduções em português. Somente após três décadas norteando pesquisas no campo da autobiografia, foi que um estudo seminal de Philippe Lejeune mereceu uma tradução em nossa língua. A tradução de seu *O Pacto Autobiográfico*, de 1975, foi lançada no Brasil em 2008. A primeira edição em língua inglesa dos estudos de Lejeune surgiu, nos EUA, um pouco antes, mas também com um expressivo intervalo entre sua publicação original e sua tradução, pelas mãos de Paul John Eakin, em 1989. Assim como as pesquisas de Philippe Lejeune, as contribuições de Eakin para os estudos auto/biográficos são igualmente notáveis, começando pelo seu livro de 1992, *Touching the world: Reference in Autobiography*, em que analisa uma premissa de que a escrita autobiográfica teria necessariamente como referente externo um fato biográfico ou histórico, em contraponto a uma herança pós estruturalista epitomizada pela assertiva de Roland Barthes, mencionada por Eakin: "Então eu não sei que no campo do sujeito não há referente?". Esse investimento na exploração do referente na escrita autobiográfica vai ocupar um primeiro momento na obra de Eakin que, assim como Lejeune, revisitará seus conceitos atualizando-os à luz de novas descobertas e possibilidades de se pensar o ato autobiográfico.

Sua contribuição para os estudos autobiográficos se concentra em cinco títulos, produzidos ao longo das últimas décadas e diversos artigos acadêmicos em periódicos especializados. Seu primeiro estudo sobre autobiografia, o *Fictions in Autobiography: Studies in the Art of Self-Invention*, foi publicado em 1985. Ao já mencionado estudo de 1992, soma-se o livro de 1999, *How Our Lives Become Stories – Making Selves.* Em 2004, Eakin organizou o volume *The Ethics of Life Writing.* Em 2008, publica *Living Autobiographically: How to Create Identity in Narrative.* No momento, prepara-se para lançar uma compilação de seus principais artigos ao longo de toda sua vida acadêmica.

Desta vez, é Eakin quem estreia em português, com seu último livro *Vivendo Autobiograficamente – A construção da nossa identidade narrativa,* pela editora Letra e Voz (2019). Antes, porém, de comentar esse mais recente trabalho, revisito conceitos e proposições oferecidos por Eakin em seu trabalho anterior e que, de certa forma, auxiliam na compreensão do seu processo de conceituação, que se inicia com a sua abordagem do conceito de identidade relacional que vem desembocar no que agora compreende como sistema de identidade narrativa.

Em seu livro de 1999, *How our lives become stories*, Paul John Eakin apresenta o seu conceito de identidade relacional, uma noção de identidade que não é permanente nem centrada somente na ideia do eu autônomo. A expressão "identidade relacional", amplamente utilizada por Eakin, vem fundamentar o que o autor acredita ser uma premissa das escritas autobiográficas: a primeira pessoa autobiográfica é composta por uma pluralidade:

> Há a tendência a se pensar a autobiografia como uma literatura da primeira pessoa, mas o sujeito da autobiografia ao qual o pronome "eu" se refere não é nem singular nem primeiro (...). Por que será que esquecemos tão facilmente que a primeira pessoa da autobiografia é verdadeiramente plural em suas origens e subsequente formação? Porque a autobiografia promove uma ilusão de autodeterminação: Eu escrevo minha história; Eu digo quem eu sou; Eu crio o meu eu. O mito da autonomia resiste, e a crítica autobiográfica ainda não se conscientizou inteiramente de que o eu é definido por – e vive em função de – sua relação com os outros (Eakin, 1999, p. 43).

A base para sua afirmação não é, nesse seu trabalho, explorada a fundo ou, melhor dizendo, não é exposta através de um encadeamento de pressupostos que venham a inserir a noção de identidade relacional dentro de um sistema filosófico, da forma como faz Paul Ricoeur, em sua "hermenêutica do si" através da noção de "identidade narrativa", em *O si mesmo como um outro* (1991). Há, contudo, um modelo ao qual Eakin tenta contrapor sua compreensão de identidade dentro do contexto da escrita autobiográfica. Esse modelo o autor retira do texto que considera fundador das investigações acerca da identidade nos textos autobiográficos, o estudo de Georges Gusdorf "Conditions et limites de l'autobiographie", publicado originalmente em 1956 e, posteriormente, em 1971, por Philippe Lejeune em *L'Autobiographie*. Eakin acusa aquilo que denomina de "modelo Gusdorf de identidade" de ser enfaticamente individualista, apresentando uma subjetividade única e isolada. Em consequência da tácita aceitação do modelo de identidade na autobiografia exposto por Gusdorf, na década de 1970 Lejeune e Weintrab consideraram como origem da autobiografia moderna os textos rousseaunianos e o individualismo iluminista. Em reação ao modelo individualista iluminista, masculino e singular, a crítica feminista, na voz de Mary Mason, propôs uma outra forma de abordar a questão da identidade moderna, dessa vez, considerando a problemática do gênero. O "modelo Gusdorf", que servia bem às confissões de Agostinho e Rousseau, deixava de fora a realidade dos escritos autobiográficos das mulheres. Para diminuir a parcialidade, Mason sugeriu um modelo alternativo de identidade para as mulheres: "a identidade através da relação com o outro" (Mason, apud, Eakin, idem, p. 47).

A possibilidade de pensar a identidade a partir de suas relações – e, dentro da crítica feminista norte-americana, a distinção entre uma identidade feminina diferente de uma identidade masculina e, consequentemente, uma distinção entre uma escrita autobiográfica feminina e outra masculina – foi considerada a motivação necessária para um grande progresso nos estudos autobiográficos nas décadas de 1980 e 1990. As implicações negativas dessa polarização não passaram despercebidas e geraram outras polarizações, igualmente, perniciosas, como os binômios "indivíduo-coletividade", "sujeito autônomo-sujeito relacional", e, por fim, formas "narrativas" versus formas "não lineares, não teleológicas" de narrar. Para Eakin, o núcleo do dilema está na tendência masculinizante de pensar o individualismo.

Uma outra questão é lançada por ele nesse livro. Com base em um modelo da natureza da individualidade, elaborado pelo psicólogo Ulric Neisser, Eakin formula sua compreensão do sujeito a partir da consciência individual fundada em modelos primários de experiência. Neisser postula que haveria cinco modelos de autoconhecimento:

1. O *eu ecológico*: A percepção do eu em relação ao ambiente físico;

2. O *eu interpessoal*: O eu envolvido em uma interação interpessoal;

3. O *eu alargado*: O eu constituído pela memória e pela projeção do futuro.

4. O *eu privado*: O eu consciente de suas experiências pessoais e singulares.

5. O *eu conceitual*: As formas diversas de informações que constituem o sujeito.

Esses modelos são aplicados à psicologia evolutiva e Neisser aponta fases da vida em que tal ou qual modelo é mais predominante ou quando ele surge. Eakin explica que o termo *eu* é um termo guarda-chuva quando se trata de subjetividade. A partir do modelo número cinco, o *eu conceitual*, Eakin formula sua compreensão da *Identidade:* "a versão de nós mesmos que exibimos não apenas para os outros, mas também para nós mesmos sempre que temos a oportunidade de refletir sobre ela ou de nos envolver com a nossa transformação em personagens." (2019, p. 13).

Vivendo autobiograficamente

Em meu estudo *Escrita do eu, refúgio do outro – Identidade e alteridade na escrita diarística* (2020), no capítulo em que apresento um glossário com definições de termos exaustivamente repetidos no contexto dos estudos autobiográficos, apresento os pressupostos de Eakin em *How Our Lives Become Stories*, e comento que Eakin não desenvolvia, nesse texto, um sistema razoavelmente compreensível e organizado para elucidar o que entendia por identidade relacional. Pelo menos, não no sentido em que eu desejava. Seus exemplos e análises, entretanto, mostravam-se inspiradores o bastante para me convencer de que o sujeito que se inscreve em escritos autobiográficos não é, nem poderia ser, um sujeito uno, irredutível a uma tradição ocidental masculina e eurocêntrica. Haveria outros atalhos, outras constituições de identidade que facilitariam o caminho do meio, da comunhão das diferenças, da pluralidade em vez do insulamento do sujeito em si mesmo. Ao longo dos últimos anos, venho acompanhando as reflexões de Paul John Eakin sobre o assunto e, sempre, desejando ardentemente que ele, responsável indireto pela minha escolha, iluminasse o caminho que decidi tomar.

Talvez coincidência, ou não, quando Eakin lançou seu livro: *Living Autobiographically – How we create identity in narrative*, agora em sua muito esperada e bem-vinda tradução para o português, pela Editora Letra e Voz, como *Vivendo Autobiograficamente – A construção de nossa identidade narrativa* (2019), essa sistematização finalmente se apresentava. No prefácio, já responde objetivamente muitas questões acerca da constituição da identidade:

> Este é um livro sobre narrativa e identidade, mais propriamente sobre uma conexão tão próxima entre ambas que possibilitaria falar em identidade narrativa. A premissa básica aqui é que a narrativa não é meramente algo que contamos, escutamos, lemos ou inventamos; ela é parte essencial de nossa percepção sobre aquilo que somos (2019, p. 9).

Aparentemente, Eakin estaria sugerindo que uma noção outra de identidade narrativa seria formulada por ele, talvez com base na reflexão de Ricœur, devido ao fato de manter a mesma terminologia. Além disso, ao deixar claro que trata da narrativa em sentido amplo - e não somente na dimensão do literário, em geral, ou relativo à narrativa autobiográfica, em particular -, inferi que o conceito de Ricœur estivesse sendo ampliado por Eakin, à luz de novas conclusões surgidas no campo dos estudos autobiográficos em função de desdobramentos filosóficos do exame da noção de identidade pessoal. Entretanto, ao prosseguir com a leitura, deparei-me com algumas propostas que, ao contrário do que pensava, não me levavam a Paul Ricœur, e sim a uma conexão entre estudos literários e outra área do conhecimento, à primeira vista, estranha ao terreno da literatura e, no mínimo, polêmica: a neurobiologia. Eakin explica que, ao longo das três décadas em que vem se debruçando sobre o estudo da autobiografia, o momento presente seria o que maior impacto vem causando, por apresentar evidências de um fenômeno muito mais abrangente do que o estudo literário em si, ainda que ligado à prática de uma escrita autobiográfica:

> Agora, décadas depois, vejo que autobiografias publicadas são apenas a evidência mais visível e tangível do fenômeno mais amplo que este livro busca descrever: a construção da identidade promovida pelo nosso falar sobre nós mesmos e sobre nossas vidas. Acredito que nossas histórias de vida não são meramente *sobre* o que somos, mas, de um modo inescapável e profundo, elas *são* o que somos, pelo menos enquanto atores posicionados dentro do sistema de identidade narrativa que estrutura nossos arranjos sociais atuais (2019, p. 10).

Eakin refere-se a um sistema da identidade narrativa, no qual estamos inseridos, que estaria não submetido aos arranjos socioculturais, mas seria ele mesmo, o sistema, a estrutura de tais arranjos. Participantes desse sistema estruturante de arranjos sociais (que ele, cuidadosamente, restringe à realidade norte-americana), o sujeito estaria, sim, subjugado a um determinismo social, em princípio, mas também a um determinismo neurobiológico, ainda que venha, depois, minimizar o que sugere ser determinismo. Para Eakin, o exercício de auto apresentação (a resposta a uma judiciosa e simples pergunta: quem somos?) estaria inserido em um conjunto que englobaria, primeiramente, a obediência a determinadas regras sociais de regulamento do discurso visando estabelecer, na auto apresentação, uma imagem de normalidade. Ele retoma aqui o caminho percorrido anteriormente, com o seu eu-encarnado, para reafirmar que nossa ideia de identidade é moldada pela nossa vida em e como um corpo, utilizando, para isso, a perspectiva neurobiológica. Se antes utilizava com comedimento o termo "identidade narrativa", nesse seu novo livro, cuja proposta seria a de explanar sobre a construção da identidade através do ato narrativo, Eakin determina como prioritária a definição do conceito e esclarece que, para ele, identidade narrativa sugere que "quando dizemos quem somos, nos baseamos nas – mas não somos totalmente determinados pelas – constrições físicas e sociais de nossas vidas dentro da cultura humana" (idem).

Para iniciar sua reflexão, Eakin sugere que estamos sempre "falando sobre nós mesmos" (2019, p. 17), mesmo quando não temos um interlocutor à nossa frente. Esse ato de autonarração seria primordial para a construção da identidade, pois, a cada momento, estaríamos reescrevendo nossas vidas e nos inserindo no contexto espacial e histórico. Para ilustrar essa capacidade performativa da autonarração, Eakin evoca as pesquisas do neurologista Oliver Sacks (já utilizado em *How Our Lives Become Stories, de 1999*) sobre as consequências da perda de memória; aqui como elemento de coesão entre as autonarrativas de pacientes com lesões cerebrais graves. Um caso em especial, citado por Sacks, é evocado por Eakin: trata-se de um paciente cuja memória de trabalho está prejudicada, e, para fugir ao vazio identitário, recria-se a todo o momento:

> Como esse paciente, o Senhor Thompson, não conseguia lembrar quem era por mais de um minuto, ou no máximo dois, ele passava as horas do dia em uma frenética invenção de si, buscando construir novas identidades que ocupassem o lugar das antigas, das quais ele se esquecia tão logo as criava (2019, p. 18).

Sacks quer, com esse exemplo, demonstrar os dois pilares que sustentam a identidade, dentro da perspectiva da neurociência e da psicologia cognitiva: memória e narrativa. Através da incessante autonarração, construída a partir de dados da memória que unificam, por assim dizer, a feição do sujeito, a identidade estaria sendo preservada. Eakin vai mais além, atribuindo à narrativa a função de autoconstituição do sujeito. E por narrativa compreende mais do que a produção de um texto autobiográfico:

> Ao falar em identidade narrativa, (...), eu proponho, assim como Sacks, uma relação extremamente próxima e dinâmica entre narrativa e identidade, pois a narrativa não é apenas uma forma literária, mas parte do tecido de nossa experiência vivida. Quando se trata de nossas identidades, a narrativa não é simplesmente *sobre* o eu, mas sim, de maneira profunda, parte constituinte do *eu*. (idem).

Mas será no texto autobiográfico ou, melhor dizendo, na prática autobiográfica, que Eakin encontrará subsídios para formular sua reflexão sobre a identidade narrativa. Para ele, a autobiografia é muito mais do que uma história de vida concentrada nas páginas de um livro. Autobiografia, como um discurso da identidade, estrutura nossas vidas. Devido ao fato de termos como normal o hábito da autonarração, que aprendemos desde criança, o valor do ato autobiográfico fica em segundo plano, tornando-se relevante somente quando há uma ruptura ou perda da coesão entre as autonarrativas.

O sistema da identidade narrativa

O ponto mais interessante desse estudo de Eakin é o que ele chama de sistema da identidade narrativa. A autonarração, ou o hábito de falarmos sobre nós mesmos, foi assimilada por nós ao longo do processo de crescimento e de socialização. Sua pretensa casualidade esconde, na verdade, uma obediência a regras, além do risco de penalidades nos casos em que não se obtém êxito nas relações interpessoais. Ou seja, quando alguém falha em se fazer reconhecer pelo outro, através de sua auto narrativa, estaria correndo o risco de ser alijado do sistema da identidade narrativa:

> A despeito das nossas ilusões de autonomia e autodeterminação – "*Eu* escrevo minha história, *eu* digo que sou" - nós não inventamos nossas identidades a partir do nada. Em vez disso, nós as moldamos a partir dos recursos da cultura em que vivemos, recursos que especificam o que significa ser homem, ser mulher, ser trabalhador, ser uma pessoa dentro das circunstâncias em que vivemos nossas vidas (2019, p. 37).

Embora pareça estar reduzindo a complexidade de sua afirmação ao modelo de construção de identidade dentro da perspectiva construtivista, Eakin está, em vez disso, desafiando a possibilidade de se explicitar a forma como esse processo ocorre. Para ele, a construção da identidade do sujeito via relações sociais sobrevém de maneira inconsciente. Não que haja um determinismo social, mas há modelos que se transferem de discurso para discurso, até serem assimilados e utilizados, quando apropriados ao sujeito, no discurso da autonarração com o objetivo de se reconhecer e se fazer reconhecido. Fica evidente, ao situar essa reflexão em perspectiva com o percurso analítico de Eakin, que o autor pretende ir além de simples afirmações tais como "o sujeito se constitui pela linguagem" ou "o sujeito se constitui através de suas relações sociais". O que Eakin sugere é que a obediência às regras do jogo do sistema de identidade narrativa possui raízes mais profundas do que a influência exercida pela inserção em determinada estrutura social. Quanto à explicação linguística da constituição do sujeito,

Eakin tratará dela mais adiante, mas já antecipa que está lidando com o ato autobiográfico dentro de uma perspectiva mais ampla do que a dimensão textual. Antes mesmo de pretender um auto reconhecimento, o sistema da identidade narrativa nos levaria a pensar na importância de nos "descrevermos" de forma coerente e apropriada, pois

> As apostas acabam sendo altas, pois todos nós atuamos dentro daquilo que tenho chamado de sistema de identidade narrativa, um regime identitário que não apenas estipula limites, socialmente, para aquilo que podemos falar e escrever sobre nós mesmos, mas que também determina que os outros nos reconheçam como pessoas em estado normal de funcionamento (2019, p. 45).

Eakin prossegue com considerações várias sobre o que chama de regras do jogo. Das principais regras, destaca a controvertida liberdade de expressão quando se trata de narrativas autobiográficas. Em que medida um sujeito pode publicar ou divulgar, através de quaisquer meios, sua historia de vida sem que esteja violando o direito à privacidade dos outros. Nesse caminho, a argumentação que desenvolve em *How Our Lives Become Stories*, sobre identidade relacional, responde melhor ao problema do que a premissa sobre o sistema de identidade narrativa. Isso porque, antes de atribuir ao leitor ou destinatário do ato autobiográfico uma demanda de sinceridade – que é o tópico principal de Eakin nessa seção de seu livro –, a explanação sobre a natureza relacional da identidade e sobre a composição múltipla do sujeito exemplifica mais eficientemente os cuidados necessários à difusão de um ato autobiográfico, quando se trata de revelações pessoais que possam envolver – e sempre, de acordo com o conceito de identidade relacional, envolvem – terceiros. Para finalizar essa breve resenha e consideração sobre seu mais recente livro, gostaria somente de apresentar as reflexões de Eakin sobre o entrecruzamento da prática autobiográfica e as mais recentes investigações no campo das neurociências.

O que realmente acontece quando lemos um texto autobiográfico?

Partindo de sua própria impressão pessoal durante a leitura de textos autobiográficos, Eakin questiona o que realmente acontece durante a prática da leitura. A que o leitor tem realmente acesso? À narrativa ou ao sujeito nela exposto? A alusão que faz ao prefácio de Walt Whitman, ao seu próprio livro, *Leaves of Grass*, em que o poeta provoca o leitor: "Camerado, isto não é um livro / Quem nele tocar, toca num homem". (Whitman, apud Eakin, 2019, p. 73), ilustra bem aonde quer chegar. O texto autobiográfico, para além de ser um registro do eu, um texto sobre o sujeito, é em si mesmo o sujeito. E para fundamentar essa premissa, apesar de deixar claro que ela possa parecer um tanto "extravagante", Eakin recorre a uma abordagem da identidade narrativa a partir de suas fontes somática e corporal. Para tanto, acredita ser necessário rever alguns pontos da crítica estruturalista, principalmente em Barthes, quando este diz não haver referente no que concerne o eu. A hegemonia da visão do eu como efeito de linguagem é minimizada por Eakin ao associá-la, para entender o que o constitui, ao que considera ser um dom inato, transcendental, "uma coisa com a qual nascemos, que de certa forma simplesmente 'temos'" (2019, p. 78). Logo, será preciso explicar em que consiste essa natureza corpórea da narrativa autobiográfica e, para tanto, recorre ao trabalho do neurologista Antonio Damasio, para quem o sujeito não seria um efeito da linguagem, mas um efeito da estrutura neurológica do cérebro. Sua argumentação é, aparentemente, simples:

> Se a linguagem trabalha pra o self e para a consciência da mesma maneira que trabalha para tudo o mais, ou seja, simbolizando em palavras e sentenças o que existe primeiro em uma forma não verbal, então devem existir um self não verbal e um conhecimento não verbal que têm nas palavras *self* ou *mim*, ou na frase "Eu sei", em qualquer língua, as traduções apropriadas. (...) A ideia de que o self e a consciência emergem *depois* da linguagem e são uma construção direta da linguagem provavelmente é incorreta. (...) Se o self e a consciência, por sua vez, nascessem da linguagem, seriam o único exemplo de palavras sem um conceito subjacente (Damasio apud Eakin, 2019, p. 79-80).

Dessa forma, o conceito subjacente que precederá a noção de self, segundo Damasio, partirá do pressuposto de que a ideia mesma de self seria uma parte indispensável da mente consciente. O eu seria, assim, um sentimento acerca do conhecimento, através das respostas dadas pelo corpo diante de situações e fatos específicos. As modificações ocorridas no corpo, como forma de adequação ou resposta ao que se põe diante de si, traduzem bem o que ele propõe como sendo um "sentimento do saber" e um "sentimento do que acontece". Esses sentimentos ou estados de conscientização constituem uma espécie de "proto-self", que Damasio define da seguinte maneira: "um conjunto interligado e temporariamente coerente de padrões neurais que representam o estado do organismo, a cada momento, em vários níveis do cérebro" (Damasio apud Eakin, 2019, p. 82). O sujeito, não estando consciente desse "proto-self", não perceberia tampouco a reação somática que responde aos mais diversos estímulos, adequando o corpo ao ambiente e às condições viáveis de sobrevivência: a *homeostase*. Para Damasio, esse organismo que se modifica ou que se mantém como tal tendo como finalidade última sua sobrevivência seria o antecedente biológico da noção de self ou de identidade. A partir disso, Eakin conclui que

> De uma perspectiva evolucionista, o self não é um conceito filosófico abstrato, mas sim o nome para um sentimento embutido nos processos fisiológicos necessários para a sobrevivência. O self, então, para Damasio, é necessariamente *do* e *sobre* o corpo; falar do eu encarnado seria redundante, uma vez que não existe um eu que não o seja (2019, p. 82).

O corpo seria, assim, um repositório de vivências e, mantendo-as, criaria uma singularidade própria, não verbal. Uma espécie de memória autobiográfica das reações às variadas experiências, que seria ela mesma a base para a compreensão da identidade – em outras palavras, um eixo designando os fenômenos que alteram o estado do sujeito, paralelo ou sobreposto a outro eixo, que designaria os elementos de permanência que também constituem a identidade. Pertinente ou não, eficaz ou não para pôr um fim à já tão exaustiva tentativa de definir a identidade pessoal, não cabe nem mesmo a Eakin responder. O que importa é ver como se pode fazer a ligação entre essa possibilidade de explicação da constituição ou da natureza da identidade com uma prática autobiográfica. Não é gratuito que Damasio chama um dos elementos que sustentam a realidade mental de self autobiográfico, e será esse elemento que Eakin colocará em cena para pensar a distinção do sujeito ou do self no contexto literário da autobiografia e sua contrapartida biológica e não verbal, ou, como ele admite:

> Venho afirmando que toda autobiografia diz respeito ao eu, e Damasio argumenta que o eu é um componente primário de toda experiência consciente. Será

> que existe uma conexão entre o eu em sua manifestação literária e em suas manifestações não verbais, biológicas? Acredito que sim, especialmente se interpretarmos autobiografia em um caminho parecido com aquilo que Damasio denomina de eu autobiográfico, e creio que esta conexão assume a forma de uma atividade de representação compartilhada (2019, p. 83).

A proposta de Eakin se divide em três passos. O primeiro seria o exame da manifestação corporal do eu. O segundo, a forma como Damasio articula essa manifestação. Em seguida, explicitar a forma como o eu se expressa na autobiografia.

Os ritmos da consciência que se alteram constantemente a partir de diferentes estímulos externos, quando expressos em um ato autobiográfico, transferem para a materialização desse ato as adequações do corpo às alterações provenientes de fora – a homeostase expressa pela prática autobiográfica de falar sobre nós mesmos, escrevendo uma autobiografia ou mantendo um diário, mapeia tanto a continuidade do idêntico quanto a mutabilidade do transitório e contingente. Damasio considera a narrativa um fenômeno biológico antes de ser linguístico ou literário, pois sugere que a narrativa somente denota um processo natural de representações imagéticas de sequências de eventos cerebrais. Eakin, por fim, conclui sua reflexão aproximando as duas experiências, aquela no campo das ações rotineiras, como é o caso de falarmos sobre nós mesmo, com a outra pertencente ao âmbito da produção e a recepção de um texto autobiográfico:

> Quando escrevemos uma autobiografia e quando a lemos, repetimos em nossa imaginação os ritmos da experiência identitária que a narrativa autobiográfica descreve. Creio que o impulso narrativo da identidade que a autobiografia expressa é o mesmo ao qual

> reagimos todos os dias quando falamos sobre nós mesmos – ambos devem estar calcados nos ritmos neurobiológicos da consciência (2019, p. 90).

Ao recorrer a Damasio, Eakin exclui de suas reflexões alguns precursores que fundamentam a visão de que o corpo seria a base para o self. Em uma nota de rodapé, Eakin revela que Damasio cita em seu estudo nomes como Kant, Nietzsche, Merleau-Ponty e Freud. Parece-me que as razões de Eakin, principalmente na exclusão de Freud e Lacan, estariam fundamentadas no grande incômodo que as teorias da subjetividade causam em decorrência do fato de substantivarem o eu e o tu e, assim, neutralizarem o valor relacional do eu, enquanto um pronome pessoal. A relação sujeito-objeto engendrada a partir daí, impossibilitaria pensar no desvio reflexivo que se opera na escrita autobiográfica – em que o sujeito se desdobra sem perder sua essência, sem precisar se objetivizar. As provocações de Paul John Eakin, apoiado em Damasio, de que o ato autobiográfico seja determinado por fatores neurobiológicos, embora exóticas, não estariam de todo distantes de uma constatação básica e inegável: passamos a vida a constituir narrativas que, em sua grande maioria, são narrativas autobiográficas.

Referências bibliográficas

BARCELLOS, Sergio da Silva. *Escrita do eu, refúgio do outro – Identidade e alteridade na escrita diarística*. Rio de Janeiro/Nova York: Vida por Escrito Edições, 2020.

BARTHES, Roland. *A câmara clara: notas sobre a fotografia*. Rio de Janeiro: Nova Fronteira, 1984.

______. Roland Barthes by Roland Barthes. Berkeley/Los Angeles: University of California Press, 1994.

EAKIN, Paul John. *How Our Lives Become Stories: Making Selves*. Ithaca/Londres: Cornell University Press, 1999.

______. *Living Autobiographically: How we create identity in narrative.* Ithaca/Londres: Cornell University Press, 2008.

______. *The Ethics of Life Writing.* (ed.) Ithaca/Londres: Cornell University Press, 2004.

______. *Touching the World – Reference in Autobiography.* New Jersey: Princeton University Press, 1992.

______. *Vivendo Autobiograficamente – A construção de nossa identidade narrativa.* São Paulo: Letra e Voz, 2019.

LEJEUNE. *L'Autobiographie en France.* Paris: A. Colin, 1971.

______. *O Pacto Autobiográfico: De Rousseau à Internet.* Belo Horizonte: UFMG, 2008.

RICOEUR, Paul. *O si-mesmo como um outro.* São Paulo: Papirus, 1991.

Sobre os autores

Ana Chiara

Doutora em Letras pela PUC-RJ, Professora Associada de Literatura Brasileira na Universidade do Estado do Rio de Janeiro (UERJ) desde 1995, dedica-se à pesquisa nos seguintes temas: corpo, sexualidade, memória, escritas de si. Participa do GT ANPOLL de Literatura Comparada e Coordena o GPESq Vida, arte, literatura: bioescritas. Bolsista de Produtividade CNPq.

Ana Lúcia M. de Oliveira

Doutora em Literatura Comparada (UERJ, 1999), é professora associada de literatura brasileira na UERJ, pesquisadora no programa PROCIÊNCIA UERJ/FAPERJ e bolsista de Produtividade em Pesquisa do CNPq. Traduziu e/ou coordenou a tradução de obras filosóficas, das quais se destacam: *Caosmose*, de Félix Guattari; *Ensaios sofísticos* e *O efeito sofístico*, de Bárbara Cassin; Mil platôs, de G. Deleuze e F. Guattari. É autora de *Por quem os signos dobram*: uma abordagem das letras jesuíticas (EdUERJ, 2003) e organizadora dos livros *Linhas de fuga*: trânsitos ficcionais (7Letras, 2004); *Antônio Vieira*: 400 anos (EdUERJ, 2011); *Cartas e papeis vários*, tomo I, vol. 5 da *Obra Completa do Padre Antônio Vieira* (Lisboa: Círculo de Leitores, 2014; São Paulo: Loyola, 2014) e *Figurações do real*: literatura brasileira em foco VII (Relicário, 2016).

Andréa Sirihal Werkema

Professora de Literatura Brasileira da Universidade do Estado do Rio de Janeiro (UERJ), onde dá aulas na graduação, pós-graduação e especialização. Doutorou-se em Literatura Brasileira pelo Pós-Lit/UFMG. Publicou, entre outros, *Macário, ou do drama romântico em Álvares de Azevedo* (Ed. UFMG, 2012) e *As duas pontas da literatura*: crítica e criação em Machado de Assis (Relicário, 2019).

Bruno Lima

Doutor em Literatura Comparada pela UERJ. Além de artigos e ensaios acadêmicos publicados em revistas especializadas e em capítulos de livros, é autor de *Pretérito Imperfeito* (poesia), *Eu*: itinerário para a autoficção (crítica literária), *Nuncas* (haicais) e *Do amor e das suas (des)formas* (poesia). Dedica suas pesquisas acadêmicas à literatura contemporânea e a Machado de Assis.

Daniel Augusto P. Silva

Bacharel e licenciado em Letras (Português/Francês) e mestre em Teoria da Literatura e Literatura Comparada pela Universidade do Estado do Rio de Janeiro (UERJ). Atualmente, é doutorando em Teoria da Literatura e Literatura Comparada na mesma Instituição e bolsista CAPES sob orientação do Prof. Dr. Julio França (UERJ). Possui Especialização em Tradução em Língua Francesa (UERJ). É coorganizador do livro Páginas *Perversas*: narrativas brasileiras esquecidas (Appris, 2017). Além disso, é integrante do Grupo de Pesquisa Estudos do Gótico, do Grupo de Pesquisa Vertentes do Fantástico na Literatura, do Grupo de Pesquisa Nós do Insólito: vertentes da ficção, da teoria e da crítica e do Grupo de Pesquisa ARS (Arte, Realidade e Sociedade), todos reconhecidos pelo CNPq.

Fabiana Bazilio Farias

Doutora em Literatura Comparada (UERJ), Mestre em Literatura Brasileira (UERJ) e Bacharel e Licenciada em Português/Literaturas (UERJ). Realizou pós-doutorado com bolsa CAPES/PNPD (2018-2020) no Programa de Pós-Graduação em Humanidades, Culturas e Artes (UNIGRANRIO). É pesquisadora nos grupos de pesquisa do CNPq Poesia como interface de outras linguagens (UERJ), Narrativas, Escritas do Eu: Literatura, Comunicação e Sociedade (UNIGRANRIO) e Margens da Literatura, Literatura das Margens (UNIGRANRIO), tendo trabalhos publicados sobre os seguintes temas: microficção, relações raciais, poesia, oralidade e slam.

Fátima Cristina Dias Rocha

Professora titular de Literatura Brasileira do Instituto de Letras da UERJ, instituição em que atua na Graduação e na Pós-Graduação. Neste âmbito, desenvolve pesquisa sobre as variadas modalidades de inscrição/ficcionalização do biográfico nas narrativas de escritores brasileiros contemporâneos, uma vez que os textos (entre contos e romances) assumidamente híbridos – de romance/autobiografia, de autobiografia/ensaio, de autobiografia/biografia, de romance/biografia – têm ganhado espaço na prosa atual.

Fátima Maria de Oliveira

Doutora em Estudos de Literatura pela PUC-Rio (2004), onde também obteve o grau de Mestre (2000). Graduou-se em Letras, Português/Literaturas pela UFRJ (1984). Professora de língua portuguesa e literatura brasileira do CEFET/RJ. É autora do livro *Correspondência de Lima Barreto*: à roda do quarto, no palco das letras (Ed. Caetés, 2007). Participa do Grupo de Pesquisa/CNPq "Estudos de literatura e cultura na Belle Époque:

LABELLE". Atua, desde 2004, no Curso de Pós-Graduação lato sensu em Literatura Brasileira do Instituto de Letras da UERJ.

Felipe Bastos Mansur

Professor adjunto de Teoria da Literatura do Instituto de Letras da UERJ. Atua no magistério há 15 anos, tendo sido professor da UFF, UERJ, CAp UFRJ e CAp UFJF, além de outras instituições públicas e particulares. É autor de *A sexta história*: a face trágica da narrativa em A hora da estrela, Annablume (2011). Atualmente realiza pesquisa a respeito da relação "humor/literatura" e sobre "educação literária".

Giovanna Dealtry

Doutora em Letras pela PUC-Rio e professora do Instituto de Letras da UERJ. É autora de *Clara Nunes* – Guerreira (Coleção "O livro do disco" – Editora Cobogó), *O fio da navalha* – malandragem na literatura e no samba (Casa da Palavra/FAPERJ), além de coorganizadora de *O futuro pelo retrovisor*: inquietudes da literatura contemporânea (Rocco), ao lado de Stefania Chiarelli e Paloma Vidal. Entre as áreas de pesquisa, destacam-se as relações literatura e experiência urbana, modernidade carioca, samba e cultura popular.

José Carlos Pinheiro Prioste

Professor adjunto de Teoria da Literatura do Instituto de Letras da UERJ. Coordenador do setor de Teoria.

Leonardo Davino de Oliveira

Professor adjunto de Literatura Brasileira na Universidade do Estado do Rio de Janeiro (UERJ). Desenvolve pesquisa sobre poesia e vocoperformance. É autor do blog *Lendo canção*. É autor do livro *Canção*: a musa híbrida de Caetano Veloso (2012); e coorganizador e autor dos livros *Palavra cantada*: estudos transdisciplinares (2014); *Conversas sobre literatura em tempos de crise* (2017); *Bioescritas/biopoéticas*: pensamento em trânsito (2018); *Poesia Contemporânea*: crítica e transdisciplinaridade (2018); e *Literatura brasileira em foco VIII*: outras formas de escrita (2018).

Marcus Vinicius Nogueira Soares

Doutor em Literatura Comparada pela UERJ, é professor associado de Literatura Brasileira da mesma instituição. É coautor de *500 anos de ficção*, publicado na Brasiliana da Biblioteca Nacional (Rio de Janeiro, Nova Fronteira, 2002) e autor do livro *A crônica brasileira do século XIX*: uma breve história (São Paulo, É Realizações, 2014). Publicou vários artigos sobre a crônica em livros e revistas acadêmicas.

Marina Sena

Bacharel em Letras (Português-Literaturas) e mestre em Teoria da Literatura pela Universidade do Estado do Rio de Janeiro. Atualmente é doutoranda em Teoria da Literatura e Literatura Comparada, também pela Universidade do Estado do Rio de Janeiro. É integrante do projeto de pesquisa 'O medo como prazer estético; o Horror, o Grotesco e o Sublime na Literatura Brasileira' e do Grupo de Pesquisa Estudos do Gótico (CNPq). Hoje desenvolve uma pesquisa que investiga a presença do Gótico na obra do escritor Lúcio Cardoso.

Nabil Araújo

Graduado em Letras, mestre e doutor em Estudos Literários pela UFMG. Professor de Teoria da Literatura na graduação e na pós-graduação em Letras da UERJ. Líder do grupo de pesquisa interinstitucional "Retorno à Poética: imagologia, referenciação, genericidade" (CNPq). É autor dos livros *O evento comparatista*: da morte da literatura comparada ao nascimento da crítica (EDUEL, 2019) e *Teoria da Literatura e História da Crítica*: momentos decisivos (EDUERJ, 2020). Organizou diversos volumes coletivos de estudos literários e tem publicado regularmente capítulos de livros e artigos em periódicos acadêmicos na área de Letras.

Sergio da Silva Barcellos

Pesquisador independente no campo de narrativas autobiográficas. Mestre e de doutor em Estudos de Literatura pela PUC-Rio. Realizou estágio pós-doutoral junto à Hofstra University, em Nova York. Ministra, desde 2009, um módulo no curso de especialização em Literatura Brasileira, na UERJ e assinou diversos artigos acadêmicos em periódicos do Brasil e do exterior. É autor dos livros *Toque de Silêncio* - Uma história de homossexualidade na Marinha do Brasil, de *Armadilhas para a narrativa* - Estratégias narrativas em dois romances de Carlos Sussekind, de Vida por Escrito - Guia do Acervo de Carolina Maria de Jesus, e de *Escrita do eu, refúgio do outro*: identidade e alteridade na escrita diarística. É membro fundador da IABA-Américas (International Auto/Biography Association) e integra o conselho editorial do periódico Life Writing Annual.

Alameda nas redes sociais:

Site: www.alamedaeditorial.com.br
Facebook.com/alamedaeditorial/
Twitter.com/editoraalameda
Instagram.com/editora_alameda/

Esta obra foi impressa em São Paulo no outono de 2022. No texto foi utilizada a fonte Minion Pro em corpo 10,5 e entrelinha de 15,5 pontos.